빠개이

ⓒ 송영규, 2019

초판 1쇄 발행 2019년 3월 28일

지은이   송영규
펴낸이   이기봉
편집   좋은땅 편집팀
펴낸곳   도서출판 좋은땅
주소   경기도 고양시 덕양구 통일로 140 B동 442호(동산동, 삼송테크노밸리)
전화   02)374-8616~7
팩스   02)374-8614
이메일   so20s@naver.com
홈페이지   www.g-world.co.kr

ISBN   979-11-6435-155-8 (03810)

이 도서의 국립중앙도서관 출판예정도서목록(CIP)은 서지정보유통지원시스템 홈페이지(http://seoji.nl.go.kr)와 국가자료공동목록시스템(http://www.nl.go.kr/kolisnet)에서 이용하실 수 있습니다. (CIP제어번호 : CIP2019010111)

빠꿈인

불행했던 과거를 행복으로 바꿀 수 있는 당신의 능력

송영규 지음

좋은땅

목차

/

1장

초등학생

툭 튀어나온 돌부리에 왼쪽 장화가 걸려 넘어졌다. 반쯤 열린 뚜껑 사이로 반쯤 흘러 버린 막걸리 주전자를 들어 올렸다. 오늘도 무사히 넘어가지 않을 것 같은 불안감과 시큼한 막걸리 특유의 신맛이 비가 내려 축축해진 땅에 넘어져 집었던 손바닥에서 올라왔다.

"염병!"

누가 듣던지 말던지 입 밖으로 욕이 나왔다. 해가 늦게 지는 여름이라지만 저녁 여덟 시가 되었는데도 어둡지 않았다.

저수지를 오르는 둑방 옆길 집으로 가는 길은 아스팔트 포장도로로 되어 있었다. 그 중간 샛길 대문까지 비포장 도로 이십 미터를 남겨 두고 넘어졌으니 분하고 억울했다.

며칠 전 펑크 난 기어가 없는 자전거를 수리하지 않는 게 흠이 되었다. 부엌에 네모난 막걸리 통인지 석유통인지 모를 하얀 플라스틱 통을 빨간 뚜껑으로 잠그면, 자전거 뒤에 싣기 딱 좋은 크기였고, 몇 번 넘어져도 흘러내리는 일 없이 안정성이 증명된 통이 있었다. 하지만 들고 다니기에는 불편해 주전자를 가지고 가는 바람에 이런 일을 만들어 버렸다.

군데군데 녹슨 대문을 열 때마다 초인종을 대신하듯 경첩에서 쇠 긁는 소리로 누군가 왔다는 걸 알렸다.

"오빠, 밥 먹자."

기와집도 초가집도 아닌 슬레트 지붕의 곧 다 쓰러져 갈 것 같은 황토 집 마루에 걸터앉아 나를 기다리던 여동생 혜영이가 말했다.

주전자를 건네자 몇 번 막걸리 심부름을 했던 동생도 주전자 무게가 가볍고 진흙으로 더럽혀진 손과 무릎을 보며 짐짓 넘어졌나 생각하며 나를 쳐다보았다.

그녀가 물어보기 전에 먼저 대답을 하였다.

"재수없게 대문 앞에서 넘어졌어. 손 씻고 들어갈게."

방 안에서는 아버지와 막내의 인기척이 났다.

수돗가 큰 다라에 어제부터 내린 비로 채워진 빗물 반 수돗물 반을 세숫대야에 바가지로 퍼 옮겨 얼른 손을 씻었다.

"빨리 들어오지 않고 뭐더냐?"

막내가 손가락으로 군데군데 구멍을 뚫어 놓아 신문지로 덧대어 놓은 창호지문을 열고, 아버지는 녹슨 대문을 열 때처럼 짜증이 가득한 목소리로 나를 불렀다.

미리 차려진 동그란 양철 밥상에 일주일 내내 같은 반찬이 올라 왔다. 신 김치에 마당 한 구석에 자란 상추와 고추가 있고, 된장이 가운데 퍼져 있다. 부녀회에서 몇 가지 보내준 멸치 볶음에 콩자반, 김, 그리고 알 수 없는 젓갈이 저녁 반찬의 전부였다.

이빨이 나간 나무 제기 그릇에 아버지가 눈치채기 전 먼저 주전자를 들어 막걸리 한 잔을 따라 드렸다. 식사 대신 늘 그의 위장으로 막걸리나 소주가 들어갔다.

한번은 친구 집에 놀러갔을 때 막걸리 한잔에 설탕을 타 마셔 보아서 그 맛은 알고 있었다. 달콤하며 시큼한 게 의외로 맛있었다. 집에 돌아오는 길에 속이 울렁거려 남의 논두렁에 게워낸 적이 있지만, 이게 유전인가 싶을 정도로 절대 마셔서는 안 된다는 거부감은 없었다. 할아버지도 술을 좋아하셨다고 생전에 할머니가 말씀하신 적이 있었다.

"이 집구석 술 좋아하는 건 내력이여 내력. 그니깐 경태 니는 낭중에 술은 입도 대지 말아야 헌다 알긋째!"

집 밖이든 안이든 하루도 빠지지 않고 마시는 아버지를 보며, 모든 흐르는 물이 바다가 최종 도착지이듯 할머니는 내가 어른이 되기도 전에 어디로 흘러갈지 알고 계신 듯 했다.

초등학교 이 학년인 막내는 물주전자를 들어 김이 오르고 있는 밥 위에 부었다. 신 김치를 물밥 위에 얹어 먹으면 반찬 투정 없이도 먹기 싫은 한 끼 식사를 금방 때울 수 있었다. 나보다 한 살 바로 아래 오 학년인 혜영이는 삼 년 전에 돌아가신 할머니를 대신해서 밥과 빨래를 도맡아 했다. 누가 가르쳐 주진 않았지만 할머니와 보냈던 시간들을 유용하게 그녀가 떠난 후에 쓰게 되었다. 나보다 한 살이 어렸지만 키는 일 센티가 더 컸다.

"혜영이는 비싼 학원비 아깝지 않게 하려면 빠지지 말고 잘 다녀라. 하루 빠졌다간 더는 학원 못 다니게 할 거니깐."

아버지가 목마른 사람처럼 냉수 붓듯 막걸리 한 잔을 들이키며 입가에 흐른 막걸리를 손등으로 훔치고 말하셨다.

옛날 그때 당시 그는 서울에 사시는 고모와 함께 초등학교 일 학년만 다녔다고 하셨다. 그 시절 먹고사는 게 먼저여서 학교는 돈 많은 집 아이나 다니는 거였다고, 그리고 지금 너희들은 복 받은 거라고 누누이 말했다. 아마 그게 한이 된 건지 혜영이가 피아노를 배우고 싶다고 했을 때 흔쾌히 다니게 하였다.

학원이라기도 뭐하지만 학교 옆 교회 목사 사모님이 아이들을 가르치면서 용돈 벌이 정도로 운영하고 있었다. 이런 시골에 학원이라는 단어조차 사치스럽지만, 그래도 학원비는 대도시보다 저렴했고, 배우는 학생이 적어 온전히 그녀가 교회 피아노를 독차지하며 연습하고 있다고 했다.

"경태는 학교 성적 떨어지면 아버지한테 맞을 줄 알아라."

점점 시비를 걸 준비를 하고 계셨다. 잔이 비워지면 자동으로 나는 아버지의 제기 그릇에 막걸리를 채웠다. 점점 취기가 올라온 그의 목소리에는 싸움닭이 들어 있는 듯했다.

'만날 맞는데 그날 하루 맞는다고 죽을까.' 하며 생각 하던 찰나 건설노동자로 단련된 거친 아버지의 오른손이 내 왼쪽 뺨을 스쳤다. 고통이 순식간에 썩은 치아까지 건드릴 정도였지만 눈물을 보이거나 울어서는 안 되었다. 그리고 이건 스친 게 아니었다. 스쳤다면 고개만 돌아갔어야지 집었던 숟가락이 날아가고 나 또한 날아가듯 방문까지 밀려가 있었다.

"아버지가 물어보는데 대답을 해야지."

그가 돌아왔다. 반쯤 담긴 주전자의 막걸리가 거의 비워 갈 때쯤 돌아왔다. 매일 보던 모습이 그 사람의 본모습이 아니던가. 이게 매일 보던 그의 모습이기에 술을 드시지 않는 날은 병이 있나 싶을 정도로 혜영이와 내가 걱정까지 했으니 말이다.

혜영이와 경수는 어느새 숟가락을 내려놓고 무릎 꿇고 있었다. 누구도 시키지도 않았고 누구에게 배우지도 않았지만, 그들만의 방식으로 복종을 보여 주었다. 익숙해질 법도 했지만 늘 한 대씩 맞으면 현기증이 잠시 머리를 스쳐 지나갔다.

"잘못했어요. 아버지."

습관적으로 얼른 무릎을 꿇고 반쯤 내려앉은 아버지의 눈꺼풀을 향해 손을 빌었다.

무릎을 꿇고 있는 놀란 경수의 입에서 다 삼키지 않은 밥알들이 떨어져 내렸다.

"아버지가 밖에서 니그들 키울라고 얼마나 고생하고 다니는 줄 아냐. 그런데 이노무 새끼는 아버지를 뭘로 보기에."

똑같은 말을 지금껏 수십 번, 아니 수백 번에 한번 더해 말했다.

"잘못했어요. 아버지."

수백 번 했던 말에 한 번 더 해 대답했다.

한번 시작하면 쉽게 끝나지 않는 아버지의 설교는 학교 교장 선생님이 제자로 들어와야 될 판이었다.

"낭중에 이놈은 뭐가 될라고 이러는지. 얼른 밥 먹어!"

그는 승리한 싸움닭이 낼 목소리로 말하며 마지막 잔을 들이켰다.

경수는 물 부었던 밥그릇을 숭늉 마시듯 들이켰다. 차분한 혜영이도 이런 순간은 빨리 상을 치워야 된다는 걸 알고 있었다. 그렇지 않으면 밥상에서 한 시간은 무릎 꿇고 있어야 되기 때문이었다.

아버지는 지금껏 동생들을 때리지 않았고, 아직 장난기가 가득한 막내를 살갑게 대하였다. 경수도 자기가 무엇을 해야 되는지 아는 것처럼 우리 집의 재롱둥이로 맡은바 임무를 다 하고 있었다.

상을 치우고 혜영이와 같이 부엌에 들어가 설거지를 했다. 어디서 가지고 왔는지 색깔과 모양이 제각각인 싱크대와 찬장이 아궁이 반대편에 맞추어져 있었고, 할머니가 살아계셨을 땐 이마저도 없어 밖에 수돗가에서 설거지를 해야 했었다. 추운 한겨울엔 솥단지에 데워진 물을 싱크대로 퍼 와서 찬물을 섞어 설거지를 해야만 했다. 마지막에 찬물로 그릇을 헹굴 때면 손은 찢어진 상처에 소금을 뿌린 것처럼 아파 왔다. 지금은 밖에 나가지 않아도 부엌으로 연결된 수도로 설거지를 할 수 있다는 사실에 만족했다.

건설 현장에서 미장일을 하시는 아버지는 일 년 중 여름에 일거리 많았다. 무더운 뙤약볕에서 일하는 시간을 조금이라도 줄이려고 새벽 동트기 전에 일어나셨다. 방학이긴 하여도 아버지가 나가실 때 맞춰서 일어나는 건 보통 힘든 일이 아닐 수 없었다.

아침은 늘 라면 한 봉지로 때우시는 아버지를 위해 냄비에 물을 받아 가스레인지 위에 올려두고 그 옆에 라면 봉지 하나를 놓아두었다. 아침에 일어나신 아버지는 상을 펴지 않고 끓인 라면을 서서 드셨고, 싱크대 안으로 빈 그릇을 넣은 후 오토바이를 타고 일터로 나가셨다.

저녁 설거지를 끝낸 혜영이는 붉게 변했을 내 볼을 쳐다보았지만 매일 벌어지는 일에 위로 같은 상투적인 말은 하지 않았다.

아침에 일어나신 아버지는 늘 다른 사람이 되어 있었다. 술을 드시고 드시지 않는 아버지는 야누스의 영혼을 가진 천사이자 악마였고, 그로 인해 난 지옥과 천국을 오고 가는 사람이 되어 있었다.

설거지가 끝나고 자기 전에 방에 들어가 모기장을 쳐야 했다. 듬성

듬성 바느질로 꿰맨 사각 모기장 끝을 정사각형의 천장 끝 모서리에 미리 못질을 해 둔 곳에 묶었다. 가뜩이나 마른 우리 삼남매의 피를 탐내는 모기들과 밤새 싸우며 잠을 설칠 수는 없었다.

이부자리를 펴자 아버지는 술기운과 내일의 일을 위해 피우시던 담배를 둥그런 노란색 재떨이에 비벼 끄셨다. 나는 그가 아직 술을 드시지 않는 아침과 밤에 잠을 자는 이 순간이 가장 좋았다. 그 두 순간을 빼면 무슨 일이 벌어질지는 아무도 예측할 수 없었고, 늘 긴장해야 되기 때문이었다.

나는 비가 멈춘 마당으로 나가 반을 잘라 놓은 드럼통에 마른 가지를 넣고, 다 커 버린 쑥을 마대 포대에서 한 움큼 쥐어 마른 가지 위로 올려놓았다. 성냥불을 켜 작년 구월이라고 써진 신문지에 불을 붙였다. 드럼통 아래 사각으로 잘라 놓은 구멍에 나뭇가지를 살짝 들어 불 붙은 신문지를 집어넣자, 딱정벌레처럼 등 튀기는 소리를 내며 하얀 연기를 내뿜었다. 쑥 냄새와 연기가 집으로 향하게 부채질을 하였다. 이렇게 하지 않으면 밤새 모기 때문에 한 잠도 못자기 때문이었다. 이 쑥 냄새는 내 머릿속에 각인되어 영원히 지워지지 않을 어린 시절 추억의 냄새 중 하나가 되었다.

"오빠, 빨리 들어와."

혜영이가 금세 주무시는 아버지가 깰까 봐 손을 모아 나팔 모양을 만들어 나를 불렀다.

집에 비디오가 없어 아홉 시가 넘어 방송하는 토요명화는 나와 그녀가 가장 기다리는 프로그램 중 하나가 되어 있었다. 다행히 칭얼거리는 막내도 피곤한지 아버지 옆에서 잠이 들어 있었다. 일주일 방송표가 나오는 신문에서 E.T를 한다고 예고했었다. 외계인 이야기라고 친구들에게 들었지만, 나를 위해 다시 비디오테이프를 빌려 그들의 집에서 보여 주지는 않았다.

방에 불을 끄고 혜영이와 난 훈련받은 군인처럼 아무 말 없이 조용히 적군이 깨지 않게 움직였다. 빛이 새어나갈까 아날로그 티브이를 모기장 안으로 가지고와 이불로 안테나를 뺀 앞쪽을 덮었다.

"광고 보다 잠든다니깐."

이불을 덮어 쓴 내가 기어가는 목소리로 말했다.

영화 한 편을 보려고 열 개가 넘는 광고를 보다 잠든 적이 여러 번이었다. 그 시골 초등학생에게 아홉 시가 넘는 시간은 꿈나라에 있을 시간이었었으니깐.

동생은 조용히 이불 안으로 가지고 온 비닐봉지를 열어 빼깽이를 내놓았다. 동네 부녀회장 아주머니가 한 봉지 주셨다고 했다. 고구마를 얇게 썰어 말린 빼깽이는 우리가 먹는 가장 흔한 간식이었다. 생고구마를 말린 것과 삶아서 말린 게 있었는데 이빨이 많이 썩은 나는 삶은 빼깽이를 좋아했다.

몇 개인지 세어 보지는 않았지만, 늦게 티브이를 켜서인지 광고는 평소보다 적은 것 같았다. 부엉이가 먹이에 집중하듯 나와 동생은 소리를 낮게 줄인 티브이를 앞에 두고, 두 눈을 부릅떴다. 이불 안에서 빼깽이를 자근자근 씹으며 영화의 내용을 놓치지 않으려고 노력했다.

전반의 즐거웠던 내용이 후반에 들어서자 바보 같은 어른들이 일을 망쳐 놓기 시작했다. 마지막 장면쯤 자전거 앞 바구니에 올라탄 E.T가 마술을 부려 하늘로 날아가는 모습이 보았을 땐, 펑크 난 내 자전거도 하늘을 날 수 있다면 막걸리를 흘리는 일은 없을 거라고 생각했다.

초등학교 육 학년인 내게 E.T가 나타나지 않을 수 있지만, 아직 이 학년인 막내에게는 기회가 있어 보였다. 외계인들은 대부분 순수한 아이에게 가는 것 같았다. 벌써 커 버린 나는 아마 그들에게 관심 밖일지 몰랐다.

동생은 뭔가에 홀린 듯 입을 반쯤 벌린 채 티브이를 덮은 이불을 잡는 거 외에 미동도 하지 않았다. 가끔 눈을 깜빡하지 않는다면 동상인 줄 알았을 정도로 뚫어져라 브라운관을 보고 있었다. 아마도 나와 같은 생각으로 이곳을 떠나 다른 곳으로 가고 싶어 했을지도 몰랐다.

*

엄마가 언제 정확히 집을 나갔는지는 기억하지 못했다. 자식 셋을 놔두고 도망을 간 걸 보면 아마 죽기 일보 직전이었을 것이다. 내가 초등학교를 들어가기 전 할머니가 혼자 사시는 시골로 이사를 오면서 엄마가 없다는 사실을 알게 되었다. 할머니는 우리 앞에서 하신 말씀은 아니었지만, 혼잣말로 '매정한 년' '도둑년' 하고 말없이 떠난 엄마를 욕하는 듯했다. 같은 여자로서 자식을 버리고 도망간 엄마를 이해하지 못하셨다.

엄마가 버텼다면 아마 죽었을 거라는 걸 전혀 모르신 채.

어느 단칸방, 혜영이는 내 시야에서 보이지 않았고 경수가 갓난아기로 누워 있었던 게 기억이 났다. 그렇게 따지니깐 내가 다섯 살 아니면 여섯 살이었겠다. 영화의 한 장면처럼 아니면 정확히 알 수 없는 사진 몇 장을 보며 간신히 추론한 기억이었다.

난 앉아 있었고, 손에는 딱딱한 로봇이 들려져 있었다. 지금 생각해 보니 밤이었다. 장롱 옆에 보이는 네모난 창에 노란색, 파란색으로 된 커튼 사이로 가로등 불빛이 비추어 보였기 때문이었다. 내가 기억을 정확히 할 수 없는 이유는 그런 일이 벌어지고 몇 년이 흐른 초등학교 저학년 때 생각이 났기 때문이다.

아마도 엄마가 삼남매인 우리를 위해서 색깔이 알록달록한 커튼을 달았으리라 짐작했다.

엄마와 아버지가 천장에 매달린 노란색 백열등 아래에서 언성을 높여 가며 싸우고 계셨다. 난 앉아 장난감을 손에 쥔 채 고개를 들어 부모님의 얼굴을 쳐다보고 그들이 하는 말을 들으려고 노력하였다.

엄마의 얼굴은 그녀보다 위에 있는 백열등의 빛 때문에 눈이 부셔 보이지 않았다. 흔들거리는 배 위에 타 있듯이 백열등 아래 아버지의 술 취한 얼굴도 흔들거리는 듯했다.

두 분이 무슨 말씀을 나누었는지 기억하려고 해도 기억나지 않았다. 언성이 높아지자 어깨까지 내려오는 엄마의 파마머리를 아버지가 왼손으로 움켜쥐고, 며칠 전 나를 때리던 주먹 쥔 오른손으로 그녀의 얼굴을 때리기 시작했다. 흔들리는 전구가 내 시야를 방해하는 사이 엄마와 눈과 마주쳤다. 엄마의 얼굴을 기억할 순 없어도 그녀의 눈동자는 지금도 기억하고 있었다. 완전한 공포심이 가득한 눈동자였다. 가끔씩 내 얼굴보다 큰 아버지의 손이 내 뺨을 때려 나뒹굴 때 마주쳤던 혜영이의 눈동자와 같기 때문이었다.

백열등 색이 비치는 노란 장판 위에 빨간색 물방울이 떨어졌다. 아직 그때까진 피를 보지 못했던 모양이었다. 지금에서야 그게 피였다고 이해했지만, 그때 당시에 나는 구체적으로 어떤 행동을 했는지 기억나지 않았다. 여러 가지 기억을 짜 맞추었기에 현재 내가 기억하는 사실이 정확하지 않을 수도 있다.

빨간색 핏방울이 엄마의 얼굴 어딘가에서 떨어지고 있었고, 그녀는 몸부림치며 머리카락을 쥐고 있는 아버지의 왼손에서 벗어나려 손과 발을 움직여 발버둥 치고 있었다. 그러면 그럴수록 핏방울은 내가 앉아 있는 장판과 이불에 튀었다. 쓰러져 있는 엄마의 머리가 앉아 있는 나의 눈높이 보다 아래가 되었다. 장판에 오른쪽 얼굴이 눌려진 채 정확히 맞아 떨어지는 아버지의 망치질처럼 주먹 쥔 오른손을 그녀의 머리와 얼굴 어딘가를 때리기 시작했다.

그녀의 입과 코에서 나오는 피로 가까이 본 엄마의 얼굴은 더욱더 기억하기가 힘들어졌다. 아버지의 망치질이 끝날 때까지 난 울지도 눈을 감지도 않았었다. 엄마의 얼굴은 빨간색으로 그녀의 얼굴 전체를 덮어 버렸다.

그때 무심코 내 입이든 생각이든 엄마를 향해 말했던 게 기억이 있다.

'엄마 움직이지 마! 물감이 너무 많이 튀어.'

그때 시야에서 보이지 않던 혜영이가 내 뒤쪽에서 울며 앞으로 걸어 나왔다. 어쩔 줄 모르고 지켜보고 있었던 내 뒤에서 동생도 같은 장면을 봤을 것 같았다.

팬티만 입고 있던 혜영이는 곧 핏줄이 터질 것 같은 아버지의 왼손과 장판에 얼굴을 박고 있는 엄마를 떼어 놓으려 그녀가 가지고 있는 모든 힘을 쓰는 것처럼 보였다. 엄마는 움직임 없이 낮잠을 자듯 그녀가 뿌려놓은 붉은색 물감 위로 누워 있었다.

아버지는 백열등이 흔들리는 불빛 아래 혜영이를 안고 일어섰다. 내 다리 위로 떨어진 붉은 물감을 손바닥으로 닦고 손바닥을 다시 내 팬티에 닦았다. 아직 아기인 경수는 울지 않았다.

아버지는 목을 감싸고 울고 있는 동생의 엉덩이를 토닥거렸고, 어깨를 들썩이며 피를 토하는 엄마를 내려 보고 있었다. 난 눈을 깜빡거려 더 자세히 보려 했지만 더 이상 기억해 내려 해도 기억이 나지 않았다. 그리고 잊어버리기 전에 나는 그 기억을 다시 기억하려 했다.

아버지는 술을 드셨다.

엄마의 얼굴은 피로 덮여 기억할 수 없었다.

경수는 아기였다.

혜영이는 울면서 그녀 방식으로 아버지께 저항했었다.

그리고 난 아무것도 하지 않고 쳐다만 보았다.

엄마는 그런 나를 보기 싫어 집을 나가 버렸다.

경수는 같은 동네에 사는 친구 집에 놀러 갔다. 동네에 나이가 같은 친구가 단 둘뿐이어서 인지 막내는 나와 지내는 시간보다는 창기와 보내는 시간이 많았다. 혜영이는 열심히 배우라는 아버지의 말씀 때문인지 아니면 정말 피아노가 재미있었던지 간에 그녀의 여유 시간을 대부분 피아노를 배우는 데 할애하고 있었다.

여름방학 기간 동안 동네에 버려진 빈병이나 모아 팔아 보려고 나서려는데 자전거를 팔거나 고치는 가게를 하는 가짜 삼촌이 전화를 걸어와 일 좀 도와달라고 했다. 아버지보다 어렸고, 결혼을 아직 하지 않는 그를 우리에게 삼촌이라는 호칭을 부르게 했다. 피 한 방울 섞이지 않는 아버지의 술친구였지만 가끔 용돈을 줄 때를 빼고는 우리는 그를 삼촌이라고 부르고 싶지 않았다.

저수지를 오르는 언덕 중간에 위치한 우리 집 마당에서 내려다보이는 동네 풍경 중 유난히 파란 지붕의 조립식 주택이 삼촌의 집이었다. 네모난 조립식 상자 위에 파란색 지붕을 올려놓고 화장실과 부엌도 같이 들어가 있었지만, 곧 무너질 것 같은 우리 집이 더 정감이 갔다. 그 집의 두세 배 정도 되는 마당 구석에 뼈대를 박아 놓고 못질을 하는 삼촌에게 인사를 했다. 작은 키에 배불뚝이, 앞머리가 벗겨진 삼촌은 뒤 머리카락의 대부분을 앞머리를 덮는 데 사용했다. 코는 어찌나 큰지 오백 원짜리도 들어갈 정도였고, 그의 얼굴 피부는 학교 근처 문방구에서 팔던 곰보빵처럼 거칠었다.

"경태야! 네 옆에 목장갑 끼고 저기 보이는 각목 쌓아 놓은 것 좀 하나씩 삼촌에게 주라."

나는 내 손보다 큰 목장갑을 끼고 반듯하게 잘라놓은 각목을 한두 개씩을 들어 그가 집기 편한 장소로 옮겨 놓았다.

아버지는 가끔씩 가까운 동네일이나 잔심부름이 필요한 곳에 어른 한 명의 품삯을 아끼려는지 나를 데리고 다니시곤 했다. 일터에서 그가 시키는 대로 큰 벽돌을 나르거나 연장을 챙겨 드리곤 했었다. 나는 그것이 내가 아버지께 할 수 있는 가장 큰 효도이자 착한아이가 되는 길이라 생각했었다.

그렇게 서당 개가 삼 년을 훌쩍 넘었으니 집안의 잘잘한 문제는 어린 나이에도 스스로 고칠 수 있게 되었다.

"삼촌. 뭐 짓는 거예요?"

긴 각목을 아시바(공사장에서 높은 곳에서 일하기 위해 만든 탁자 모양)처럼 만들어 놓은 탁자 위로 그가 집을 수 있게 하나씩 올리면서 말했다.

"여기에 비 맞지 않게 차고 만드는 거야."

삼촌은 자전거를 실어 나를 수 있는 작은 트럭을 가지고 계셨다. 가끔씩 비가 오는 하굣길에 우리 삼남매를 태우고 집에 데려다 주신 적이 몇 번 있었고, 그럴 때면 우리도 자동차가 있었으면 좋겠다고 생각했었다.

뙤약볕에 어느새 옷은 땀으로 젖어 있었지만, 용돈이 부족한 나로서는 가끔씩 찾아오는 기회를 놓칠 수는 없었다. 아버지의 용돈은 그가 기분이 좋거나 학교에서 필요한 물건을 조금 부풀려 남은 잔돈으로 사용했었다. 그마저도 부족할 때면 만취가 되어 곯아떨어진 밤에 그의 지갑을 열어 눈치채지 못 할 정도의 돈을 빼내곤 했다. 그렇기에 이렇게 받은 돈으로 아버지의 의심을 넘길 수밖에 없었다.

삼촌은 아버지처럼 못질을 잘하진 못했다. 몇 번의 망치질을 하다 빗겨 때린 망치질 때문에 괜한 못 하나를 구부려 박고 바로 옆자리에 못질을 또 했다. 절대 실패 없이 망치질을 하는 아버지가 존경스러울 정도로 삼촌은 망치질에 소질이 없어 보였다.

"경태 같은 아들 한 명 있으면 좋겠는데."

경수처럼 송곳니 하나가 빠진 삼촌이 굳이 웃지 않아도 되는 얼굴로 나를 바라보며 말했다.

태어나서 한 번도 여자를 만나 보지 못했을 것 같은 삼촌이 아들 이야기를 하는 게 우스웠다. 나는 아무 대답 없이 그가 줄 용돈의 대가만큼 땀을 흘리고 있었다.

못질을 잘하듯 못하든 처음 박혀진 기둥 주변으로 뼈대가 만들어졌다. 수수깡으로 학교에서 몇 번 만들어 봤던 경험으로는 뼈대만 튼튼하다면 비바람이 불어도 넘어지진 않을 것이었다.

마당 한쪽 벽면에 여러 장 겹쳐져 있는 합판을 삼촌과 양쪽에서 마주잡고 뼈대가 잡혀진 차고 둘레로 옮겨 놓았다. 바람막이 역할을 할 합판을 입구를 뺀 사각의 세 면에 둘러 못질을 하니 어느새 비바람을 막아 줄 차고의 옆면이 만들어졌다. 뚝딱 만들어진 차고는 삼촌의 얼굴만큼 조잡해 보였다.

마지막 작업인 지붕을 남겨 놓고 삼촌이 목장갑을 벗어 수돗가에서 손을 씻었다.

"좀 쉬었다 하자!"

나도 어느새 더러워진 목장갑을 벗고 수도꼭지를 틀었다. 군데군데 검게 먼지가 가득 낀 손을 씻고 손을 오므려 소독약 냄새가 나는 수돗물을 받아 마셨다.

그늘에 앉아 있으니 삼촌이 집안 냉장고에서 베지밀 한 팩과 맥주 한 병을 꺼내 왔다. 왜 어른들은 일이 끝나면 술을 마시는지 몰랐다. 술을 마신 어른들은 늘 큰 소리로 말했고, 가끔씩 싸우는 사람들도 동네에서 자주 보곤 했다. 궁금한 건 그들이 만나 화해를 할 때도 술을 마시는 거였다. 아직 술 맛을 모르는 내가 확실히 장담할 수는 없어도 술은 지능을 낮게 만드는 거라 생각했었다.

내가 삼촌을 싫어하는 건 못생긴 얼굴 때문이 절대 아니었다. 난 아버지와 술을 마시는 모든 사람들이 싫었다. 가끔씩 집으로 찾아와 웃으면서 마셔대고 돌아가지만, 정작 남겨진 우리에게는 지옥의 시작이었다.

삼촌이 땀 때문에 유난히 빛나는 자신의 머리를 닦고, 맥주잔은 필요 없는 듯 뚜껑을 딴 맥주병을 그대로 입으로 가져갔다. 고개를 뒤로 젖히고 맥주병을 세워 메마른 땅에 물을 뿌리듯 목으로 넘겨진 맥주는 뱀이 먹이를 삼키듯 꿀렁꿀렁 소리를 내며 성대 아래로 움직여 넘겨졌다. 내 손에 쥐여 준 베지밀을 마시면서 그의 목을 바라보고 있으니 감탄이 절로 나왔다.

"경태는 나중에 커서 뭐가 되고 싶으냐?"

어른이 되면 무엇을 할 거냐고 물어봤다면 집에서 나오는 거라고 말하려고 했지만, 질문이 달랐다.

"경찰이 될 거예요. 나쁜 짓 하는 사람 잡는 그런 거요."

진심이었다. 당하는 사람이 얼마나 괴로운지 알기 때문에.

이렇게 물어 보는 삼촌이 나쁘지는 않았다. 아무도 물어보지 않았다면 내가 어떤 사람이 되고 싶은지도 모르고 컸을 게다.

"술이 원수지!"

할머니는 당신의 자식이 저리 취해 인사불성으로 그녀의 손자인 나를 때릴 때도 말리지 않으셨다.

"얼른 아버지한테 잘못했다고 빌어!"

때리는 아버지가 아니라 맞는 나의 등을 밀면서 말씀하셨다. 코에 걸면 코걸이 귀에 걸면 귀걸이. 맞는 나보다 아내 없이 힘들게 돈을 벌어오는 그녀의 아들이 더 불쌍해 보였는지 몰랐다.

모든 건 사람이 원수지 술이 아니었다. 칼에 찔린 사람에게 '칼이 원수지.', 마약을 한 사람에게 '마약이 원수지.'라고 말하지 않듯 술도 술이 잘못이 아닌 사람의 문제였다.

"삼촌 술이 맛있어요?"

"술을 맛으로 먹냐. 힘드니깐 마시는 거야!"

보고 싶지 않은 미소를 또 지었다.

그럼 힘든 나도 마셔도 된다는 말인가?

"그럼 매일 힘들어요?"

그는 눈치가 빨라 내가 돌려 하는 말을 알아 차렸다.

"경태야. 너희 아버지는 하시는 일이 힘든 일이잖니. 그래서 술기운으로 일하시는 거야. 다 너희들 위해서."

건물에 미장일을 하시는 아버지 일이 힘들다는 걸 모르는 게 아니었다. 그 힘든 일이 끝나 지친 몸을 이끌고 집에 오셔서, 그날 하루의 마지막 힘을 짜내어 나를 때리고 주무시는 아버지는 그 힘만 저축해도 다음 날이 힘들지 않을 것 같았다.

지붕을 덮을 합판만 올려 주고 집에 가라는 삼촌이 호주머니에서 삼천 원을 건네주었다. 서너 시간 일한 품값이 정당한지는 알지 못했다. 일단 얼마라도 내 손에 돈이 쥐고 있어야 나중에 급하게 필요한 학용품이나 동생들 과자라도 사 줄 수 있기 때문이었다.

어디가 머리이고 어디가 이마인지 모를 그곳에 땀을 닦는 삼촌과 나는 지붕을 마무리하기 위해 일어났다.

*

개학이 이틀 남았다. 점심부터 내리기 시작한 여름비가 마지막 더위를 식혀 주듯 선풍기를 돌리지 않아도 시원한 비바람이 여름을 밀려 내보내는 것 같았다. 학교에 가기 위해 미리 펑크 난 자전거도 고쳐 놓았고, 깨끗이 빨아 놓은 운동화를 비에 젖지 않게 마루 위에 올려놓았다. 아직도 다 마르지 않았는지 떨어지는 물은 없었지만 축축함이 만져진 손마디로 전해졌다.

이렇게 낮부터 내리는 비 때문에 아버지는 가끔 일을 접고 들어오셨다. 운이 좋다면 아버지가 술을 직접 사 오셨고, 그게 아니라면 비옷을 입고 면소재지가 있는 곳까지 자전거로 술을 사 가지고 와야 했다.

혜영이는 곧 등교하면 싸 가지고 가야 되는 우리들 도시락 통을 씻고 있었다. 아직 나무를 떼는 우리 집은 비가 많이 오면 연통으로 물이 들어와 부엌 아궁이로 흘러 나왔다. 올해 장마 때 너무 많이 내린 비 때문에 부엌이 물바다가 된 적이 있었다.

아침에 일어나 아버지와 함께 우리 모두 부엌으로 들어가 물을 담을 수 있는 바가지나 쓰레받기를 이용해 밖으로 물을 퍼내었다. 안방에서 부엌으로 연결된 문을 열면 엉성한 마루 주방이 있고, 거기서 한두 계단 내려가면 아궁이 두 개가 있었다.

안방과 작은방에 불이 들어가는 아궁이 위에 크나큰 가마솥이 있었다. 겨울에는 물을 가득 받아 씻는 데 없어서는 안 되는 중요한 솥단지였다. 남들 집에는 수도에서 뜨거운 물이 나온다는데 항상 물을 가득 채워 다음날 써야 되는 우리에게는 여간 불편한 게 아니었다.

가족이 한 번도 여행을 가 보지는 못했지만, 이렇게 부엌에서 밖으로 물을 퍼 나르는 게 물장난을 치는 것마냥 좋았다. 늘 아침엔 천사이신 아버지가 세숫대야로 물을 펐고, 혜영이는 몇 개씩 떠다니는 반찬통을 싱크대에 옮겨 놓았었다. 경수는 물을 담는 건지 물장난을 치는 건지 막내만의 특권으로 누구도 신경 쓰지 않고 웃으며 물을 푸는 시늉을 했다. 그의 웃음은 서로에게 전염되어 다 같이 웃었고, 연통을 타고 아궁이로 들어온 물을 퍼 나르는 게 힘들지 않게 느껴졌었다. 아버지 옆에서 바가지로 물을 퍼 나르며 이런 행복이 매일 일어난다면 조금 늦게 어른이 되도 괜찮다고 생각했었다.

혜영이를 도와 저녁을 차리기 위해 부엌에 들어갔다. 저녁 준비라는 거창한 말이 아니라 실제로는 반찬통을 꺼내 밥상 위에 올리는 것뿐이었다. 가끔씩 김치에 두부 한 모를 사서 끓여 먹기도 했지만, 미리 사 놓은 두부가 없었다. 종종 일찍 들어오시는 날은 아버지가 두부나 고기를 술안주거리로 사 가지고 오시기도 했었다.

동그란 바가지에 밥그릇 하나로 쌀을 듬뿍 퍼 담았다. 이게 한 끼 우리 가족 양이었다. 두 번 정도 씻어 짙은 쌀뜨물을 버리고 밥그릇 하나 반 정도 물을 부어 취사 버튼을 누르기만 하면 되었다. 할머니가 살아계셨을 땐 작은 솥에 불을 떼서 밥을 했었고, 설탕을 살살 뿌린 누룽지를 못 먹을 때마다 할머니 생각이 났다.

대문에서 클랙슨 소리가 났다. 빗소리에 아버지의 오토바이 소리를 듣지 못했다. 나는 우산을 쓸 시간도 없이 부엌에서 슬리퍼를 신고 뛰어나가 대문을 열었다. 처마 한 구석에 아버지가 오토바이를 세우셨고, 두 동생이 부엌과 방에서 나와 아버지께 인사를 드렸다. 나도 대문을 닫고 마루로 가서 아버지께 인사드렸다.

흠뻑 젖은 아버지의 웃옷이 몸에 달라붙어 있었다. 헬멧을 벗고 오토바이 뒤에 가지고 다니시는 연장통을 마루에 올려다 놓고 말씀하셨다.

"경태 니는 비가 오면 아버지 뻔히 일찍 올 줄 알면서 대문을 열어 뭐야지 뭐 했어?"

악마가 된 상태로 돌아왔다. 난 목소리만 들어도 알 수 있었다. 낮부터 내린 비 때문에 저녁을 먹는 지금까지 술을 드셨을 게 뻔해 보였다. 하지만 아직 정신이 있는 그는 만족해하지 않았다.

"부엌에서 밥 하느라 못 들었어요."

아버지가 비에 젖은 셔츠를 벗으시며 말했다.

"소주 사 놓은 게 있는가 봐라!"

내가 말한 운이 없는 날이다.

"어제 아빠가 다 드셨는데요."

비에 젖은 아버지의 셔츠를 받고 혜영이가 말했다.

아버지는 호주머니에서 젖은 지갑을 꺼내셨다. 얼핏 봐도 만 원짜리가 수두룩했다. 임금을 받으신 날은 지갑이 두둑했고, 그런 날에 술이 취한 아버지를 대신해 그가 보는 앞에서 얼마인지 직접 세어 봉투에 넣어 적었기 때문에 오늘이 임금 받았던 날이라고 알 수 있었다.

그는 낡은 지갑에서 만 원 한 장을 꺼내고는 소주 대병을 사 오라고 하셨다. 막걸리가 아니어서 다행이었다. 남는 돈은 과자 사 먹으라며 인심 쓰듯 말씀하셨다.

옆에서 듣고 있던 경수가 "치토스!"라고 외쳤다.

'눈치 없는 놈. 비 맞고 사러 가는 형 생각도 안 하고.' 이럴 땐 한마디 하고 싶었지만 아버지의 심기를 건드려서는 안 되었다.

초등학교 근처 버스 정류장까지 자전거로 이십 분이 걸렸다. 비가 와서 주변은 어두컴컴했고, 산 밑에 있는 우리 집은 일찍 해가 져서

가려면 빨리 가야 했다.

마루 밑에서 장화를 꺼냈다.

"날 저물기 전에 빨리 갔다 와라."

아버진 오토바이가 자전거보다 더 빠르다는 걸 모르신 것 같았다.

군데군데 구멍이 있는 비옷을 입고, 대문을 열어 일반 자전거보다 월등히 크고 물건을 나르는 데에만 쓰일 것 같은 엿장수 자전거에 올라탔다. 앞이 보이지 않을 정도로 비가 내리는 건 아니었지만, 달릴수록 떨어지는 비가 자꾸 내 눈을 감기게 했다.

시골의 여름비가 내리는 저녁은 고요했다. 나는 그런 고요함을 뚫고 악마의 주식인 술을 사러 가야 했다. 집에서 버스정류장까지는 내리막길이었다. 내려가는 길은 몇 번의 페달질로 가능했지만, 되돌아오는 길은 쉬지 않고 다리를 움직여야 했다.

버스정류장에 도착했을 때는 비가 잠시 멈춘 상태였다. 같은 반 친구인 찬호의 엄마가 주인이었고, 우리 아버지도 잘 아시는 분이셨다. 이렇게 많은 술심부름을 하는 아들도 이렇게 많이 술을 드시는 아버지도 면에서는 보기 드물기 때문이었다.

"안녕하세요. 소주 대병 하나만 주세요."

계산대에 앉아 계시는 아주머니께 말했다.

"경태 비 맞고 왔나? 아버지 약주 많이 드셨는갑제."

뻔한 질문을 가엾게 물었다.

"네. 조금 드신 거 같아요."

나는 남는 돈으로 과자 두세 봉지 정도는 살 수 있다는 걸 알았다.

치토스 한 봉지와 다이제스트 그리고 혜영이가 좋아하는 에이스를 하나씩 샀다. 아주머니가 거스름 돈 오백 원을 남겨 주셨다. 비옷을 입은 바지 안쪽 호주머니에 오백 원 동전 하나를 집어넣고, 비닐봉지에 과자를 넣어 묶어 핸들 앞쪽으로 걸어 놓았다.

유리로 된 소주 대병은 자전거 뒷자리에 박스를 접어놓고 그 위에 병을 올려 미끄러지거나 흔들리지 않게 꽁꽁 묶었다. 찬호 엄마가 걱정된 눈으로 쳐다보고 있었지만, 몇 번 해 본 솜씨에 절로 어깨가 으쓱거렸다.

"찬호 불러 줄까?"

맘 맞는 친구들끼리 모여서 노는 무리 안에 찬호도 있다는 걸 아시는 아주머니가 물으셨다.

너덜너덜한 비옷을 입고 과자 몇 봉지를 들고 있는 모습이 왠지 창피하게 느껴졌다.

"아니에요. 저 지금 바로 가 봐야 돼요. 안녕히 계세요."

"그래 조심히 올라가거라."

비가 안으로 들어올까 봐 문을 닫으려는 찬호 엄마가 말했다.

잠시 멈추었던 빗방울이 그새를 못 참고 다시 내리기 시작했다. 집집마다 마당 입구에 불이 켜지기 시작했다. 남들보다 더 빨리 어두워지는 우리 집은 혜영이가 불을 켜 놓았을 것이다. 책에서 봤던 등대처럼 누군가를 기다리는 시골집은 항상 마당 불이 켜져 있었다. 모두가 들어온 집은 약속이나 한듯이 마당 입구의 전등을 꺼 버렸고, 우리 집도 항상 아버지가 들어오시기 전까지는 불을 켜고 기다렸었다.

집 앞 경사로를 빼면 집까지 가는 길에 크게 힘든 오르막길은 없었다. 늦여름의 저녁 비는 시원함과 쌀쌀함을 동시에 가지고 있었다. 힘껏 밟은 페달질로 몸에서 열이 올라왔고, 비닐로 된 비옷 때문인지 열기가 빠져나가지 못한 땀 냄새와 비 비린내가 섞여 턱 밑에서 올라왔다. 비는 더 굵어졌고 주위는 어두워졌다. 드문드문 있는 가로등 한두 개를 지나 고개를 들었다. 멀리 보이는 집 마당에 백열등이 켜져 있었다.

자전거 안장에서 일어나 몸을 앞으로 기울어 페달을 밟았다. 집 앞 오르막길에 다다르자 자전거에서 내렸다. 어느새 장화 안으로 들어와 버린 물 때문에 걸을 때마다 소리가 났다.

오토바이 옆에 비가 처마에 걸려 그나마 적게 떨어지는 곳에 자전거를 세웠다. 대문을 닫으려니 녹슨 경첩 소리가 심하게 났다. 그 소리에 방에 있던 혜영이와 경수가 나왔다. 나보다 다른 것을 기다렸던 막내에게 봉투에 담긴 과자를 건네주고 자전거 뒷자리에 두꺼운 고무줄로 묶었던 소주 대병을 마루에 놓았다. 혜영이가 수건 한 장을 나에게 건네주고 술이 도착하기만을 기다렸을 아버지께 가져갔다.

장화를 벗어 뒤로 젖혔더니 가득 머금고 있던 물이 쏟아졌다. 군데군데 구멍 난 비옷이지만 그래도 자기 역할을 충실히 했는지 안에 입은 웃옷은 그리 많이 젖지 않았다. 다 젖어 버린 바지를 벗고 상의와 팬티만 입은 채 방으로 들어갔다. 모두 둥그런 양은밥상에 저녁을 차려 밥을 먹고 있었다. 비 맞고 온 나를 기다려 주지 않고 저녁은 시작되었었다.

아버지는 벌써 맥주잔에 소주를 따라 놓으셨다.

가운데 밥상을 두고 둥그렇게 앉은 우리는 아버지가 소주를 드실 때까지 기다렸다. 그는 맥주잔에 차 있는 소주를 삼촌이 맥주를 마셨던 모습과 같이 목으로 넘겼다. 나는 그 신호에 맞추어 수저를 들었다.

비바람이 부는 산 밑 작은 집은 티브이를 켜도 신호가 잘 잡히지가 않았다. 이리저리 안테나를 움직여야 했지만, 밥을 다 먹고 안테나를 만져 볼 생각이었다.

아버지는 아무 말씀 없이 맥주잔 반 잔 정도 술을 따르셨다. 낮부터 드신 술을 저녁때까지 마시고 계셨다. 아직 어린 막내도 아버지가 단숨에 변하는 걸 알기에 나와 동생들은 서로의 눈치를 볼 필요도 없이 짧은 저녁 시간을 만들려고 밥맛을 느끼지도 못한 채 바쁘게 수저를 움직였다.

고요한 침묵을 깨고 전화벨이 울렸다. 내가 받으려고 몸을 움직이려고 했지만, 팔을 뻗어 아버지가 받으셨다. 몇 마디 주고받은 대화가 술을 사러 들렀던 찬호 엄마라는 걸 알았다.

웃는 아버지 입에서 천 원 오백 원 하는 소리를 수화기를 통해 찬호 엄마와 이야기를 하며, 고맙다는 말과 함께 전화를 끊으셨다.

처음 드셨던 소주처럼 몇 번의 목 넘김으로 맥주잔이 비워졌다.

벌써 풀린 눈의 눈가에 주름이 잡혔다. 이건 좋지 않은 신호였다.

"경태 너 거스름돈 얼마 받았어?"

그의 짜증이 가득 담긴 말로 한쪽 얼굴을 찡그리며 말했다. 뭔가 잘못되었다는 걸 알았다.

"오백 원 거슬러 주셨는데요."

비에 젖어 마루에 벗어 놓았던 바지 주머니에서 오백 원을 꺼냈다.

그는 꼬인 혀와 풀린 눈으로 전화기 옆에 있는 볼펜과 종이를 나에게 던지시면서 소주 가격과 과자 가격을 적으라고 하였다. 그는 항상 이유를 나중에 말해 주었다. 나는 평소대로 그가 하라는 대로 하면 될 일이었다.

막내가 가지고 간 봉투를 열어 뒷면에 과자 가격을 적었다. 하지만 소주 가격은 물어보지 않아 몰랐다. 만원에서 재빨리 과자 가격과 남은 오백 원을 계산해서 소주 가격을 적었다. 아버지는 적어 드린 종이를 보지도 않으신 채 내 얼굴만 한 그의 손으로 내 머리를 내리쳤다.

찬호 엄마가 거스름돈 천 원을 줘야 되는데, 오백 원만 줘서 나중에 받으러 오라는 전화였다. 그럼 좋은 게 아닌가 하고 생각했지만, 나는 몸에 배인 습관으로 바로 무릎을 꿇고 아버지께 빌었다. 아버지는 일어나 부엌과 연결된 문을 비틀대는 몸으로 열고 들어가 아궁이 옆에 쌓아 놓았던 장작 중에 손에 쥐기 좋은 몇 개를 골라 내오셨다.

두 동생은 들고 있던 수저를 내려놓고 벽 쪽으로 가서 무릎을 끊어 앉았다.

"아버지가 어떻게 벌어 온 돈인데 내일모레 중학교 가는 놈이 계산도 못해! 일어서!"

그가 누구를 보면서 이야기하는지 모를 풀린 눈으로 소리쳤다. 주위를 둘러 나 아닌 다른 사람이 있는지 찾아보고 싶었지만, 지금은 아까 벗어 버린 바지가 아쉬울 뿐이었다.

학교에서 선생님도 회초리로 종아리를 때렸다. 온갖 인상을 쓰면서 아픈 얼굴을 보여 주면 내심 회초리 수가 적어졌고 때리기 전에 몇 대라고 일러 주었기에 참을 수 있었다.

하지만 악마가 되어 버린 아버지는 그의 분이 풀릴 때까지 때리셨고, 부러져 버린 첫 번째 회초리가 아니 회초리라고 하기엔 너무 두꺼운 나뭇가지가 어울렸다.

"지금까지 아부지가 얼마나 니그들 위해서 밖에서 힘들게 벌어 온 돈을 이 멍청한 놈이 버리고 있어. 그까짓 계산을 못해서."

지금은 때리는 아버지보다 이런 상황을 굳이 만들어 놓은 찬호 엄마가 더 미웠다.

일어서라는 아버지의 말에 다리를 덜덜 떨면서 일어섰다. 뒤에 무릎 꿇은 동생들이 보고 있었다.

두 번째 회초리를 드는 아버지 앞에서 무릎을 꿇고 빌었다.

"잘못했어요. 아버지."

아버지는 이성을 잃으셨다. 이런 경우도 겪어 봐서 알고 있었다. 귀는 닫혀 있고 아무것도 보이지 않는 것처럼 행동했다.

무릎을 꿇고 파리의 손바닥처럼 빌고 있는 나를 아버지는 나뭇가지로 다시 때리기 시작하셨다. 나는 얼굴을 가리고 누웠고, 하나가 부러지면 또 하나로, 그게 부러지면 또 하나로 때리셨다. 마루에 가끔씩 나타나는 쥐며느리처럼 둥글게 몸을 말았다.

아버지는 나를 죽이려고 하시는 것 같았다. 내 등과 몸 어딘가에서 견딜 수 없는 통증이 밀려왔다. 부엌에서 가지고 온 나뭇가지가 다 부러지자 아버지는 내 어깨를 잡으셨다. 아무리 쥐며느리처럼 몸을 감싸고 있어도 그가 잡은 손에서 벗어나기란 쉽지 않았다.

앞이 보이지 않았다. 눈물이 가득했으니. 왼쪽 어깨를 꽉 잡으신 아버지는 그 거칠고 투박한 손으로 주먹을 쥐시고 내 머리 위로 내려찍었다. 방바닥에 얼굴을 박아 버린 나는 정말 짧은 순간 내가 기억하는 아주 어린 시절 보았던 엄마가 떠올랐다.

땅바닥에 엄마의 얼굴을 짓누르는 아버지의 팔과 엄마에게서 나오는 피가 방바닥에 뿌려졌던 기억, 엄마의 눈동자, 그 공포심.

장판에 부딪힌 머리가 반동으로 튀어 올라왔다. 정신이 잠시 혼미했지만 바로 정신을 차렸다. 아버지가 같은 동작을 반복하려고 했다. 나는 아버지가 팔을 들어 주먹을 쥐고 계실 때 그의 왼쪽 팔을 두 팔로 힘껏 밀었다.

내 옷 상의를 잡고 계신 아버지는 놓치지 않으려고 힘을 주는 사이에 나는 입고 있던 티셔츠를 벗어 버리고 방문을 열고 밖으로 도망갔다. 아버지는 나를 잡으러 일어섰지만 비틀거리는 몸 때문에 균형을 잡지 못하였고 마루 기둥을 잡고 일어서서 소리치셨다.

"집구석에 들어오면 죽을 줄 알아라."

신발도 신지 않고 팬티만 입고 도망쳤다. 아직도 내리는 비가 눈물과 함께 섞였다. 어디든 뛰어가야만 했다. 멀리 집 마당에 켜져 있는 백열등이 보이지 않는 곳까지 가야 했다. 숨이 차올랐다. 억울한 감정도 올라왔다. 울고 싶었다. 눈물만 흘리는 울음이 아니라 소리쳐 울고 싶었다. 심장이 뛰는 게 느껴졌다. 삼촌 집 가까이에 멈춰 섰고, 그 자리에 주저앉아 얼굴을 감싸고 큰소리로 울었다.

주위는 고요하지만 내리는 빗소리에 사람들은 내 울음소리를 듣지 못 할 것이었다. 아니다. 그들은 들으려고도 한 적도 없었다. 동네 회관에서 가끔씩 만취가 되어 모시러 간 아버지에게 두들겨 맞아도 그들은 남의 일인 듯 거들떠보지도 않았다.

어른이 되기도 전에 죽을 것 같았다. 얼굴도 기억나지 않는 엄마도 죽기 전에 이렇게 도망갔을 생각을 하니 분하고 그리웠다. 아버지는 내가 어린 시절 보았던 엄마를 때리던 방법으로 나를 때렸다. 그에게서 더 멀어져야 했다. 하지만 아직 어른이 되려면 시간이 필요했다.

소리 내어 한참 울었더니 속이 울렁거렸다. 급하게 먹은 저녁 시간 도중에 매질을 피해 도망을 간 터라 울렁거리던 속이 시큼한 위 냄새와 함께 먹었던 모든 것을 토해내게 하였다. 시큼한 구토 물은 빗물과 섞여 비린내가 났다. 천천히 목적지 없이 비를 맞고 걸었다. 그제야 빗물에 닿은 종아리, 허벅지와 등이 따가웠다. 어두워져 버린 밤에 떨어지는 비를 피해야 했다. 처음엔 삼촌 집에 가려고 했지만 아버지께 전화를 할 게 뻔했다.

거의 다 벗겨진 앞머리만큼 그는 훤히 내가 여기 있다고 아버지께 말할 것이었다. 그는 매 번 아버지께 잘못했다고 빌라고 말했지만, 알지도 못하는 잘못을 몇 년간 빌었던 건 뭐냐고 물어보고 싶었다.

동네에서 유일한 동갑내기 친구인 진실이 집도 팬티만 입고 찾아갈 수는 없었다. 전화를 해서 굳이 이런 상황을 만들어 준 찬호네 집도 가고 싶지 않았다. 그냥 혼자 있고 싶었다. 삼촌 집을 지나 마을회관으로 갔다. 여기도 아버지가 찾아 올 수 있었지만 몸도 가누지 못할 정도로 취한 오늘은 아니었다.

낡아서 곧 쓰러질 것 같은 기와집이지만 비를 막아 줄 곳은 이곳밖에 없어 보였다. 이 시간 마을회관에 들르는 사람은 없을 것이었다. 여름이지만 추위가 몰려왔다. 전등불을 켤 수 없어 부엌 아궁이로 가 나뭇가지 몇 개를 집어넣었다.

한여름이었지만 내 분노와 흠뻑 젖은 여름비가 내 몸을 떨리게 했다.

마을 회관은 공동으로 사용하는 모든 게 준비되어 있었다. 아궁이 옆에 있는 신문지를 둘둘 말아 세워서 성냥불을 켰다. 겨울이면 매번 나무를 떼는 우리 집과 같이 신문지를 부지깽이로 아궁이에 들어 있는 나뭇가지 사이에 집어넣었다.

나뭇가지가 조금씩 타면서 연기가 내뿜어져 나왔다. 아까 흘렸던 눈물과 다른 매운 눈물이 났지만 추위에 몸을 녹이려 가까이 다가갔다. 아무 생각 없이 아궁이 속 불을 쳐다보았다. 탁탁 소리를 내며 타들어 가는 나뭇가지가 내 뼈가 타들어 가는 것처럼 느껴져 쳐다보고 있었다.

허기가 졌다. 저녁 한두 수저가 전부였던 걸 그마저도 게워내서인지 배가 고팠다. 불이 붙은 아궁이에서 나오는 열이 조금씩 몸을 녹이면서 몸이 따뜻해졌다. 무거웠던 머리를 종아리를 감싸고 앉은 무릎 위에 올려 한쪽 뺨을 대고 눈을 감았다.

고요했다. 내리는 빗소리도 타들어 가는 나무소리도 들리지 않고, 이대로 아침이 왔으면 좋겠다고 생각했다. 어디서부터 잘못된 건지 알 수가 없었다. 엄마가 떠나고 할머니 집에 내려왔던 시골 생활은 즐거웠다. 어린 나이에도 엄마가 떠난 걸 알고 있었다. 엄마를 불러 보고 싶었지만, 슬퍼하실 아버지를 위해 나와 혜영이는 엄마라는 단어를 입 밖에 내지 않았다.

이제는 엄마라는 단어조차 부르는 게 어색해져 버렸다. 한번도 경험해 보지 못한 엄마라는 포근한 존재는 아마도 우리가 할머니를 생각하는 마음과 같을 거라는 짐작뿐이었다.

현실에서 벗어나는 상상은 이 악몽 같은 곳에서 나를 지탱해 주는 유일한 수단이었다. 나는 고개를 숙인 채 다른 생각에 잠기려 할 때, 순간적으로 일어나 내 어깨를 흔드는 팔을 뿌리쳤다.

진실이 엄마였다.

"경태. 여기서 뭐하냐?"

놀란 표정의 진실이 엄마가 팬티만 입고 서 있는 나를 그녀의 커진 눈동자로 쳐다보았다.

온몸에 회초리로 맞은 붉은 선들이 수십 개가 나 있었다. 그녀는 나의 팔을 잡고 집으로 데려가려고 했다. 어른들은 허락 없이 남을 잡는 게 익숙한 것처럼 보였다. 나는 싫다는 의사표현으로 팔을 뿌리쳤다.

"괜찮아요."

"뭔 세상에 아무도 없는 회관에서 연기가 나길래 찾아 왔더니만은. 경태야 오늘은 우리 집에서 자고 내일 가거라!"

동네에서 소문나게 술 좋아하시는 아버지가 내 몸에 붉은 줄을 새겨 놓은 걸 본 눈치였다. 아버지에게 아무 말도 못하는 동네 사람들은 그들의 대문을 닫듯이 저수지 밑에서 나는 소리에 귀를 닫고 살았었다.

아버지 말 잘 들으라는 말로 모든 원인을 나에게 돌리는 간편 주의자들이였다.

"엄마, 여기서 뭐해 무섭게."

회관 옆에서 나는 소리에 한손에 우산을 들고 한손에 플래시를 비치며 진실이가 말했다.

"진실, 안으로 들어가 얼른."

아주머니가 급한 목소리로 고개를 돌려 말했다. 모녀가 밤중에 어디를 다녀온 것 같았다. 하지만 늦었다. 그녀의 한손에 쥔 플래시가 팬티만 입고 있던 내 다리부터 머리까지 단숨에 비쳐졌다.

"경태야!"

나는 진실이 엄마를 지나쳐 문 앞에서 벌린 입을 한손으로 가리고 있는 진실이를 밀치고 뛰었다. 죽고 싶었다. 아버지께 맞아서 죽는 게 아닌 다른 의미로 죽고 싶었다. 창피했다. 앞으로 그녀를 어떻게 봐야 될지 모른 채 팬티만 입고 있는 나는 학교 쪽으로 뛰었다.

내 이름을 부르고 갑자기 커진 그녀의 눈동자와 벌어진 입을 기억에서 지울 수가 없었다. 다시 예전으로 돌아 갈 수 없을 것 같았다.

동네에서 둘밖에 없는 같은 나이 친구. 어쩌면 고등학교까지 같이 다녀야 할 친구를 잃어버린 것 같았다. 눈물이 나지 않았다. 창피함은 슬픔과 달랐다.

비가 내리는 여름밤에 벗겨진 내 몸은 한겨울보다 더 춥게 느껴졌다.

마을 입구의 큰 도로까지 달려갔다. 그곳엔 비를 피하기 위해 만들어 놓은 작은 버스정류장이 있었다. 그곳에 들어가자 불어오는 비바람만 피할 뿐인데도 몸이 따뜻하게 느껴졌다. 고개를 숙였다. 어느새 아버지께 맞았던 아픔보다 진실이가 내 모습을 봤던 창피함이 더 크게 느껴졌다. 왠지 나보다 더 친한 여자애들에게 말할 것 같았다.

그녀와 친한 친구는 현숙이와 소라가 있었다. 현숙이는 경애, 미숙이와 친했다. 소라는 미선이와 선영이와도 친했다. 학교에 소문이 퍼지는 건 순식간일 것이었다. 창피하지만 그녀를 만나서 말하지 말아 달라고 말하는 수밖에 없었다.

그녀에게 날이 밝으면 말해야겠다고 생각하고 고개를 들었더니 동네 파출소에 있는 경찰차가 내 앞에 멈추었다. 두 경찰이 차에서 내려 팬티만 입고 있는 나를 천천히 쳐다보았다. 붉은 선들은 그들의 관심을 끌기에 충분해 보였고 놀란 경찰은 내 쪽으로 다가왔다.

한 명은 삼촌 정도의 나이로 보였고 다른 한 명은 아버지 연배처럼 보였다.

"애야, 집이 어디냐?"

나이가 더 많은 경찰이 물었다.

난 아무 대답도 하지 않았다. 아버지가 나를 때렸다는 걸 경찰이 알면 그를 잡아갈 것 같아서였다.

"아저씨가 집까지 태워 줄게. 집이 어디야?"

젊은 경찰이 같은 질문을 했다.

대답을 하지 않은 채 추위로 웅크려져 있는 몸을 팔로 감쌌다.

"너 말 안 하면 파출소 가야 돼! 파출소가 얼마나 무서운 줄 알아?"

방금 전까진 집에 데려다 준다더니 이제는 겁을 줬다.

비가 오는 버스정류장에서 실랑이를 할 필요 없는 듯 나를 경찰차 뒷좌석에 태웠다. 처음 타 보는 경찰차였다. 경찰이 되고 싶다고 어떻게 하면 되냐고 물어보고 싶었지만, 방금 전 침묵 때문에 물어볼 수는 없었다. 앉은 자리에서 고개를 돌리지 않고 곁눈질로 자동차 내부를 보았다. 개학하고 학교에 가면 친구들에게 자랑하려고 많이 봐 두었다.

면소재지에 있는 파출소에 경찰차가 도착했다. 차에서 내린 두 사람은 나를 파출소 안으로 데리고 갔다. 당직을 서고 있는 또 다른 경찰이 파출소 문을 열고 들어오는 나를 보며 깜짝 놀란 표정으로 바라보았다. 대부분의 사람들의 놀라는 표정은 거의 다 비슷해 보였다.

형광등으로 밝은 파출소 안에 나를 입구에 일렬로 세워진 의자에 앉게 했다. 갑자기 비친 밝은 형광등에 눈살을 찌푸렸지만 조금 시간이 지나자 적응되었다. 수갑은 채우지 않았다. 수갑까지 채웠다면 정말 좋았을걸. 학교에서 자랑도 할 수 있었는데 아쉬웠다. 젊은 경찰이 우리 집 냉장고보다 조금 작은, 그의 허리까지 오는 냉장고 문을 열어 야쿠르트 하나를 건넸다. 난 받지 않고 아무 관심 없는 듯 앞만 바라보고 있었다.

젊은 경찰관은 야쿠르트의 입구를 열어 다시 나에게 건네주었다. 받아먹기는 싫었지만 그의 정성 때문에 아직도 덜덜 떨고 있는 내 손을 뻗어 받았다. 몸은 추웠지만 시원한 야쿠르트는 어느새 허기까지 겹쳐진 내 위에 청량감을 주며 내려가는 게 느껴졌다. 그들의 속셈은 티브이를 봐서 알고 있었다. 난 절대 넘어가지 않겠다고 맹세했다. 내가 아무리 싫어하는 아버지라지만 내 손으로 감옥에 보낼 수는 없었다.

야쿠르트를 마시는 나를 보며 경찰관 세 명이서 이야기를 했다. 학교에서 이런 걸 몇 번 당해서 그들이 나를 제외시키고 자기네들끼리 이야기한다는 걸 금세 알아 차렸다.

학교 가까이에 파출소가 있었지만 들어와서 보는 건 처음이었다. 왠지 나쁜 사람들이 있을 것 같은 두려움이 있었다. 이런 시골에 나쁜 사람은 없었지만, 티브이에서 항상 경찰서엔 그런 사람들로 가득했었기에 기대하고 있었던 건 사실이었다.

이곳은 학교 교무실과 별반 다르지 않았다. 몇 개 되는 책상에 책과 서류들이 꽂혀 있고 뒤에는 경찰복들이 걸려 있었다. 정면 벽에는 교실과 같이 태극기가 걸려 있었고, 대통령의 사진이 그 옆에 나란히 있었다.

고개를 돌려 오른쪽을 보며 깜짝 놀랐다. 큰 거울이 벽면에 걸려 있었다. 놀라는 표정은 거울에 비친 나도 남들과 다르지 않았다. 절벽에서 구른 듯한 상처들이 몸에 자로 잰 듯 반듯한 줄무늬가 일정한 간격 없이 사방으로 그어져 있었다. 종아리는 회초리에 맞아 생긴 붉은 선에서 어느새 피가 나고 있었다. 종아리보다 등이 더 따가웠지만 등을 돌려 차마 확인하고 싶지 않았다. 온몸을 뒤덮은 붉은 선들이 가득한 내 몸을 사진 찍어 놓고 싶었다. 이렇게 맞고도 버틴 사람은 나뿐일 거라는 생각에 괜스레 자랑스러웠다.

젊은 경찰이 튜브에 담겨진 하얀 연고를 들고 내 쪽으로 다가왔다. 비 맞은 몸에서 열이 떨어져 추위가 밀려왔다. 추위에 무릎 사이로 손을 집어넣었다. 다물어져 있는 이가 서로 부딪히면서 덜덜 떠는 소리가 났다. 꾹 다물려다 은근히 재미가 있어 약간의 턱에 힘을 풀어 소리가 더 크게 나게 했다.

"일단 약 좀 바르자."

반쯤 남겨진 연고를 그의 오른손 손가락 끝에 짜내며 말했다.

젊은 경찰은 하얀 연고를 살이 터져 피가 나는 곳에만 발랐다. 내 몸에 난 상처 곳곳에 연고를 바르는 것보단 손바닥에 연고를 짜서 온몸에 바르는 게 더 빨라 보였다.

아버지도 가끔 내 몸에 연고를 바른 적이 있었다. 맨 정신에 그가 한 행동을 반성하듯 연고를 내 몸에 발라 주었지만, 술을 드신 저녁에는 연고는 금세 잊어버리고 다시 때리기 일쑤였다. 병든 아이보다 건강한 아이를 때리는 게 그에게는 조금 더 그의 화를 풀 수 있는 시간을 길게 하는지 몰랐다.

튜브에 담긴 연고를 다 짜내도 내 상처를 덮을 수는 없었다.

나이 많은 경찰이 문 옆에 걸려 진 경찰 문양이 박힌 비옷을 가지고 왔다. 옷 양 깃을 잡고 나에게 팔을 넣으라는 신호로 눈앞에서 몇 번 흔들었다. 경찰차를 타 보고 파출소에서 옷까지 입게 되었다. 무릎까지 오는 비옷 상의에 지퍼를 닫으니 그나마 떨렸던 이는 내 의지와 상관없이 멈췄다.

"애야! 이름이 뭐냐?"

나이 많은 경찰이 물었다.

경찰차도 태워 주고 경찰 옷도 입혀 주었던 답례로 대답했다.

"경태요. 김경태."

나이 많은 경찰은 내 옆 의자에 앉았고, 젊은 경찰은 끝까지 짜낸 빈 연고를 들고 내 앞에 있는 탁자에 엉덩이를 기대었다.

"경태야! 누구한테 회초리로 맞은 거야?"

아버지라고 말하고 싶었지만, 아무리 악마 같은 아버지라도 그들에게 넘겨 줄 수는 없었다.

아무 말도 하지 않고 앉아 있는 나를 두고 나이 많은 경찰이 젊은 경찰에게 말했다.

"부모님 만나 뵙고 집에 들여보내 달라고 해야겠는데."

"경태라고 했지. 아저씨가 집까지 태워 줄 테니깐 어디 사는지 말해 봐. 동선리 앞에 있는 걸 보니 그 동네 사는 것 같은데 몇 개 안 되는 부락 이장에게 전화하면 금방 알 수가 있어. 그러면 부모님 또 화내시니깐 조용히 집에 데려다 줄게. 응?"

나보다 두 배는 키가 클 것 같은 젊은 경찰이 말했다.

내 정면에 걸려진 동그란 벽시계를 봤다. 열한 시가 가까웠다. 지금쯤이면 아버지는 주무실 시간이었다. 술까지 드셨으니 이 시간에 안 주무실 리가 없었다.

하루 동안 먹었던 음식을 게워낸 탓에 배는 홀쭉해졌고, 눈꺼풀은 내가 신경을 써서 올려야 할 정도로 잠이 몰려왔다.

내가 말이 없자 나이 많은 경찰이 말했다.

"애야! 너희 부모님께 내가 잘 말할게. 그리고 다음에 또 아버지가 이렇게 때리시면 파출소로 와도 돼. 정류소에 있지 말고. 알았지?"

아버지가 때렸다고 말하지 않았는데도 알고 있었다. 경찰의 눈을 피하기란 쉽지 않다는 걸 알았다. 그를 잡아가지는 않는다는 말에 안심을 해야 되는 건지 아쉬워해야 되는 건지 몰랐다.

"동선리 저수지 밑에 집인데요."

나이 많은 경찰과 젊은 경찰이 서로를 바라보며 옅은 미소를 띠었다. 티브이에서 경찰들이 무엇을 알아냈을 때 짓는 표정과 같았다.

"아버지 건설 미장일 하시는 분 맞지?"

젊은 경찰이 아버지를 아는 말투였다.

나이 드신 경찰도 아는 척을 했다.

"아버지가 술을 많이 드시지? 오늘은 많이 드셔서 주무실 거니깐 아저씨가 아버지 술 깨는 다음날 만나서 더 이상 경태 때리지 말라고 말해 줄게."

때리지 말라고 해도 안 때리실 분은 아니셨지만, 경찰의 말은 조금 듣지 않을까 내심 기대했다.

"일어나 차에 타라! 집에 데려다 줄 테니깐. 너도 이제 자야지 내일모레 개학도 하는데." 나이 많은 경찰이 자리에서 일어나며, 내 어깨를 두드렸다.

경찰들은 동네에서 일어나는 일들을 다 아는 것 같았다. 나는 어쩔 수 없었지만, 어디를 특별히 갈 데도 없어 못 이기는 척 일어났다.

멀대처럼 키가 큰 젊은 경찰이 뒷좌석 문을 열어 내가 타기를 기다렸다. 비는 멈추었고 거리는 지나가는 사람이 아무도 없었다. 다음에 도망 칠 때는 파출소로 도망가야 되겠다고 생각했다. 아무리 이성을 잃어버린다고 해도 파출소에서는 그를 제지할 경찰들이 있었기 때문이었다.

집에 돌아가는 시간은 짧았다. 내가 자전거를 타고 내려오는 시간과 악마에게서 벗어나려고 내달렸던 시간이 비교할 수 없을 정도로 짧은 시간에 집 앞에 경찰차가 멈추어 섰다.

아버지가 밖에서 돌아오실 때까지 켜 두었던 마당 백열등은 꺼져 있었다. 방에 불도 꺼져 있었다. 이 집에서 나의 존재를 확인하는 어두움이 마당과 집안에서 꺼져 있는 불로 알려 주었다.

경찰이 건네준 비옷의 상의를 벗었더니 추위가 금세 몰려왔다. 다시 몸이 떨리기 전에 집으로 들어가고 싶었다.

그가 운전대에서 내려 뒷문을 열어 주었다. 빗물에 식어 버린 여름밤 공기가 싸늘했다. 신발도 옷도 없이 도망쳤던 상태 그대로 집으로 다시 돌아왔다. 차에서 내려 두 경찰에게 인사했다. 고마워서라기보단 '다음에 도망칠 때 잘 봐 주세요.'라는 의미로 그들에게 좋은 인상을 남겨야 했다.

젊은 경찰이 운전석에 타고 문을 닫자 나이 많은 경찰이 조수석 창문을 내렸다. 뻑뻑하게 내려오는 창문에 대문 경첩에 바르는 오일을 뿌려 주고 싶었다.

"애야! 아버지가 때리면 무조건 잘못했다고 빌거라. 그래야 아버지가 그만 때리지. 아버지 말씀 잘 듣고 알았지?"

그가 창문을 올려 닫자 경찰차는 몇 번의 후진과 전진을 해 가며 왔던 길을 되돌아갔다.

추위에 몸이 다시 떨리기 시작했지만, 경찰차가 눈앞에서 보이지 않을 때까지 기다렸다. 경찰차는 멀리 몇 번 브레이크를 밟는 빨간등이 보이더니 이내 시야에서 사라졌다.

나는 없던 침을 소리 내어 땅바닥에 뱉었다. 그 후로 경찰이 되고 싶다는 생각을 단 한 번도 해 보지 않았다.

*

해 지는 노을의 황금빛이 나뭇잎에 머물면서 단풍이 물드는 초가을이 이 산 저 산 색깔 옷을 입히고 있었다. 초등학교 때 단 한 번밖에 없는 수학여행 이야기로 며칠째 쉬는 시간마다 입방아에 오르락내리락 하였다.

한 학년 위에 누나가 있는 영규가 쉬는 시간 그의 누나가 작년에 다녀왔던 수학여행 일지를 책상에 폈다. 아이들은 벌떼처럼 영규 책상을 둘러 모여 서로서로 목적지를 내뱉으며 벌써부터 들떠있었다.

나는 서울에서 태어났지만 다섯 살 때 시골로 내려왔다는 말을 들었었다. 이번 수학여행은 내 기억으로 이 시골마을을 떠나는 첫 여행이 될 것이었다. 물론 버스로 삼사십 분 걸리는 읍내에도 다녀오긴 했지만, 면소재지랑 별반 다를 것 없는 시골 읍은 그리 감흥은 없었다.

영규가 가지고 온 작년의 수학여행 일지가 무색하게 종례시간 선생님께서 빈 봉투 한 장과 수학여행 일정이 하루하루 적혀진 2박 3일의 계획표를 나누어 주었다. 친구들은 흥분했고 몇몇 친구들은 박수까지

쳤다. 앞에서 뒤로 건네지는 종이도 못 기다리겠는지 뒷좌석에 앉아 있는 친구들은 까치발로 일어서서 자신의 자리까지 오는 과정을 지켜보았다.

선생님께서는 일정표를 부모님께 드리고 각자 이름을 봉투에 써서 여행경비를 담아 가지고 오라 말씀하셨다. 웃음이 멈추질 않는 교실에 선생님은 흐뭇한 표정으로 종례를 마쳤다. 반장이 일어서서 "선생님께 경례!"를 외치자 일제히 큰 목소리로 학교 전체가 들릴 정도로 인사를 했다.

처음 이 시골을 벗어나 다른 곳에 그것도 이틀 밤을 자고 온다는 마음에 기다렸던 수학여행이 실감이 나기 시작했다. 옆에 짝꿍 태수가 내일 보자며 먼저 황급히 나가고 종이에 적혀진 경비를 뒤늦게 봤다. 일정표만 보던 내가 경비를 본 순간 내 몸이 굳어져 버렸다. 잘못 세었는지 뒤로부터 다시.

"일십백천만…."

'젠장.' 이렇게 비쌀지는 생각하지 못했다.

들떴던 수학여행의 기대가 점점 걱정거리로 변하기 시작했다. 아버지는 내가 며칠 집을 떠난다는 사실조차 마음에 들어 하지 않으실 건데 그 불편한 마음에 돈까지 덤으로 올려야 되니 나는 걱정이 이만저만이 아니게 되었다.

책가방 안쪽 지퍼를 열어 봉투와 일정표를 집어넣고 가방을 메었다. 가방은 어제보다 아니 경비를 본 후부터 무거워지기 시작했다.

남들보다 두 배 정도 무거운 자전거를 타기 위해 운동장 끝에 위치한 자전거 보관소로 갔다. 처음 엿장수 자전거를 학교에 타고 왔을 때는 친구들이 신기하게 쳐다보다가 나중에는 각설이 타령을 했다. 자기네들이 가지고 있는 기어 있는 자전거가 아니라 동네 어르신들이 농사일에 짐을 실어 나를 때 쓰던 자전거를 타고 왔기 때문이었다. 시간이 몇 주가 흘러 체격도 그들보다 작고, 키도 자전거와 맞지 않은 내가 꿋꿋이 타고 다니는 꼴에 친구들의 놀림은 더 이상 흥미를 끌지 못했다.

힘이 빠진 채 집으로 가는 길 양쪽에는 가을 색이 짙은 벼들이 고개를 숙이고 있었다. 우리 집도 논 한 마지가 있었지만, 아버지는 밑에 동네 이장에게 대신 농사를 짓게 하고, 쌀을 조금 받는 걸로 대리작을 부탁해 놓았었다. 주 업이 미장일이라 항상 손이 가는 농사일은 하지 못하셨다. 다행히 우리 삼남매는 농사일에서는 조금 해방이 되었다.

혜영이는 늘 학교가 끝나면 교회로 들어가 피아노를 배웠다. 언젠가 아버지가 피아노를 그만 배우라고 하신 적이 있었는데, 아침 일찍 나가시는 아버지 다리를 잡고 서럽게 우는 동생을 처음으로 봤었다. 연습할 때 쓰는 둘둘 말려진 피아노 건반 그림은 유리테이프가 붙여지지 않는 곳이 없었다. 동생은 언제 학원을 그만두게 할지 모르는 아버지 때문인지 더 자주 더 많이 배워 두려고 하였다.

집에 오는 길은 온통 수학여행 경비로 머릿속에 상상이 가득했다. 일단 아버지께 어떻게 설명을 해야 될지 걱정이었다. 아버지가 가지 말라고 하면 못 가는 거였지만, 친구들이 다 가는 수학여행을 나 혼자 빠지면 앞으로 그들이 하는 이야기에 낄 수도 없는 노릇이었다.

대문을 열고 반대편 마당에 있는 감나무에서 조금 색이 노란 감을 하나 따서 입에 물었다. 내가 처음 이곳에 올 때부터 있던 감나무는 대나무 장대가 있어야 될 정도로 큰 나무였다. 가을이면 고구마 빼깽이와 감이 우리가 가장 많이 먹는 간식이 되어 있었다.

저녁이 되자 티브이가 잘 나오지 않는지 방과 밖에 있는 안테나를 왔다 갔다 만지는 막내를 내버려 두고, 혜영이와 마당 앞에 심어 놓은 고구마를 캤다. 밤마다 입이 심심해서 몇 개씩 삶아 놓으면 배고플 때 먹기가 아주 좋았다. 이번 고구마는 솥에 삶아 말려 빼깽이를 만들어 놓아야 했다. 얇은 말린 고구마는 아무리 먹어도 질리지 않는 겨울 간식이 될 것이었다.

해는 여름보다 더 강한 황금빛으로 저물어 갔다. 마당에서 내려다 보이는 동네는 황금이 덮쳐 버린 듯 벼들도 심지어 삼촌의 파란 지붕마저 파란황금색으로 보일 정도였다. 저 멀리 점점 다가오는 점을 자세히 들여다보니 아버지가 일을 마치고 올라오시고 계셨다. 오늘은 일이 다른 날보다 일찍 끝나 보였다. 활짝 열어 두었던 대문으로 아버지가 오토바이를 타고 들어오셨다. 나도 혜영이도 안테나를 만지던 막내도 아버지 곁으로 가 인사를 했다.

나는 재빨리 오토바이 뒤에 있는 연장통을 풀어 마루에 올려놓았다. 헬멧을 벗어 오토바이 거울에 걸쳐 놓으신 아버지는 마루에 앉아 혜영이가 건네는 슬리퍼로 갈아 신으셨다.

"고구마 캐고 있었냐?"

아버지는 마당 앞 바구니에 쌓아 놓아둔 고구마를 보고 말씀하셨다.

술은 반주로 드신 것 같아 보였다. 아직 악마가 알에서 깨어나진 않았다. 나는 언제 어떻게 말을 해야 할지 기다리기로 했었다.

"고구마가 다 커 가지고요. 먹다가 남는 것은 다 빼깽이 만들어 놓으려구요."

내가 말했다.

정말 얼마 되지도 않는 고구마였지만, 우리 삼남매가 가을, 겨울 동안 먹기에는 충분한 양이었다. 십 년이 훨씬 아니 이십 년도 돼 보이는 감나무에도 가지가 부러질 정도로 감이 주렁주렁 매달려 있었다.

"아빠가 오늘이나 내일쯤 고구마 캐야지 했는데."

마당에 조금 있는 텃밭이 남에게 맡겨 버린 논을 빼고는 유일한 우리의 땅이었다.

"여기다가 배추하고 무를 심어야겠다."

아버지는 오늘 내일 정말 고구마를 뽑을 생각이 있어 보였다. 오토바이 안장 바로 앞에 수납함을 열어 배추씨와 무씨를 꺼냈다.

나는 다 뽑아 둔 고구마의 흙을 털어내어 포대에 하나씩 담았다.

막내는 방 안으로 들어가 티브이를 보았다. 그는 우리 집에서 유일하게 모든 면죄부를 받는 사람이었다. 그가 무엇을 하든 아버지는 그를 혼내지는 않으셨지만 아무 잘못도 없이 혼이 나는 나로서는 억울한 적이 한두 번이 아니었다. 아직 어린 그에게 질투심은 없었다. 나에게 질투심을 유발하는 아버지께 착한 아들로 칭찬을 받기 위해 노력하는 게 전부였다.

혜영이는 내가 고구마를 담는 동안 고구마대를 한쪽으로 모으기 시작했다. 아버지는 캐낸 고구마 땅에 세모난 호미로 직사각형 텃밭의 모양을 만들기 시작했다. 그 사이로 긴 줄을 호미로 긁어 내셨다. 나는 반 이상이 담겨진 포대를 번쩍 들었다. 들 수 있을까 했지만 의외로 한 번도 내리지 않고 마루 한쪽에 올려 두었다. 처음으로 내가 작년보다 힘이 세졌다고 느꼈다.

"경태야. 조리개에다 물 좀 받아 가지고 와라."

늘 그래 왔지만 오늘은 더 아버지 말씀을 잘 들어야 한다. 아버지가 술을 드시기 전에 말을 꺼내 경비를 받을 생각이었다. 아침 일찍 아버지께 말씀드려도 되지만, 항상 일이 끝나고 저녁때 이야기하자 하셨기 때문이었다. 아직 술이 많이 들어가지 않는 오늘이 좋은 기회였다.

나는 수돗가 옆에 있는 조리대에 다라에 반쯤 담겨진 물을 바가지로 퍼서 옮겼다.

혜영이는 어두컴컴해진 마당에 불을 켰다. 아버지는 손에 든 씨앗을 듬성듬성 심으시고, 내가 건넨 조리개를 기울여 덮어 버린 흙 위로 씨앗까지 충분히 스며들게 물을 뿌리셨다.

아주 작은 농사일도 흙먼지를 털어 내고 수돗가에서 씻을 때면 보람이라는 게 느껴졌다. 하지만 오늘의 가장 큰 보람을 느끼려면 고구마나 텃밭 일이 아니었다. 중요한 수학여행이었다.

아버지는 수돗가에서 흙먼지를 씻어내고 세면을 하셨다. 나도 혜영이도 더러워진 신발을 벗고 씻어 부엌으로 갔다. 매일 똑같은 저녁 반찬을 꺼내 같은 상 위에 올려놓았다. 똑같은 반찬 때문에 학교 점심시간은 어느새 혼자 먹는 시간이 익숙해졌지만, 막내는 반찬 투정으로 매번 짜증 섞인 표정을 지었다.

　방에서 아버지 무릎에 올라앉아 티브이를 보는 막내가 부엌문에서 건네는 반찬을 상 위에 올려놓았다.

　"혜영이는 아빠 소주 좀 가지고 와라."

　집에서 나만 아버지라고 불렀다. 두 동생은 아빠라고 부르지만 나에게 말할 땐 '아버지는, 아버지가' 그래서 나도 정확히 언제부터인지 모르지만 아빠에서 아버지로 부르게 되었다.

　악마가 알에서 깨려고 술을 찾았다. 알이 깨지기 전에 말을 해야 했다.

　그가 소주를 맥주잔에 반쯤 따라 내리기 전에 아버지께 말했다.

　"아버지. 저 다음 주에 수학여행 가요."

　나는 자리에서 일어나 벗어 놓았던 책가방에서 일정표와 경비가 적혀진 종이를 아버지께 드렸다.

　아직 첫잔을 마시지 않으신 아버지 때문에 두 동생은 밥상 앞에서 내가 드린 종이를 천천히 읽어 내려가시는 아버지의 얼굴을 쳐다만 보고 있었다.

　그는 종이에 적혀진 경비를 입모양으로만 세는 것 같았다. 봉투를 한두 번 앞뒤로 뒤져보더니 말씀하셨다.

　"선생님한테 집안 형편이 안 좋아서 못 간다고 해."

　말이 끝나자 맥주잔 가득 따라 놓았던 소주를 들이키셨다. 아무것도 모르는 두 동생들은 신호에 맞추어 수저를 들어 밥을 먹기 시작했다.

　나는 아무 말도 할 수 없어 얼어붙은 표정으로 맥주잔에 다시 소주

를 따르는 아버지를 쳐다봤다. 설마하고 예상도 했었지만 눈앞에 있
는 상을 엎어 버리고 도망가고 싶었다. 믿을 수 없었다.

그 좋지 않는 형편으로 이렇게 매일 술을 드시는 건가? 너무 원통했
다. 몸이 조금씩 떨려 왔다. '왜.'라고 소리 치고 싶었다. 학교 친구들
은 다 가는데 혼자만 안 가는 거라고 말하고 싶었다. 나를 얼마나 더
괴롭히려고 학교에서 단체로 가는 것도 막는 건지 이해되지 않았다.

아직 두 잔을 마시지 않는 상태다. 아마 이게 마지막이겠지만 다시
아버지께 여쭈어 봤다.

"아버지. 친구들 다 가는데 저도 가면 안 될까요?"

아버지의 신경질적인 목소리가 두 동생의 밥 먹는 속도를 빠르게 하
였다.

"이놈이. 누가 보내기 싫어서 그래? 돈이 없어 못 보낸다고, 돈이 없
어서 이놈아!"

금세 두 번째 잔을 들이키셨다.

이제 끝난 것처럼 보였다. 더 이상 말이 통하지 않을 눈빛이다. 밖
에서 어느 정도 마셨는지 예상하지 못했다.

나는 반쯤 담겨진 밥그릇에 밥을 한 숟가락 퍼 입에 집어넣었다. 밥
이 설익은 것처럼 낱알들이 입에서 도는 게 돌가루같이 느껴졌다. 두
동생은 아무 말 없이 밥을 먹었다. 아무리 설익은 쌀이든 모래든 씹으
면 삼켜져야 되는데 삼켜지지가 않았다. 목이 메었다.

세 번째 잔에 아버지가 술을 따를 땐 악마가 되어 있었다. 악마가 되
어 있을 때는 나는 가능한 한 그의 행동반경 안에 들어오면 안 되었

다. 작은방에서 악마가 잘 때까지 공부하는 척하든지 아니면 밖에서 시간을 보내야만 했다. 동생들처럼 누가 가르쳐 주지는 않았지만 내가 터득한 생존본능이었다. 두 동생을 아버지는 한 번도 때린 적이 없었다. 하지만 장담하건대 엄마를 때리고 나에게 오듯, 동생들에게 가는 건 시간문제라고 생각했다.

마지막으로 한 번 더 말해 보고 싶었다. 아버지가 안 된다고 말할 게 뻔했지만, 혜영이처럼 울며 다리라도 붙잡아 보내 달라고 말하고 싶었다.

주전자에 담겨진 물을 남겨진 밥에 부었다. 꾹꾹 눌러 풀어 헤친 물밥에 김치 한 조각을 올려 아버지가 술을 마시듯 물밥을 마셨다. 비워진 밥공기를 내리고 아버지께 말했다.

양반다리로 앉은 다리에 힘을 주었다.

"아버지. 저 수학여행 갔다 와서 공부 열심히 할 테니깐 보내주시면 안 돼요?"

예상했던 답변이 돌아왔다. 아버지의 거친 손이 내 뺨을 때렸다. 힘 주고 버텼던 다리 때문인지 나는 오른손을 바닥에 짚는 것 빼고는 넘어지지 않았다. 나는 고개를 들었다. 몽롱한 정신에 신경 쓰다 보면 다음 주먹이 날아오는 걸 피하지 못하기 때문이었다.

"이 자식이. 아버지가 한 번 말을 하면 알아먹어야지."

아버지는 누구를 보고 말을 하는 건지 풀린 눈은 장터에 죽은 생선의 눈을 하고 있었다. 무슨 일인지 모를 두 동생은 나보다 먼저 끝낸 저녁상 앞에서 멍하니 고개를 숙인 채 기다리고 있었다.

아버지는 세 번째 맥주잔에 담긴 소주를 드셨다. 그러고는 상을 치워도 된다는 신호로 앉은 상태로 팔로 상을 앞으로 밀었다. 고개 숙였던 혜영이가 눈치껏 일어나 부엌으로 들어갔다. 눈물이 고인 눈에서 눈물이 몇 방울 떨어졌다. 나는 들키지 않으려고 상을 들어 부엌으로 내갔다. 얼얼했던 뺨보다 억울함이 서러움이 더 아파 왔다. 내가 부엌으로 나가자 아버지는 담배에 불을 붙이셨고 막내는 문 앞에 놓인 재떨이를 아버지 앞에 놓았다.

안방과 연결된 부엌문을 닫자 복받쳤던 감정 때문인지 턱이 떨려 왔다. 나는 그 자리에서 앉아 턱이 그만 떨릴 때까지 기다렸다. 추운 것도 아니었는데 몸까지 떨려 왔다.

부엌으로 먼저 나온 혜영이가 내 눈치를 보고 있었다. 반찬 뚜껑을 닫고 그릇들을 싱크대에 담던 그녀가 방에서 나는 티브이 소리보다 더 낮은 소리로 말했다.

"오빠. 수학여행 때문에 그러는 거야?"

머리를 쥐어짜고 앉아 고개를 끄덕거렸다.

학교에 뭐라고 말해야 될지 몰랐다. 엿장수 자전거로 그렇게 놀림을 받고, 늘 혼자 먹는 점심 도시락에 이제는 반 전체가 가는 수학여행도 못 가게 생겼다.

도대체 내가 어떻게 행동해야 되는지 몰랐다. 아버지에게 착한 아들이 되려고 노력했었다. 학교 성적은 최상위권은 아니어도 나름 반에서 상위권 밖에는 나가본 적이 없었다. 간혹 미가 한 개 혹은 두 개가 있었지만 양이나 가를 받아 본 적도 없었다. 비 맞으면서 했던 심부름도 매일 먹는 밥에 반찬 투정도 해 본 적이 없었다.

기억나지 않는 엄마가 보고 싶었다. 할머니가 돌아가신 후로 한 번도 싸 가지고 가 본 적 없는 소풍날의 김밥도 어린이날 부모님이 사 주셨다고 자랑하는 학교 친구들의 선물도 한 번도 아버지가 가슴이 아파 올까 봐 말하지 않았다. 하지만 학교에서 가는 여행을 보내 주지 않는 건 부당했다. 그리고 아버지가 날 이렇게 싫어한다면 나 역시 아버지를 싫어할 거라고 또 다시 다짐했다.

오늘 들었던 고구마 포대며, 아버지 오른손이 지나갔던 내 왼쪽 뺨도 점점 가을 단풍잎처럼 천천히 내 몸에서 적응되고 변화하고 있었다.

*

이틀째 경비를 가져가지 못한 친구는 할머니와 같이 사는 중배와 나뿐이었다.

선생님은 아침 조회시간에 교실 친구들이 다 보는 앞에서 우리 둘의 이름을 불렀다. 우린 그녀의 책상이 있는 창가로 갔다. 나 혼자 일줄 알고 걱정했었는데 동지가 있다는 게 반가웠다

"중배, 선생님이 경비를 오늘까지 가지고 오라고 했는데 왜 안 가지고 왔어?"

그녀는 늘 부드러운 목소리로 시작해서 마지막에는 마녀로 변했다.

친구들이 웅성대기 시작했다.

"할머니가 내일 주신다고 하셨어요. 몸이 안 좋으셔서 은행에 못 갔다고 내일은 꼭 가지고 올게요."

내가 원한 대답이 아니었다.

'못 간다고 해야지. 배신자야!'

작년에 전학 온 중배는 아버지가 계셨다. 그의 엄마가 돌아가신 후 그의 아버지가 재혼을 하시면서 새어머니와 그의 아버지는 그리고 새어머니가 데리고 온 아들은 중배를 시골 할머니 댁에 맡겨 두고 그들끼리 군산에서 살고 있었다. 그래도 할머니께서 반찬도 빨래도 해 주셔서 나보다는 좋은 환경이라고 생각하곤 했다. 아버지와 함께 살지 않는 중배가 부러웠다.

"그럼 내일은 꼭 가지고 와야 돼 알았지? 사람 수에 맞추어서 버스며 잠잘 곳도 정해야 하니깐."

"네."

중배가 간단히 대답하고 자리로 돌아갔다. 마지막 남은 동지를 잃어 버렸다.

다시 웅성거리는 소리가 들렸다. 반 친구들이 등 뒤에서 나를 바라보고 있는 게 느껴졌다. 같은 동네에 사는 진실이는 다행이 옆 반이어서 내가 수학여행을 못 간다는 사실을 알지 못했다. 그녀가 부모님께 이야기를 한 순간 몇 번의 전화통화가 아버지를 더욱 화나게 만들게 뻔했다.

"경태 너는 왜 안 가지고 왔어?"

당연히 중배의 질문이 끝나면 내 차례가 올 걸 예상했지만, 막상 내

차례가 오니 무슨 변명을 해야 될지 몰랐다. 돈이 없어 못 간다고 하면, 친구들은 내 엿장수 자전거 놀리듯 수학여행의 기억이 사라지기 전까지 나를 놀릴게 확실해 보였다. 나도 내일 가지고 오겠다고 말하고 싶었지만 내일도 앞에 불려 나와 서 있기는 더 끔찍했다.

"가고 싶지 않아요."

내 한마디에 반 전체가 조용해졌다. 저번 주부터 흥분해서 매 쉬는 시간마다 이야기했던 수학여행 이야기를 언제 그랬냐는 듯 시치미를 떼고 있는 것에 친구들은 다소 황당하다는 표정이었다.

이 세상에 수학여행을 싫어하는 초등학생을 처음 보는 눈으로 웃거나 떠들거나 웅성거리지도 않고, 방금 들어갔던 중배마저 놀란 표정으로 나를 바라보았다.

선생님의 얼굴이 일그러지기 시작했다.

친구들이 담임을 마녀라고 별명을 지었었고 이렇게 가까이 그녀의 얼굴을 바라보고 있으니 곧 그녀가 마술을 부릴 것만 같았다.

"가기 싫은 이유를 대 봐!"

벌써 마녀로 변한 선생님이 마녀와 비슷한 목소리로 눈을 부릅뜨고 물었다.

아무렇게나 대답한 건데 또 아무렇게나 대답할 거리를 찾아야 했다. 왜 초등학생은 거짓말을 생각할 때마다 눈을 위로 치켜세우는지 몰랐었다. 나도 눈을 위로 쳐다보며 머리를 굴렸다. 얄팍한 속임수에 마녀는 넘어가지 않을 거였다. 뭔가 근사한 게 필요했다.

"선생님 제가 멀미를 심하게 해요. 저번에 읍내에 갈 때 귀에 멀미

약을 붙이고 갔는데도 죽을 뻔했어요. 수학여행은 가고 싶지만, 멀미 때문에 무서워서 못 가겠어요."

내가 생각해도 기가 막히는 변명이었다. 친구들은 다시 웅성거리기 시작했다.

선생님을 쳐다보니 너무 황당한 나머지 나처럼 눈을 위로 들어 할 말을 생각하고 있었다. 이게 정말 말싸움이면 내가 이긴 거였지만, 마녀의 교실에서는 내가 절대로 이길 수 없었다. 선생님은 웅성거리는 아이들을 조용히 시키기 위해서인지 나에게 진 걸 분하게 여기는 건지 교탁을 지휘봉으로 두 번 내리치더니 조용히 하라며 가늘고 날카로운 목소리로 말했다.

초등학교 이 학년 때 담임 선생님이라면, 나의 옷을 벗겨 교실 뒤로 가 손을 들고 있으라고 하셨을 거였다. 육 학년이 되도 변한 게 없었다. 선생님은 옷을 벗기지는 않았지만, 뒤 사물함 앞에 두 손을 들고 서 있으라고 하셨다.

나의 승리는 스스로 생각하기에 달콤했지만, 패배자 마녀는 나를 첫 교시가 끝날 때까지 손을 들게 하였다. 쉬는 시간 종이 울리자 마침내 부러질 것 같은 팔을 내리고 내 자리에 앉았다.

선생님은 끝나고 더 할 말이 있는지 종례시간에 나머지를 이야기하자고 말하며 교무실로 가셨다. 몇몇 친구들이 먹잇감을 발견한 듯 내 주변으로 모였다.

"경태 너 안 가고 싶어? 며칠 전부터 이것저것 놀자 이렇게 말하곤 했잖아. 왜 그래?"

반 걱정 반 놀림으로 우리 반에서 가장 키가 큰 호영이가 말했다.

"야. 너 혹시 돈 없어서 못 가는 거 아니야?"

친하다고 생각했던 찬호가 역시 나를 꿰뚫어 봤다. 하지만 알아도 나중에 따로 이야기를 하면 될 것을 자기 엄마에게서 배웠는지 괜히 놀림거리 하나를 던져 준 것 같았다.

호영이가 이 순간을 놓칠 리가 없었다.

"야. 엿장수 자전거 팔아서 가면 되지. 안 그래?"

주변에 모인 친구들에게 말하는 거였지만 웃고 있는 친구들이 더 얄미웠다.

호영이 어깨 정도밖에 크지 않는 내가 그를 상대로 싸우고 싶지는 않았다. 옆 반에 정말 싸움 잘하는 친구가 있었지만, 호영이가 우리 반에서는 싸움을 가장 잘 하는 친구인 건 분명했다. 나는 늘 참아내며 그들과 어울리고 지내고 싶었지만, 그는 절대로 하지 말아야 할 말을 해 버렸다.

"경태, 너희 아빠 막노동하시잖아. 우리 집 담벼락도 너희 아빠가 했는데. 막노동하는 사람 돈 많이 번다고 하던데 안 그래?"

이번에도 나를 보지 않고 주변 친구들에게 말했다.

친구들은 이번에는 웃지 않았다. 그들이 웃기 전에 아마도 내 얼굴의 심한 변화를 본 것 같았다. 그는 나를 자극하기 위해 놀리는 듯 아버지를 조롱했다.

자리에서 벌떡 일어나자 의자가 뒤로 넘어졌다. 주먹을 꽉 쥐고, 심장이 뛰는 걸 느끼며 힘껏 그의 얼굴을 향해 주먹을 날렸다. 파출소 옆 태권도 도장 검은 띠인 호영이가 순간 머리를 숙이는 바람에 주먹은 그의 뒷머리를 스쳤다. 그는 즉시 주먹으로 내 복부를 사정없이 꽂아 넣었다. 예상치 못한 공격에 등은 새우처럼 구부러졌다. 며칠 전 쥐며느리처럼 구부렸던 허리를 둘둘 말아 복부의 고통을 조금이나마 없애려고 했다. 주변에 있던 친구들이 호영이를 나에게서 떼어 놓았다.

"한 번만 더 까불면 죽어."

호영이가 밖으로 두세 명에 의해서 끌려 나가며 말했다.

"괜찮아?"

주위의 친구들이 나의 팔과 겨드랑이에 손을 집어넣어 일으켜 세워 자리에 앉게 했다. 주변을 둘러보았지만, 여자애들은 쉬는 시간마다 벌어지는 이런 일이 한심하단 표정으로 이쪽으론 눈길조차 주지 않았다.

책상에 얼굴을 파묻고 팔을 감았다. 내가 할 수 있는 일이 없었다. 그리고 말하고 싶었다.

'수학여행 안 가고 싶은 사람이 이 세상에 어디 있어?'라고.

호영이는 밉지 않았다. 이렇게 놀려도 하루가 지나면 다 잊히고 다시 친하게 지낼 게 뻔했다. 내가 화가 나는 것은 우리 아버지를 너희들이 평가하는 거였다. 아무리 아버지가 나를 때리고 짓밟아도 그를 욕할 수 있는 건 나뿐이었다. 집에서도 동생들이 아버지가 없는 곳에서 불만을 이야기할 때도 나는 동생들을 나무랐다. 그를 욕하고 벌할 수 있는 사람은 나뿐이라 생각했었기 때문이었다.

만천하에 알려진 패배였지만, 배는 고파 점심시간에 도시락으로 싸온 계란프라이 한 장과 멸치볶음, 김치에 밥을 먹고 있었다. 호영이가 내 자리로 의자를 가지고 와선 자기 반찬을 내밀었다. 그리고 주변에 친구들 한두 명이 자기네 반찬을 내 책상에 올려놓고 밥을 먹기 시작했다. 우리는 아무런 말도 없이 서로의 반찬을 나누어 먹으며 점심을 보냈다.

　종례를 마친 선생님은 나를 교실에 남게 했다. 하나둘씩 가방을 메고 나가는 친구들을 보면서 나도 평범하게 그들과 섞여 나가고 싶었다. 창가에는 같은 시간에 종례를 한 옆 반 아이들이 신발장에서 경쟁하듯 신발을 꺼내 복도를 따라 달려 나갔다. 나를 본 친구들은 나의 이름을 불렀지만 돌아보지 않았다. 집도 학교에서 코앞인데 자주 지각을 하는 찬호가 집에 갈 때도 가장 느긋하게 가방을 메고 교실 문을 나갔다. 마지막 찬호가 나가는 걸 눈으로 확인하는 순간 창문으로 진실이가 쳐다보았다. 같은 동네에서 자란 그녀였지만, 학년이 올라가면서 점점 어울리는 시간이 줄어들었다. 팬티만 입고 있던 나를 보고 놀란 표정을 지었던 그날 이후로 나는 가급적 그녀를 피해 다녔다.

　그녀는 뒤따라오는 친구들에 밀려 나를 바라보는 창문에서 멀어져 갔다. 뒷문이 닫히는 소리가 들리고 교실을 떠난 친구들의 목소리도 점점 멀어져 갔다.

　선생님은 나와 가까운 의자를 꺼내 그녀의 화장품 냄새가 나는 거리까지 다가와 앉았다. 서울에서 가끔씩 내려오시는 고모에게서 나는 냄새와 비슷했다.

"경태야. 고개 들고 선생님하고 이야기 좀 하자."

나는 허리를 펴고 처음으로 선생님과 단둘이 이야기할 준비를 했다.

"선생님한테는 솔직히 이야기해도 괜찮아. 무슨 일이야? 왜 안 가겠다는 건데?"

나는 엉덩이를 의자 뒤로 집어넣어 다리 사이 두 손을 집어넣고 앞뒤로 다리를 흔들었다.

평소의 그녀라면 나무랐을 건데 아무 말 없이 내가 말하기를 기다렸다.

"아버지께서 돈이 없다고 하셨어요. 다음에 중학교 때 가라고 말씀하셔서…."

힘없이 끝낸 내 대답이 마음에 들지 않았다. 항상 조바심이 나면 진실을 이야기했다. 그래야 매를 맞든 칭찬을 받든 그 순간을 벗어나는 가장 빠른 길이란 걸 알았었다. 지금은 집에 가고 싶었다. 이렇게 어색하고 상냥하게 말하는 마녀와 오래 같이 있을 수 없었다.

"아버지께서 그렇게 말씀하셨다는 거지. 그럼 선생님이 경태 아버지하고 통화를 한번 해 볼게."

그녀는 누가 봐도 알 수 있는 한숨과 양쪽 입꼬리가 살짝 올라간 미소로 문제가 무엇인지 알아낸 걸 스스로 대견해 하는 것 같았다.

"그런데 이제는 제가 가고 싶지 않아요. 정말이에요. 아버지가 안 계시는 동안 동생 두 명도 제가 돌봐야 해요. 멀미를 한다는 건 거짓말이 아니에요. 정말이에요."

멀미는 사실이었다. 차를 몇 번 타 보지 않아서인지 십 분만 타도 올라올 것 같은 거북함이 읍내 가는 버스조차 두렵게 보였다.

"멀미약 마시면 괜찮을 거야. 동생들 생각하는 건 좋은데, 낮에는 동생들도 학교에 있잖아 그러니 별 문제 없을 거고, 아무튼 선생님이 아버지랑 통화를 해 볼게. 알았지?"

다음 주에 출발하기 때문에 내일까지는 경비를 걷어야 된다고 말씀하셨다.

역시 어른들은 어린이가 하는 말을 들어 먹지를 않았다.

"그럼 선생님. 아버지가 아침 일찍 나가셔서 밤 여덟 시 정도 들어오시는데 그때 전화를 주세요. 낮에는 집에 아무도 없어요."

내 말을 듣지 않으니 증명해 보여야 했다. 아버지는 여섯 시나 일곱 시에도 들어오시지만 여덟 시에는 거의 취하셨거나 취하고 계시는 중이셨기에 일부러 여덟 시라고 말했다.

나도 정말 가고는 싶었지만, 엊그제 아버지에게 맞았던 뺨 한 대로 가고 싶은 마음이 싹 사라져 한편으로는 초등학교 때 남들 다 하는 걸 혼자 하지 않는 것도 멋진 일처럼 보였다. 더군다나 내가 빌면서 애원한 수학여행 때문에 학교 선생님으로부터 걸려오는 전화는 고스란히 불만이 쌓여 나에게로 되돌아올 게 뻔했다.

마녀 담임이 내 경고를 무시하고 밀어 붙인다 해도 밤 여덟 시에 아버지와 정상적으로 대화할 수 있는 사람은 자전거 삼촌밖에 본 적이 없었다. 왜냐하면 둘 다 상대방이 하는 이야기를 듣는 게 아니라 서로 자기 말만 하기 때문이었다. 서로 귀마개를 쓰고 이야기를 나누는 것 같은 장면을 선생님이 봤어야 했다. 티브이에 나와도 손색이 없을 정도로 웃긴 모습을 못 보여 드려 아쉬웠다.

"그래. 알았어. 선생님이 오늘 여덟 시에 전화를 할게. 그리고 아침에 선생님이 경태 벌서게 한건 미안해. 선생님이 잘 모르고 그랬어. 경태도 앞으로 선생님한테 거짓말하면 안 돼. 알았지? 얼른 집에 들어가. 내일 보자."

친구들이 다 보는 곳에서 이런 이야기를 해 줬으면 좋았을 걸 아쉬웠다.

선생님께 허리 숙여 인사를 하고 밖으로 나가자 그녀는 지금껏 본 적 없는 미소로 나에게 손을 흔들었다.

친구들이 수학여행을 갔던 삼 일 동안 나는 빈 교실에 혼자 등교하고, 다른 선생님께서 출석을 확인하셨다. 오 학년 혜영이 친구들이 교실에 혼자 앉아 있는 나를 보며 의아해 했었고, 나는 쉬는 시간에 맞추어 책상에 고개를 숙이고 있었다.

수학여행에서 돌아온 몇 친구들은 볼펜이나 지우개를 선물로 주었다. 며칠 뒤 내 예상대로 아버지를 설득하지 못한 담임 선생님은 조용히 내 곁으로 다가와 열 장이 넘는 사진을 주었다. 사진 속에는 친구들의 모습은 보이지 않았다. 나에게 보여 주려고 여행 목적지들을 찍었었다고 말했다. 불국사, 대전 엑스포, 남원의 춘향이가 있었던 곳, 독립기념관 등 그녀가 갔던 곳을 찍어 필름을 인화해 나에게 주었다. 그녀에게 한 번도 보여 주지 않은 미소를 지어 보였다.

그날 이후로 난 두 번 다시 그녀를 마녀로 부르지 않았다.

*

일찍 일어나지 않아도 되는 이른 아침에 소변이 마려워 모두가 자고 있는 안방에서 문을 열고 밖에 나왔다. 이불 속에서 구들장으로 데워진 내 몸은 겨울 한기의 추위보다는 시원함이 느꼈다.

마루에 서자 눈앞에 펼쳐진 마을을 온통 새하얀 눈으로 덮어 버렸고 바람 한 점 불지 않는 맑은 겨울 아침에 떨어지는 눈은 민들레 씨앗처럼 아무 소리 없이 떨어지고 있었다. 얼핏 봐도 밤새 내린 눈이었다. 슬레트 지붕 위에 수북이 쌓인 눈과 처마 밑에 매달린 고드름이 일월 초 가장 추운 날임에도 따스했다.

눈 덮인 슬리퍼를 털어 내고 마당 앞에 나와 조용히 떨어지는 눈을 맞으며 마을을 향해 소변을 눴다. 이리저리 몸을 흔들며 뿌려대는 오줌에 하얀 김이 올라 왔다. 나는 부엌으로가 불쏘시개로 이리저리 아궁이 속을 뒤져 보았다. 아직 타다 남은 숯이 붉은 빛을 내고 있었다.

부엌문 앞에 쌓아 두었던 큼지막한 장작 하나를 아궁이에 집어넣었다. 겨울 낮에는 구들장이 식지 않게 불을 꺼뜨려 놓아서는 안 되었다. 차가워진 구들장을 데우려면 시간도 장작도 많이 필요했기 때문이었다. 이렇게 해 두면 가마솥에 끊고 있는 물도 저녁때까지 따뜻하게 쓸 수가 있었다.

나는 방에 들어가 입고 있던 내복 위에 곤색 골땡바지를 입고 위에는 가슴에 노란 마크가 새겨진 아버지의 작업복을 입었다. 솜이 들어간 점퍼였지만, 아버지의 옷은 언제나 따뜻했다.

아직도 자고 있는 혜영이와 막내를 깨웠다. 겨울 아침 일곱 시였지만 멀리서 비춰 오는 일출에 점점 날은 밝아 오고 있었다.

"야. 밖에 눈이 엄청 왔어. 옷 입고 나와 봐."

여름이면 큰 모기장 안에서 겨울이면 한곳만 나무를 떼는 안방에서 모두 같이 잠을 잤었다.

듣지 못한 것 같은 막내를 흔들어 깨웠다. 혜영이는 눈이 왔다는 소리에 잠옷 바람으로 자리에 앉아 어제 벗어 두었던 바지로 갈아입기 시작했다.

오늘 일을 나가지 않으신 아버지를 깨우고 싶지 않았다.

"와!"

힘겹게 일어난 막내가 밖의 경치를 보고 소리를 질렀다.

외투를 걸치고 나오는 혜영이도 마루에 서서 새하얀 세상을 바라보았다.

그녀는 눈 냄새를 맡으려는지 눈을 감고 살짝 고개를 들어 천천히 코로 바람도 불지 않는 아침을 들이켜고 있었다.

"경수야. 얼른 옷 입고 나와 눈 녹기 전에 눈사람 만들자."

아직 내복차림인 막내에게 말했다.

막내는 말이 떨어지기 무섭게 방문을 열고 들어갔다. 아침이었지만 춥지 않았다. 밤새 따뜻하게 데워진 몸이 아직 식지 않은 듯 온기가 아버지의 작업복 안에서 맴도는 듯했다.

나는 장화를 신고 창고에 들어가 아버지가 쓰시는 붉은색 고무로 코팅이 된 목장갑을 꼈다. 귀마개에 목도리까지 한 동생이 운동화를 신고 마루에서 내려왔다.

흙 마당에서 눈을 굴리면 눈사람이 지저분해져 저수지 밑으로 나 있는 아스팔트길로 내려가야 했다. 양손으로 모아 놓은 눈을 손바닥을 펼쳐 두드려 둥글게 만들어 천천히 굴리기 시작했다. 아무도 오고 가지 않는 거리는 우리가 처음으로 지나치게 되어 지나는 곳 마다 '부드득' 간지러운 소리를 내며 발자국이 짙게 찍혔다.

"형. 내가 머리를 굴릴게."

몇 번 굴려 요령이 생겼는지 막내는 나보다 앞서 눈덩이를 굴리기 시작했다.

두껍게 쌓인 눈을 몇 번 굴리니 금세 크기가 불어나기 시작했다. 손은 점점 차가워져 갔다. 웬만큼 커진 눈덩이를 밀면서 오르막길에 있는 대문까지 올려낼 수가 없었다. 동생과 함께 눈덩이를 밀어서 간신히 대문 앞에 놓았다. 다음은 막내가 굴려다 놓은 눈덩이였다. 나보다 작게 굴려 놓은 눈덩이는 대문까지 오는 도중에도 점점 눈이 말려 커져 갔다. 막내가 말려놓은 눈덩이를 내가 만들어 놓은 몸통 위로 서로 힘껏 들어 올려놓았다. 어느새 두 개의 눈덩어리가 눈사람 모양을 하고 있었다.

마당에 떨어진 가지 두 개를 눈사람이 될 팔에 꽂아 넣었다. 막내는 마루 처마에 걸려 있는 밀짚모자를 눈사람 머리에 올렸다. 눈사람에 붙은 더러운 흙 가지를 털어내고 바닥에 새하얀 눈들을 덧붙여 눈사람을 만들었다.

그와 내가 만든 작품을 물끄러미 바라보고 있자 혜영이가 작고 얇은 고구마 하나를 눈사람의 얼굴에 꽂아 근사한 코를 만들어 마무리하였다.

웃고 있는 우리 삼남매 머리 위로 천천히 우리가 알아차리지 못하는 속도로 눈은 떨어지고 있었다.

*

손등은 추위에 갈라져 마른 논바닥처럼 갈라진 틈사이로 피가 고여져 있었다. 겨울을 나기 충분하지 않는 장작 때문에 시간이 날 때마다 산에서 나무를 가지고 와야 했다. 로션을 제대로 바르지 않았던 손등은 점점 더 갈라져 갔다.

일거리가 많지 않은 아버지의 겨울은 방학인 우리와 겹쳐 집에서 보내는 시간이 많으셨다. 가끔씩 삼촌 집으로 아니면 우리 집에서 두 분이 술을 드셨지만, 삼촌의 가게는 새 학기가 다가오는 연초에 자전거를 사려는 사람들로 바빠 보였다. 누군가는 입학 선물로 누군가는 졸업 선물로 자전거를 받는 건 시골에 사는 아이들에게는 가장 큰 선물이었다.

추위는 모든 사람들을 가두었다. 동네마다 돌아다니는 사람은 없었고, 가끔씩 내리는 싸라기눈이 녹아내린 마을은 이제 막 감은 머리를 털어내 듯 젖어 있었다.

미리 구해 놓은 중학교 일 학년 교과서는 같은 동네에 사는 형에게 얻었다. 워낙 공부를 못한 탓에 찢어진 표지를 몇 권 제외하고는 도대체 이걸 일 년 동안 가지고 다녔을지 의문이 들 정도 새거나 다름이 없었다. 작은방 옷장 속에 숨겨 놓았던 몇 만 원 정도 들어 있는 저금통을 깨서 공책을 살 수는 없었다. 중학교에서는 무엇이 필요한지 몰랐기 때문에 가지고 있어야 했다.

일이 없는 날 아버지는 아침부터 술을 드시지는 않았다. 유일하게 온전히 편안하게 가족들과 밥을 먹는 건 아버지가 쉬시는 날 아침 식사 시간뿐이었다. 저녁 식사는 가끔씩 날아오는 그의 주먹 때문에 긴장 상태로 밥을 먹어야 했던 내가 일찍 식사를 끝낸 적이 한두 번이 아니었다. 최대한 빠른 속도로 밥을 먹으며, 살짝 치켜 뜬 눈으로 아버지의 동태를 살피는 일은 저녁 시간 아주 중요한 일이기도 했었다.

아침 밥상을 치우고 담배를 태우시는 아버지께 말했다.

"아버지 저 다음 달 중학교 가려면 공책도 새로 사야 되는데 돈 좀 주시면 안 될까요?"

아버지는 술을 드시지 않는 아침에는 나를 때리신 적이 한 번도 없다. 술이 원수인 건 맞는 말이기도 한 것 같았다. 그는 한 잔의 술도 입에 대지 않는 아침은 도저히 믿기지 않을 천사가 되어 있었기 때문이었다. 그걸 알기에 돈 이야기는 항상 아침에 했었다. 수학여행 경비도 아침에 말을 했어야 했지만, 분이 아침까지 가라앉지 못해 말하지 않았었다.

한겨울 땅마저 얼어 버린 이번 주에 하루만 일을 나갔다 오신 그를 좋아하는 건 막내뿐이었다.

낮부터 술에 취한 그를 경계하는 시간이 많아지는 나로서는 온통 신경이 아버지에게로 가 있었다. 혜영이는 방학 때 점심을 먹고 교회로 피아노를 치기 위해 가 버렸지만, 나는 그가 호출하는 반경 내에서 대기해야 했었다.

아버지는 벽에 걸어 두셨던 바지에서 지갑을 꺼내셨다. 낡은 지갑이었지만 항상 만 원짜리 몇 장은 들어가 있었다. 술에 취해 누가 업어 가도 모를 그의 지갑에 몇 번 손 댄 적이 있어 알고 있었다.

아버지는 큰맘을 먹은 듯 지갑을 열어 잠깐 고민하는 것 같더니 만 원짜리 두 장을 꺼내 주셨다. 공책을 사고도 충분히 남는 돈이었다.

"중학교 가서 열심히 공부하라고 주는 거다. 남는 건 가지고 있다가 써라."

나는 얼른 주머니에 돈을 집어넣었다. 부엌으로 간 막내가 이걸 봤다면 나에게 과자를 사 달라고 졸라 댈 게 뻔했다. 타들어 가는 아버지의 담배 연기는 겨울 추위를 막기 위해 닫아 놓았던 안방에 모였고 매일 비웠던 재떨이는 아침인데도 벌써 꽁초가 몇 개 들어가 있었다.

혜영이는 작은방에서 옷을 갈아입고 교회를 갈 채비를 했다.

아버지는 그녀가 울면서 피아노를 배우고 싶다고 말한 이후부터는 아무 말 없이 학원비를 주셨다. 두 동생을 대하는 아버지는 전혀 다른 방식으로 나를 대하고 있었다. 돈이 없어 못간 수학여행은 삼 일 동안 심부름했던 술값으로 거짓임을 알게 되었다.

나도 서둘러 옷을 갈아입고 나갈 준비를 했다. 가마솥의 뜨거운 물을 세숫대야에 붓고 찬물을 퍼 미지근한 온도를 만들었다. 머리카락을 감고 나니 따뜻했던 물은 금세 식어 머리가 얼어 버릴 것만 같았다. 거의 바닥이 난 가마솥에 물을 가득 채워 넣었다. 반쯤 채워진 솥에 뚜껑을 닫고 아직 불씨가 있는 아궁이에 큼지막한 장작 하나를 집어넣었다.

평소에는 따라 나가려고 했던 동생도 추위와 집에 계시는 아버지 때문에 움직이려고 하지 않았다. 이번 겨울에 제 역할을 톡톡히 하는 골땡바지와 처음 입을 때와는 다르게 솜이 죽어 버린 얇은 파란색 점퍼를 입었다.

"아버지 저 읍내에 다녀올게요. 학용품하고 공책 좀 사려구요."

작은 시골 마을이라 문방구 한두 개가 전부였다. 대부분 같은 연필에 같은 공책들로 선택의 폭은 그리 많지 않았고, 나는 읍내에 가서 중학생이 쓸 만한 학용품을 사고 싶었다. 어른처럼 보이는 중학생 형들과 누나들처럼 나도 조금 더 키가 자라길 바랐다.

멀미를 간신히 참아내고 도착한 읍내에서 가장 큰 문구점에 들어가 보았다. 중학생이 돼서 쓰고 싶었던 샤프펜슬을 사고 싶었다. 전부 연필만 있던 내가 나름대로 모아두었던 돈과 아버지가 아침에 주신 돈으로 검은색 샤프펜슬과 심통을 샀다. 머리를 눌러 조금씩 나오는 연필심에 중학생이 되는 실감이 나기 시작했다. 각종 지우개나 자, 테이프 등 뭐 하나 필요하지 않은 게 없었다. 당장 중요한 것만 사기로 마음을 먹고 온 터여서 나는 과목 수에 맞는 공책을 샀다. 아마 더 필요하겠지만 잘 쓰지 않는 수업의 필기는 공책 뒷장에 반을 나누어 쓰면 되기에 문제가 없어 보였다.

문구점 옆 큰 통로를 통해 서점도 같이 운영하고 있었다. 새 책에서는 아직 다 마르지 않은 잉크 냄새가 나는 것 같았다. 내가 사는 곳에서 이 정도는 아니어도 조그마한 서점이 있었으면 좋겠다는 생각을 해 봤다. 가끔씩 읽은 책에서 내가 가장 좋아하는 상상을 마음대로 할 수 있기 때문이었다. 이곳을 벗어난 적이 없는 나는 바깥세상을 동경하며, 내가 겪은 일들을 잊게 하는 유일한 수단이 상상하기였기 때문이었다.

무엇을 사려고 그 서점에 들어간 게 아니어서 천천히 돌아보며 내가 읽을 만한 책들이 있는지 찾고 싶었다. 방학이여서인지 내 또래거나 중학생 누나들로 보이는 학생들이 군데군데 책들을 펼쳐 보고 있었다.

눈앞에 보이는 걸 읽어 보지도 않고 책을 훑어보는 척하다 '나의 라임오렌지 나무'라는 책에서 시선이 고정되었다. 오렌지는 무엇인 줄 알았지만 라임이라는 게 시골구석에 사는 나로서는 생소한 이름이었다. 책의 중간을 펴서 아무 곳이나 눈이 가는 대로 읽어 보았다. 작은 꼬마 제제의 이름을 자주 부르는 걸로 보아 그가 주인공이었다. 아버지의 담배 이야기가 나오는 부분을 읽고 나서 책을 덮고 계산대로 갔다.

내가 산 학용품과 책을 계산대에 올려놓았다. 중간 몇 페이지를 읽자 제제가 왠지 나와 같은 미운 오리 새끼처럼 보였다.

내가 산 학용품을 가방에 집어넣고 돌아가는 버스 안에서 책을 꺼내 앞장을 펼쳤다. 브라질 작가의 작품이었다. 브라질이라는 나라는 축구를 빼면 알고 있는 게 아무것도 없었다. 펠레라는 축구선수는 들어 봤지만, 나와 몇 친구들은 그를 티브이에서 본 적조차 없었다.

다섯 살의 제제의 행동은 곧 중학교에 들어가는 나의 행동과 많이 다르지 않았다. 난 늘 아버지에게 사랑받고 싶었고, 그런 나를 아버지는 내가 알지 못하는 이유로 싫어하셨다. 라임오렌지나무도 우리 집 마당 구석에서 자라고 있는 감나무처럼 보였다. 세상 모든 사람들이 삶이 비슷하다고 생각한 게 아마 이때부터였다.

제제의 가정형편은 우리 집과 별반 다르지 않았다. 단지 아버지가 일을 하서서 굶지는 않았지만, 힘든 시절을 보내고 있다는 건 제제와 동질감을 나눌 수 있는 유일한 연결고리였다. 그리고 브라질이 가난한 나라일 거라는 생각도 해 보았었다.

옆에 앉은 아주머니가 내리기 위해 내가 들고 있던 책을 치면서 바닥에 떨어뜨렸다. 그 책을 주우면서 창가를 바라보고 나는 재빨리 문이 닫히기 전에 내렸다. 버스가 내가 내려야 할 곳에 도착한지도 모르게 제제의 이야기에 푹 빠져들었다.

집에 가는 길에도 읽고 싶었다. 제제가 무슨 사고를 치는지 알고 싶었다. 그는 사고를 치는 게 아니라 그가 하는 행동을 사고로 보는 시선이 나를 대변해 주는 것 같았다. 그리고 제제에게 말해 주고 싶었다. '나도 잘하려고 하는데 사람들은 그렇게 보지 않더라. 다른 사람은 몰라도 나는 너를 응원해!'라고.

보건소에 세워 둔 자전거를 타고 집으로 갔다. 큰 정자나무가 옆에 있는 마을 회관을 지나자 동네가 한눈에 보였다. 연통에서 올라오는 하얀 연기가 집들마다 따뜻함을 보여 주는 듯 보였다.

추위로 갈라진 손등으로 메말랐던 핏기가 흐르는 것 같았지만. 깨질 것 같은 귀 때문에 손이 추운 걸 잊어 버렸다.

저녁 식사 후 반주로 벌써 취해 계신 아버지 곁에 막내가 있었고, 나와 혜영이는 부엌에서 설거지를 했다. 가마솥의 뜨거운 물을 다라에 담아 찬물과 섞어 동생은 설거지를 시작했다. 아궁이의 불이 밤새 꺼지지 않게 도끼질로 잘려진 장작을 집어넣었다. 이러면 밤새도록 아랫목이 너무 뜨겁지도, 식지도 않게 아침까지 구들장을 따뜻하게 데울 수 있었다. 부엌에 벗어 놓은 가방을 뒤져 버스에서 읽다 멈춘 곳부터 다시 읽기 시작했다. 설거지를 거의 끝낸 혜영이가 나를 쳐다보았다.

"오빠. 무슨 책이야?"

"너 라임오렌지 나무라고 들어봤어?"

혹시 그녀가 아는지 물어 보았다.

"라임오렌지가 뭐야?"

내가 생각했던 대로 동생도 모르는걸 보니 브라질에서 나는 나무 같아 보였다.

"오빠. 재미있어? 다 읽고 나도 읽어 보면 안 돼?"

동생과 나는 한 학년 차이여서 가끔씩 친구들에게 빌린 책들을 서로 돌려 가며 읽었었다.

"그래. 오늘은 다 못 읽을 것 같고 아마 내일 저녁까지는 다 읽을 수 있을 것 같아. 이거 너무 재미있어."

동생과 하루씩 번갈아 가며 설거지를 했다. 할머니가 살아계셨더라면 우리를 기특하게 여겼을 정도로 스스로 하나씩 터득하고 있었다.

그녀는 설거지를 마저 끝내고 방으로 들어갔다. 방과 부엌을 연결하는 문에서 티브이 소리가 새어 나왔고, 아궁이 앞으로 나오는 따뜻한 열기는 책을 읽기 안성맞춤이었다.

시간이 조금 흘러 부엌과 연결된 안방에서 불이 꺼졌고, 새어 나오던 티브이 소리도 더 이상 들리지 않았다. 점점 책 속으로 빨려 들어가 어린 제제의 생김새를 상상했다. 다들 잠든 이 순간, 밖에 있는 감나무에게 다가가 밍기뉴라는 이름도 붙여 주고 싶었다. 이 어린 꼬마제제처럼 나도 누군가와의 대화를 염원했는지 몰랐다.

어른이 되어서 내가 할 수 있는 일이 많아지기를 바랐다. 아버지의 오토바이를 타고 이곳저곳을 다녀 보고도 싶었다. 세상에 내가 있다는 걸 알리고 싶었다. 오토바이를 타고 브라질이라는 나라에서 제제에게 다가가 친구가 되고 싶었다.

무릎을 감싼 채 얼굴을 파묻고 앉아 상상하고 있던 순간 언제 방에서 나오셨는지 아버지가 손에 들고 있던 책을 빼앗았다. 나는 너무 놀라 아버지를 바라보았지만, 아직 덜 깬 술과 덜 깬 잠으로 눈이 반쯤 감겨 있었다.

"얼른 들어가서 안 자고 뭐해?"

그는 안방에 동생들이 깰 정도로 소리를 질렀고, 그가 들고 있던 책을 아궁이에 집어넣어 버렸다.

아버지는 비틀거리며 부엌과 연결된 화장실을 갔고, 나는 겉면부터 타들어 가는 책을 주저앉아 아무런 표정 없이 바라보았다. 늘 같은 아버지의 행동보다는 그걸 예측하지 못한 내가 한심했다. 결말을 알지 못했지만, 제제가 행복하길 바랐다.

2장

중학생

갑자기 들어오는 주먹이 내 오른쪽 눈언저리를 때렸다. 번쩍이던 순간 멍한 정신이 들어 손으로 얼굴을 가렸다. 또 다른 주먹이 감싸고 있던 얼굴 부근으로 날라 왔다. 고개를 숙이고 한쪽 눈으로 살짝 뜬 손에는 어느새 코에서 떨어지는 피로 가득했다.

주변 친구들은 구경만 했고, 교실에 막 들어온 찬호가 광태를 붙잡고 싸움을 말렸다. 매끈한 콘크리트 바닥에는 멈추지 않고 떨어지는 선혈들로 가득했다. 책상 서랍 안에 있는 체육복 상의를 꺼내 욱신거리는 입과 코를 막았다. 찬호는 나를 화장실로 데리고 가려고 내 허리를 잡았지만, 광태가 떨어지는 피를 막고 화장실에 가려는 내 다리를 걸었다. 나는 엉킨 다리 때문에 교실 뒷문 앞에서 넘어지고 말았다.

"그만해!"

찬호가 나를 괴롭히는 그놈과 웃고 떠드는 무리들을 향해 소리쳤다.

나는 일어나 그들의 웃음이 멀어지게 화장실로 걸어갔다. 점심시간 복도에는 학생들이 붐볐다. 화장실로 걸어가는 나를 사람들은 쳐다보았고, 뒤따라온 찬호가 내 어깨를 감싸며 조금 빠른 걸음으로 나를 화장실 세면대로 데리고 갔다.

거울에 비친 얼굴은 온통 피투성이였다. 세수를 하면서 씻겨 내려가는 피가 소름이 돋을 정도였다. 휴지로 흘러내리는 코피를 막았지만, 치아 사이에서 나오는 피는 입을 헹구어도 따끔거렸다. 살짝 눌러 본 눈언저리는 내일이면 퍼렁물이 들 게 확실했다.

"경태야. 무슨 일이야?"

화장지를 건네며 찬호가 물어 보았다.

"그 자식이 자꾸 동생 이야기를 하잖아. 그만하라고 해도 나랑 혜영이랑 엄마가 다르지 않냐며 놀리길래 내가 먼저 쳤어."

"네가 먼저 쳤는데 왜 이렇게 됐냐?"

찬호는 세면대에 허리를 기대어 팔짱을 끼면서 피를 닦고 있는 나를 보며 웃었다.

"조용히 해라. 열 받았다. 오늘 그 자식 가만히 안 둘 테니깐."

이 학년 중에 가장 싸움을 잘하는 광태였다. 같은 초등학교에서 싸움을 제일 잘했던 호영이와 경민이도 그에게는 안 되었다. 키는 그리 크지 않았지만, 무엇을 먹고 자랐는지 내 덩치의 세 배는 돼 보였다. 버스를 타고 이십 분 넘게 가야 되는 바닷가 근처 초등학교를 나온 그는 뱃일을 하시는 부모님에게 물려받은 힘 때문인지 그 초등학교에서도 싸움을 제일 잘했었다고 했다. 학생 수가 조금씩 있는 세 개 초등학교가 하나밖에 없는 중학교에 몰리면서 일 학년 때에는 서로 으르렁거리기만 하였다. 서로 같은 초등학교 친구들끼리 패가 만들어지는 것 같았다.

그는 일 학년 때부터 나를 괴롭혔다. 말없이 내성적이었던 성격을 바꾸어 보려고 중학교에 들어서면서 밝은 모습으로만 다녔다. 말도 어느새 많아졌고, 나를 잘 알지 못하는 다른 초등학교에서 온 친구들과도 친하게 어울렸다.

그런 나를 본 광태는 심부름이나 친구들이 모인 곳에서 번번이 나를 놀리면서 웃음거리로 만들었다. 주변 친구들도 불똥이 그들에게 튀지 않을까 그를 제지하는 사람은 없었다. 하지만, 내가 가장 아끼는 가족을 놀리는 건 참을 수 없었다.

삼 학년은 학교가 끝나면 야간 자율학습으로 고등학교 진학을 준비해야 했기 때문에 학교 건물 삼 층 전체를 방해받지 않고 썼고, 출입문도 다르게 썼던 그들과 등교 시간과 점심시간을 제외하면 만날 일이 없었다. 이렇게 괴롭힘을 당할 수는 없었다. 오늘 하굣길에 삼 학년이 없는 사이 그와 끝장을 볼 생각이었다.

"경태야. 그만하고 오늘 우리 집에 가서 비디오나 보자. 내가 터미네이터 빌려 놨는데 반납하려면 하루 남았거든."

정말 보고 싶었다. 집에는 비디오가 없었기에 나는 가끔 찬호 집이나 호영이 집에 가서 비디오를 보곤 했었다.

하지만 오늘 끝내고 싶었다. 이런 일들을 내일도 겪을 수는 없었기에 일 년 넘게 참고 살았던 울분을 오늘 마무리 지어야 했다. 남녀 공학이었지만, 여자들과 남자들은 다른 교실에서 수업을 받았다. 그가 시키는 심부름을 하고 가끔씩 뒤통수를 때리며 웃음거리로 만든 나를 보았다면 여자들은 나에게 관심조차 주지 않을 게 뻔했다. 가끔씩 아침에 책상 속에 넣어 둔 혜영이 친구들의 쪽지도 운동장에서 축구를 할 때 응원해 주던 여자 동창생들도 나를 한심하게 생각할 게 보였다.

키 순서대로 앉은 탓에 나는 거의 뒷좌석까지 밀려갔다. 초등학교 육 학년까지 크지 않던 키가 중학교에 들어오면서 하루하루 커져 버렸다.

선생님이 내 얼굴을 보지 않게 살짝 고개를 숙이며 수업을 받았다. 다행히도 수업이 끝날 때까지 눈치챈 선생님은 계시지 않았다. 종례와 함께 친구들은 같은 방향으로 가는 사람들끼리 모여 정문으로 걸어갔다.

나는 찬호에게 정문 앞에서 기다리라고 했다. 내가 광태를 끝장낼 테니 지켜보라고 일러두었다.

이런 상황까지 만든 건 내 잘못이 아니었다. 그는 부실한 내 반찬을 가지고 놀렸고, 며칠 째 같은 옷만 입는 나를 보며 냄새가 난다고 주변에 오지 못하게 했다. 미장일을 하시는 아버지를 막노동꾼으로 비꼬아 놀려 댔고, 일 학년에서 인기가 있었던 내 여동생과 다른 엄마에게서 태어난 게 아니냐며 얼굴도 기억나지 않는 엄마까지 끌어들였다.

"경태야. 진짜 어떻게 하려고 그래?"

찬호는 가방을 메며 다른 친구들이 들리지 않게 조용히 이야기했다.

"학교 정문에 공사한다고 각목들 많잖아. 그거 하나 집어서 머리통을 깨 버리려고."

찬호도 한 성깔 하는 놈이었지만, 그에게는 덤비지는 못하였다. 한 번씩은 그에게 놀림을 받거나 맞은 적 있는 친구들이 교실에는 수두룩했다.

"내가 저 놈 뒤따라갈 테니깐 찬호 너는 자전거 끌고 먼저 가 있어!"

그 놈이 교실 문을 열고 나가자 나는 가방을 메고 뒤따라갔다.

찬호는 내가 말한 대로 신발을 신고 그를 지나쳐 교문으로 자전거를 타고 갔다. 아마도 찬호는 친구 몇 명을 불러 모아 좋은 구경거리가 생겼다고 학교 정문에서 기다리고 있을 것 같았다.

그놈은 버스를 타러 가기 위해 같은 초등학교에서 온 화섭이와 같이 걸어 나갔다. 화섭이와 나는 친했지만, 그놈이 나를 괴롭힐 때 그도 아무런 조치를 할 수 없었다.

멀리 교문에 내가 생각한 대로 자전거를 세워 둔 찬호 주변에 여덟 명쯤 모여 수군거리며 이쪽을 보는 게 보였다. 초등학교부터 놀림을 받았지만 점점 커지는 내 덩치에 그들도 함부로 나를 대하지는 않았다. 하지만 광태는 나를 괴롭히기 위해 학교에 오는 사람처럼 희열을 느끼는 것 같았다. 나는 그가 희열을 느낄 때까지 참았던 어리석은 시간이 후회스러웠다.

이제는 그런 희열이 공포로 바뀌는 순간을 보여 주어야 했다. 흙먼지가 가득한 각목 하나를 교문과 가까운 곳에서 집어 들었다. 일 미터 정도 돼 보이는 각목은 한손으로 집을 수 있었지만 가볍지 않았다. 점점 보폭을 넓혀 그의 바로 뒤까지 쫓아갔다. 주변을 둘러보자 선생님들은 보이지 않았다. 교문 앞에는 일이 학년들이 뒤죽박죽 섞여 걸어가거나 버스를 타기위해 도로 양쪽으로 서있었다.

그 놈이 교문을 나서자 기다리던 찬호와 내 눈이 마주쳤다. 그의 주변의 친구들도 멀뚱히 광태 뒤에 각목을 들고 있는 나를 일제히 쳐다보았다. 나는 가방을 벗어 길옆으로 던져 버리고 각목을 두 손으로 들어 그의 머리를 향해 내리쳤다. 각목의 끄트머리에 맞은 탓에 그리 두껍지도 않던 각목이 부러졌다. 부러진 각목이 효과가 있었는지 그는 머리를 감싸고 소리를 지르며 주저앉았다.

머리를 감싸고 앉은 그의 얼굴을 있는 힘껏 오른발로 걷어찼다. 옆에 같이 있던 화섭이가 깜짝 놀라 나를 말렸지만 찬호가 내가 보낸 눈빛을 눈치 채고 화섭이를 나에게서 떼어 놓았다. 머리를 감싸고 주저앉은 그가 움직이지 못하게 배 위로 올라탔다. 뱃일을 도왔던 그놈과 크게 다르지 않게 아버지를 따라 다니며 막일을 했던 내 주먹도 그리 가볍지는 않았다. 나는 중학교에 들어와 화를 내거나 싸움을 하지는 않았지만 지금이야말로 본때를 보여 줄 시간이었다. 그는 얼굴을 가리고 막아 보려 했지만 쉬지 않고 내리치는 주먹에 점심시간 보았던 피들이 이제는 그 놈의 얼굴을 덮고 있었다.

친구들과 후배들이 일제히 놀란 모습으로 내 주변 가까이 모였지만 동생은 보이지 않았다. 내가 다시 찬호를 힐끔 쳐다보자 그는 이때다 싶어 나를 그놈에게서 떼어 놓았다. 약속이나 한 것처럼 주변에 친구들은 나와 누워 있는 그를 떼어 놓기 위해 둘 사이를 막았다. 나는 벗어 났던 가방을 메고 찬호가 운전하는 자전거 뒤에 올라탔다.

그의 십팔 단 자전거는 금세 학교를 벗어나 도로를 달리고 있었다.

"야. 내일 저놈이 가만히 있겠냐? 그래도 속은 시원하더라."

찬호는 자전거를 운전하면서 고개를 돌려 나에게 말했다.

"누가 이기는지 봐라. 그놈이 한 대 때리면 오늘처럼 똑같이 그놈 대갈통을 깰 거니깐. 깡다구 센 놈이 이기겠지. 우리 동생은 그 자리에 없었지?"

"없긴 뭐가 없어. 길 건너편에서 다 지켜보고 있었는데."

"그럼 말을 했어야지 왜 말을 안 했어?"

"내가 무슨 말을 어떻게 해? 갑자기 각목으로 머리를 내리치는데 혜영이에게 가서 오늘 경태가 똘끼짓 할 거니깐 안 보는 게 좋겠다고 말해?"

"염병. 모르겠다. 너희 집에 가서 터미네이터나 보자."

찬호는 소리를 지르며 페달을 밟았고, 나도 막혔던 무언가가 뚫린 것 같아 소리를 질렀다.

나는 동생이 그 자리에 있었던 게 마음에 걸렸다. 이틀이 멀다 하고 아버지에게 맞고 다니는 내가 그와 똑같은 폭력을 행사했으니 적응이 되었거나 혹은 나를 창피해 할지 몰랐다.

하루 종일 슈퍼에 앉아 계셔야 되는 찬호 엄마의 눈을 피해 뒷문으로 찬호 집으로 들어갔다. 눈치를 주는 건 아니었지만 눈치 거리를 안 만드는 게 더 나았다.

찬호가 학교에서부터 입에 침이 마르도록 칭찬했던 터미네이터는 명작이었다. 영화가 끝나고도 버릇처럼 멍하니 상상하기를 하는 나를 그가 흔들어 깨웠다. 시계를 보니 일곱 시가 조금 넘은 시간이었다. 아버지가 오시기 전에 들어가야 했다. 혼자 밥상을 차리는 혜영이도 도와주어야 했기에 찬호 엄마가 눈치채지 못하게 다시 뒷문으로 조용히 밖으로 나왔다. 보건소에 세워 둔 오래된 엿장수 자전거를 타고 집으로 향했다.

불어오는 바람에 눈이 시려 만져 보았던 곳은 벌써 부어 벌에 쏘인 것처럼 부풀어 올라와 있었다. 콧등도 얼얼했지만 부러진 것 같지는 않았다. 이래뵈도 아버지에게 맞고 한 번도 뼈가 부러져 본 적 없는 몸이었다.

집에 도착하자 아버지의 오토바이가 세워져 있었다. 일찍 일이 끝나신 것 같았다. 대문을 닫고 부엌으로 들어갔더니, 혜영이가 나를 보자마자 밥을 푸던 주걱을 내리고 조용히 하라며 입술에 손가락을 대고 밖으로 끌고 나왔다.

"오빠. 아까 학교 정문에서 싸웠잖아. 그 집에서 전화 오고, 학교 선생님까지 전화 왔어. 내일 아버지보고 학교로 오시라고 했나 봐. 오빠 어떡해. 큰일 났어. 왜 그 오빠를 그렇게 때린 거야?"

그녀의 미간에 생긴 주름은 걱정과 한심함을 같이 보여 주고 있었다.

이렇게까지 흘러 갈 줄 몰랐다. 내가 그놈에게 맞고 들어왔을 때 누구에게도 알리지 않았다. 시시콜콜 이야기했을 그놈을 생각하니 내가 더 야무진 게 느껴졌다. 다음에는 각목 없이도 싸울 수 있을 것만 같았다.

"경태 집에 왔냐?"

안방에서 아버지가 소리쳤다. 들어가기 전에 준비를 해야 했지만 벌써 부어 오른 오른쪽 눈 주변이 그리고 콧등이 걱정이었다. 오늘은 얼굴을 방어해야 했다.

안방에 들어가자 아직 상도 차리지 않는 밥상에 삼촌과 아버지가 술을 드시고 계셨다. 나는 삼촌에게 인사를 했고, 경수는 티브이를 보느라 형이 왔는지도 관심이 없었다.

"여기 앉아!"

바로 앞에 있는 나에게 아랫동네까지 들리게 소리를 지르셨다.

"형님. 애들이 싸우면서 크는 거지요. 그쪽 부모가 유별난 게지."

벌써 이야기가 삼촌의 귀까지 들어갔다.

늦은 시간까지 집에 와 술을 마시는 삼촌은 싫었지만 지금은 내 편을 들어 줘서 고마웠다.

"이 빌어먹을 놈 때문에 집이 조용한 날이 없어. 왜 싸웠는지 말을 해 봐!"

다른 사람도 아닌 아버지가 나 때문에 집이 시끄럽다 하는 게 우스웠다. 이런 시끄러운 집을 광태라고 하는 녀석이 자꾸 놀려서 때렸다는 말은 차마 하지 못했다.

"그냥 말싸움하다가 싸웠어요."

역시나 아버지의 손이 내 뺨을 때렸다. 초등학생 때처럼 몸이 휘청거리지는 않지만 여전히 고개는 돌아갔다.

"아이고. 형님. 왜 애를 때리고 그러요. 경태도 아버지한테 잘못했다고 해라."

맞으면 반사적으로 잘못했다고 빌었다. 하지만 오늘은 아니었다. 그놈이 우리 가족을 놀렸는데 내가 빈다면 그의 행동이 정당하다는 걸 스스로 증명해 보일 뿐이었다.

무릎을 꿇은 채 아무 말도 하지 않고 있는 내가 아버지의 화를 더 돋웠는지 아버지는 옆에 있는 효자손으로 내 머리를 내리치셨다. 효자손이 두 동강이 나 부러졌다. 저 얇은 효자손에도 머리가 아파 왔다. 오늘 각목으로 맞은 광태가 살아 있는지 궁금해졌다.

막내는 분위기를 보고 밖에 있는 혜영이에게 가 버렸다. 아버지는 하루에도 몇 번씩 사용하는 부러진 효자손이 아까운지 더욱더 화를 내며 아무 말도 하지 않는 나에게 더 분노를 느끼시는 것 같았다. 그는 먹던 술상을 뒤집어 버렸다.

"형님. 나는 내려갈랍니다. 경태야. 얼른 아버지한테 빌어라."

그는 아버지 화를 더 돋우는 말을 던지곤 남의 집 문제에 휘말리고 싶지 않은 듯 문을 열고 밖으로 나갔다.

아버지는 언제부터 마셨는지 눈은 벌써 풀려 어디를 향하고 있는지 모른 채 힘껏 내 뺨을 쳤다. 낮에 맞은 콧등과 눈언저리가 욱신거렸다. 입안에서 멈추었던 피 냄새가 다시 나는 것 같았다.

그는 내 머리카락을 잡아당기고선 주먹으로 얼굴을 때리기 시작했다. 부풀어 오른 눈 주변의 통증은 어느새 사라지고 쉴 새 없이 들어오는 아버지의 주먹으로 낮에 멈추었던 코피가 다시 흐르기 시작했다. 나는 필사적으로 얼굴을 감싸 안았고, 그는 비틀거리며 일어나 움츠리고 있는 내 옆구리를 발로 걷어찼다.

갑자기 걷어차인 옆구리 때문에 숨이 멎어 버린 듯했다. 나는 숨을 쉬어 보려고 입을 벌려 크게 공기를 흡입했지만 쉽지 않았다.

밖에 있던 혜영이가 안방으로 뛰어 들어왔다.

"아빠. 그만해요!"

그녀는 아버지의 팔을 잡고 그를 저지하려고 했다. 막내도 여동생을 따라 들어와 아버지의 다리를 붙잡았다. 그사이 나는 다시 숨을 쉬려고 노력했다. 빨대로 숨을 쉬는 것처럼 공기는 가슴으로 들어가지 않았다. 재채기가 코피와 함께 방바닥에 뿜어져 나오자 내 옆구리는 갈비뼈가 부러진 것처럼 아파 왔다. 어쩌면 부러졌는지도 몰랐다.

그는 몸도 가누지 못할 정도로 술이 취해 있었지만, 나를 때릴 때만큼은 어디서 힘이 나오는지 알 수 없었다. 그가 자리에 앉자 나는 옆구리를 팔로 감싸고 문 쪽으로 기어갔다. 간신히 문턱을 넘고 수돗가로 가자 불어오는 바람에 그제야 숨이 쉬어졌다.

낮과 저녁에 흘린 피가 왠지 아까웠다. 날은 저물었지만 마당에 불은 켜져 있지 않았다. 수돗가 회반죽에 무릎을 끊고 머리를 내밀어 물한 바가지를 머리 위에 부었다. 수돗가 하수구로 씻겨 흘러 내려가는 것이 피인지 수돗물인지 보이지 않았다.

아침이 되어도 낫지 않은 듯 숨을 쉴 때마다 갈비뼈는 아파 왔다. 허리를 펼 수 없을 정도였지만 거울에 비친 얼굴에 비하면 아무것도 아닌 것 같았다. 얼굴은 온통 벌이 침을 쏜 것 마냥 부어 올라와 있었다.

아버지는 우리가 일어나기 전에 일을 하러 나가셨다. 어제 혜영이가 전화 통화를 듣기에 아침 조회 시간에 맞추어서 광태 부모님과 아버지가 학교에 오시기로 했다고 알려 주었다. 아버지가 학교에 오시는 게 처음이었다. 다행인 건 약속을 아침에 잡았기에 술 취해 난동을 부리는 어제 밤과 같은 일은 벌어지지 않을 것 같았다.

학교에 갈 때도 곤혹이었다. 갈비뼈가 부러지지는 않은 것 같았지만, 금이 갔는지 옆구리를 한쪽 팔로 감싸고 가야 했다. 자전거도 탈수 없어 아침 등교가 유난히 멀어 보였다. 느린 걸음으로 제시간에 교문을 나서고 학교로 들어가자 후배들과 옆 반 여자들이 나의 앞이고 뒤에서 수군대는 게 들려왔다. 자전거를 세우고 나를 발견한 찬호가 뛰어왔다.

"경태야. 너 얼굴이 왜 그러냐? 옆구리는 왜 감싸고 있어?"

그는 어제와 다른 내 모습에 깜짝 놀라했고 교실에 들어서자 광태는 보이지 않았다.

반 친구들은 다들 놀란 표정을 지으며 내 얼굴이 그와 싸워서 생긴 상처인 줄 알고 있었다. 주변에 몰린 친구들은 광태가 없는 곳에서 그의 욕을 해대었다. 그가 그렇게 된 게 잘되었다며 나를 치켜세우는 사람도 있었다. 다들 비겁해 보였다. 광태의 행동이 잘못되었지만, 그의 앞이 아니라 뒤에서 정의를 말하는 게 우스워 보였다.

내가 맞을 때, 내가 그의 심부름을 할 때, 그가 나를 놀릴 때, 같이 웃고 떠들던 놈들이었다. 반장이 교실에 들어와 아침 조회는 자습이라는 말과 함께 교무실에서 나를 부른다는 말을 전했다.

무슨 말을 해야 될지 생각해 놓지 않았다. 내가 저지른 일은 어떤 벌이라도 받을 각오가 되어 있었다. 하지만 광태가 또 같은 짓을 한다면 나도 같은 짓을 할 거라고 마음먹었다.

교무실 문을 열고 들어가려고 하자 교장실 앞에서 나를 기다린 것 같은 담임 선생님이 내 이름을 부르며 손짓했다. 그녀도 내 얼굴을 보고는 지금까지 지겹게 봐 왔던 놀란 얼굴을 보였다. 예쁘게 생긴 담임 선생님은 결혼을 아직 하지 않은 노처녀였다. 하루에도 열두 번은 히스테리를 우리에게 부렸던 그녀가 어디서 꺼내 왔는지 간지럽게 상냥한 말을 건넸다.

"경태야. 어제 도대체 무슨 일이 있었던 거야?"

살짝 열린 교장실 문으로 아버지와 광태 아버지, 어머니로 보이는 두 분과 교장, 교감 선생님이 앉아 계셨다.

아무 말도 하지 않고 있는 서 있는 나를 담임이 교장실로 데리고 들어갔다. 내 모습을 본 모든 사람들이 깜짝 놀라했다. 심지어 아침 일찍 나가신 아버지마저도 놀란 표정으로 나를 바라보았다.

광태 부모님은 하나밖에 없는 아들의 모습에 분개하며 학교에 찾아왔을 게다. 선생님들도 분명히 나를 꾸짖어 본때를 보여 줄 심산이라는 게 소파 끄트머리에 걸터앉아 계신 아버지를 보고 느꼈다.

"경태야. 너 어제 광태하고 싸워서 얼굴이 그런 거냐?"

학생들 사이에서 두꺼비라고 별명이 지어진 교감 선생님이 말했다.

나는 아무 말도 하지 않았다. 오른쪽 눈은 부풀어 올라 자꾸 속눈썹이 눈을 찔러댔다. 눈을 감고 있으면 괜찮겠지만 지금은 아니었다. 간신히 뜬 눈에 눈물이 고였다. 나는 정말 속눈썹이 눈을 찔러 흘린 눈물이었지만 그걸 본 두꺼비 교감의 부인인 교장 선생님은 나를 조퇴시켜 병원에 가게끔 아버지께 말씀드렸다.

"광태 어머님. 경태 얼굴을 보니깐 광태가 한 말만 믿을 수는 없겠네요. 치료를 받는 이번 주 까지는 제가 담임 선생님께 이야기해서 결석 처리는 기록하지 말게 하겠습니다. 경태도 병원에 가야 되고, 저희도 수업에 참여해야 해서 이만 일어나도록 하지요. 그리고 담임 선생님도 적절한 조치로 다시는 이런 일이 일어나지 않게 체벌을 제외한 모든 방안을 강구하세요."

이야기가 언제부터 시작됐는지는 알 수 없었지만 내가 들어온 지 몇 분이 채 되기도 전에 마무리가 되었다. 광태 어머니와 아버지는 무슨 말을 더 하려고 입 밖으로 꺼내려 했지만, 내 얼굴과 옆구리를 한 팔로 감싸고 있는 모습을 보고는 더 이상 말하지 않았다.

"경태. 옆구리는 왜 그러고 있냐?"

아버지가 기억이 없는 듯 나에게 물었다. 아니면 내가 오기 전까지 사과를 하다가 역전시킨 느낌도 들었다.

나는 아무 말도 하지 않고, 신경 쓰이게 찔러대는 속눈썹을 살짝 들어 눈물을 닦을 뿐이었다.

"아버님. 경태 병원에서 X-RAY 한 번 찍어 보게 하시죠."

내 턱을 잡고 자세히 보려고 얼굴을 들이대는 담임이 아버지께 말했다.

이렇게 가까이 마주 본 적이 없던 담임이었다. 시골에서 볼 수 없는 예쁜 얼굴이었다. 하지만 조심해야 했다. 그녀의 아버지인 교감과 엄마인 교장의 피를 물려받은 그녀에게 수업 시간 장난을 치던 아이들이 맞아 떨어져 나간 걸 나는 잊지 않고 있었다.

인사를 마친 아버지와 선생님들 그리고 광태 부모님은 교장실을 나왔다. 내 인사도 받지 않고 차를 타고 가 버리신 광태 부모님을 뒤로 하고, 교실에서 책가방을 가지고 와 조퇴를 하였다.

아버지의 오토바이 연장통 위에 아픈 옆구리를 감싸고 앉아 그의 허리를 붙잡았다. 일 교시가 시작하기 전인 우리 반은 모두 다 창문으로 얼굴을 내밀고 운동장을 가로질러 가는 나에게 손을 흔들었다.

여름비는 기분을 좋아지게 했다. 처음 아스팔트길이 저수지를 잇는 비포장도로를 덮었을 때도 비가 내렸다. 할머니의 손을 잡고 집으로 가는 어린 시절이 떠올랐다. 맨발로 새하얀 아스팔트길을 걸을 때마다 그때의 기억들이 새록새록 나는 걸 보면 어린 시절의 기억이 중요해 보였다. 그런 아름다운 추억이 많을수록 상상하기 좋아하는 나에게는 과거로 돌아가 행복을 끄집어 낼 수 있었기 때문이다. 하지만 아직까지는 그리 많은 추억이 저장이 되어 있지 않았다. 기억을 다 잊어버리는 어른이 되기 전에 많이 만들어 놓는 수밖에 없었다.

"오빠! 뭐해? 나 도와줘야지."

마루에 걸터앉아 비가 떨어지는 마을을 바라보는 내게 혜영이가 소리쳤다.

"미안. 깜빡했어."

비가 오는 날이면 우리는 밀가루 반죽에 계란을 깬 부침개를 자주 해 먹었다. 비가 와서 오랜만에 쉬시는 아버지와 막내는 방 안에서 티브이를 보고 있었다.

아궁이가 있던 부엌은 여름 방학이 시작하고 얼마 지나지 않아 메워버리고 그 자리에 연탄보일러를 설치하였다. 이제는 더 이상 나무를 하지 않아도 되기에 마을 회관에서 지내며 바닥 공사를 하는 삼 일간은 불편함을 못 느꼈다. 혜영이도 한겨울에 뜨거운 물을 수도꼭지를 틀어 쓸 수 있다는 생각에 좋아했다.

아버지가 나와 혜영이에게 시범을 보이기 위해 연탄집게로 번개탄을 집어 돌려 연탄구멍에 넣고 연탄을 번개탄의 구멍 위에 맞출 때 연탄구멍에서는 시큼한 연탄가스 냄새가 올라와 깜짝 놀라 코를 막고 밖으로 뛰쳐나왔었다. 냄새는 좋지 않았지만 검은 연탄이 타오르는 걸 보면 눈을 뗄 수 없이 신기했었다.

동생은 벌써 반죽을 다 만들어 놓은 상태였다. 계란프라이는 정말 잘했지만, 기름이 튀는 부침개는 무서워하는 동생을 대신해서 늘 내가 뒤집었다. 처음 한 장의 실패 뒤로 나머지 세 장은 정말 내가 생각해도 찢어지지 않게 잘 뒤집었다.

마루에 상을 펴고 간장을 작은 그릇에 담았다. 마을 전체에 떨어지는 비를 마루에서 바라보며 아버지와 우리 삼남매는 여름을 보내고 있었다.

"비 그치면 저수지 밑에 피라미나 잡으러 가자. 그걸로 점심에 매운탕도 끓여 먹고."

우리는 부침개를 집던 젓가락질을 멈추고 서로를 바라보았다.

술을 드시지 않은 아버지와 함께 무언가를 한다는 것은 우리 삼남매에게는 아주 큰 선물이었기에 놀랄 수밖에 없었다.

"집에 족대는 있냐?"

"모기장으로 엮어서 만들어 놓은 건 있어요. 통발도 있고요."

지금 당장이라도 가고 싶었다. 홍분한 목소리를 내가 느낄 정도였다.

경수와 가끔씩 고기를 잡으면 내장을 떼고 기름에 튀겨 먹었다. 남들이 하는 매운탕은 매번 실패를 해서 맛이 나지 않았다. 한번 아버지가 끓여 주신 매운탕은 그 어떤 음식보다 맛있었지만, 일 년에 한 번 먹기도 힘들었다. 그가 술을 마시지 않는 날이 일 년에 고작 이삼 일밖에 있지 않았기 때문이다.

허겁지겁 먹은 부침개의 마지막 한 장을 남기고 나는 창고에서 투망과 둘둘 말려진 족대를 꺼내 마루에 올려놓았다. 우리 가족의 고기잡이를 방해하고 싶지 않은지 여름비는 거짓말처럼 가늘어졌다. 저수지 밑의 작은 물웅덩이는 집에서 걸어 이백 미터 정도밖에 되지 않았다. 하지만 저 거리도 아버지와 갔던 경우가 지금껏 두 번밖에 있지 않았다.

상을 치우고 채비를 했다. 막내는 고기를 얼마나 잡으려는지 그가 들어갈 수 있을 정도의 양동이를 들었다. 나는 태우려고 놔두었던 아버지의 찢어진 메리야스를 가위로 잘라 부엌에서 된장 한 스푼을 담아 꽁꽁 묶어 투망 안쪽에 매달아 두었다. 족대로 못 잡았을 경우를 대비해 몇 마리라도 잡아야 매운탕을 끓일 수 있었기 때문이었다.

혜영이도 저수지 길로 나 있는 밭에 가서 야채를 뜯어 오려고 작은 소쿠리 하나를 집었다. 오랜만에 가족이 나서는 모습을 보고 싶은지 구름 사이로 햇빛이 쏟아졌다.

"오늘 아버지가 매운탕 끓여 줄 테니깐 비 떨어지기 전에 얼른 가자."

마당에는 후덥지근한 열기가 빗물과 흙냄새가 섞여 올라왔다. 막내는 벌써 출발해서 웅덩이 앞에서 기다리고 있었다.

내 무릎 정도밖에 오지 않는 물웅덩이에는 물 잡초가 많이 나 있었다. 고기는 이런 곳에 많이 숨어 있었기에 족대가 필요했다. 나는 조금 더 위로 올라가 투망 하나를 던져 놓았다. 만일에 대비해서 몇 마리라도 잡을 생각이었다.

아버지가 족대를 들고 웅덩이 안으로 들어가 펼쳐 놓자, 나와 혜영이는 정말 오랜만에 물풀을 헤치고 고기를 쫓았다. 병정놀이 하듯 무릎을 높이 들어 밟으며 고기들을 아버지가 펼쳐놓은 족대에 들어가게 했다.

처음으로 들어 올린 족대에는 새끼손가락 정도의 피라미 세 마리가 잡혔다. 저 정도도 매운탕 맛은 나겠지만, 오랜만에 아버지와 함께하는 시간을 이렇게 짧게 보낼 수는 없었다. 혜영이도 나와 같은 생각인지 고기몰이 하는 동안 웃음이 끊이지 않았다. 경수도 아버지 옆에서 양동이를 들고 막내만이 가지고 있는 웃음으로 소리를 지르고 있었다.

두 번, 세 번 족대를 들 때 마다 한두 마리씩 있던 피라미가 더 이상 나오지 않을 때까지 나와 혜영이는 발질을 했다.

양동이에는 어느새 오십 마리는 훌쩍 넘어 보이는 피라미들이 모였다. 나는 개울 위로 올라가 던져두었던 투망을 들어 올렸다. 너무 짧은 시간이었음에도 서너 마리가 들어가 있었다. 안쪽에 묶어 두었던 된장을 물에 풀었다. 다음에 아버지와 또 왔을 때 많이 컸으면 좋겠다는 생각에서였다.

집에 가는 길에 어린 호박과 호박잎을 따고 고추도 한두 개를 땄다. 남의 밭이었지만 개의치 않았다. 오랜만에 부엌에서 요리를 하는 아버지를 혜영이는 좋아했고, 나는 잡아 온 피라미를 경수와 같이 수돗가에서 배를 땄다.

물기가 있어 기름이 틸까 봐 무서워하는 동생을 대신해 아버지 옆에서 피라미를 튀겼다. 아버지는 연신 간을 보면서 찬장에 있는 조미료들을 조금씩 넣었고, 막내는 마루에 퍼 놓은 상에 수저통을 옮겨 놓아 오랜만에 하는 가족 파티에 동참하려고 했다.

씻어 놓은 야채가 상에 오르고 마침내 아버지가 끓인 매운탕이 상 가운데에 놓여졌다. 기름에 튀긴 피라미까지 올리니 여름방학 최고의 만찬이 완성이 되었다. 아버지가 수저를 들자 우리는 일제히 수저를 아버지가 끓이신 매운탕에 집어넣었다. 썰어 넣은 고추 때문인지 매콤하며 맛있었다. 서로 눈가의 가느다란 아지랑이처럼 생긴 주름이 맛있다는 걸 알렸다. 우리들은 아버지가 끓여 놓은 매운탕의 바닥이 보일 때까지 남김없이 먹어 치웠다.

식사를 다 하신 아버지는 동네 회관에서 벌이는 술자리에 가기 위해 자리에 일어나셨다. 아버지 당신만 바뀐다면 내가 살고 있는 지옥이 천국이 될 거라고 말해 주고 싶었다.

*

삼 학년 여름방학이 끝나자 고등학교 진학을 위해 야간자율학습을 밤 여덟 시까지 했다. 학교 성적은 늘 상위권이었지만 실업계 고등학교를 가야 될 것 같은 나로서는 굳이 주말까지 시간을 내가며 공부를 할 필요는 없었다. 나와 찬호는 순설시에 있는 공업고등학교를 가기 위해 서로 약속을 해 놓은 상태였다. 광태도 우리와 같이 순설시에 가고 싶었지만, 실업계 중에서도 상위권에 있어 들어가기 쉽지 않는 곳이었다.

"반에서 중간 정도 해야 들어가지. 너 머리로 순설시 가는 버스표도 못 끊어."

내가 그의 머리를 바라보며 말했다.

그날 이후로 찬호의 중재로 사과를 하면서 친해져 과거의 일은 기억에서 사라진 지 오래였다. 그도 더 이상 나에게 시비를 걸지 않았다. 하지만 내가 생각하기에는 삼 학년이 되면서 월등히 커져 버린 키와 몸무게 때문에 그도 겁을 먹고 있는 게 아닐지 의심스러웠다.

"시험 잘 보면 되지. 찬호도 간다고 하던데."

그의 뒤에서 듣고 있던 찬호가 광태의 어깨를 치며 말했다.

"야. 이놈이 나랑 비교를 하네. 나는 그래도 모의고사 때 그 정도는 들어갈 수 있다고 나왔어. 광태 너는 그냥 놓고 나와서 아버지 배 물려받고 살아라."

광태도 우리와 같이 이곳을 벗어나고 싶어 했지만, 그는 읍에 있는 농업고등학교로 선생님은 추천해 둔 상태였다. 부모님 일손을 도와드려서인지 몸은 손가락 하나 들어가지 못할 정도로 단단했지만, 그와 어울리게 두뇌조차 단단해져 버린 것 같았다.

선생님은 각자 성적에 맞는 고등학교를 추천해 주셨고, 내 계획과 상관없이 순설시에 있는 가장 좋은 인문계 고등학교를 목표로 설정해 두셨다.

사립중학교의 권한인지 일이 학년 때는 남녀 반을 갈라놓더니 정작 공부를 열심히 해야 한다는 삼 학년은 남녀 공학 반을 만들었다. 모두들 들떠 있었던 일 학기에는 외모에 신경 쓰느라 성적이 많이 떨어진 친구들이 보였다. 남자 한 반, 여자 한 반밖에 있지 않았던 시골 중학교에서 어설프게 멋을 부리거나 예쁘게 치장하는 게 영락없는 촌놈들이었다.

나는 고모가 서울에서 사촌형, 누나가 입던 옷을 보내준 탓에 그나마 멋 부리는 촌놈들보다는 스타일이 좋았다. 이제 대학교를 들어간 사촌누나가 유행에 뒤떨어지거나 대학생과 어울리지 않는 옷들을 혜영이에게 보내 주었다. 입던 옷이었지만 시골뜨기들이 읍내에서 고른 옷보다는 좋아 보였다.

다행히도 진실이와는 다른 반이 되었다. 어느새 서먹해져 버린 죽마고우가 멀어지는 게 느껴졌지만, 같은 초등학교 때부터 찬호는 그녀에게 푹 빠져 짝사랑을 하고 있었다.

"진실이하고 같은 반이 되었어야 했는데."

"찬호 너는 진실이 앞에서는 아무 말도 못 하더만. 내가 저번에 체육시간 때 보니깐 주변에 가지도 못하고 고목나무처럼 걷더니마는."

광태가 성적에 밀린 수모를 만회하려 찬호를 놀렸다.

"나는 경태 동생이 예쁘던데…."

그의 죽어 가는 목소리에 나와 찬호는 어이가 없어서 웃었다.

밤 여덟 시가 되자 자율학습을 끝내는 종소리가 교실 벽에 걸린 스피커를 통해 울렸다. 보건소에 세워 둔 자전거를 타고 가려면 찬호 자전거 뒤에 타 면소재지가 있는 곳까지 가야 했다. 엿장수 자전거를 중학교까지 타고 오고 싶지 않았다. 초등학교 때 놀림 받았던 기억은 그대로 묻어 두고 싶었다.

찬호와 광태, 우리 세 사람이 교문을 향할 때 저 멀리 찬호가 좋아하는 진실이가 혼자 서 있었다. 밤중에 어두웠지만 가로등 아래서 누군가 기다리는 것 같았다. 나는 그녀를 지나쳐 가려고 할 때 뒤에서 나를 부르는 그녀의 목소리가 들렸다.

버스로 통학하는 광태는 이 순간이 궁금했지만 때마침 오는 버스를 놓칠 수는 없었다. 찬호는 자전거를 붙잡은 채 궁금해했고 나는 그녀를 향했다.

"왜 그래?"

무뚝뚝하게 굳이 말할 필요는 없었지만, 입 밖에서 메마른 소리가 나왔다.

"경태야. 집에 같이 가면 안 돼?"

"나는 찬호 자전거 타고 갈 건데. 무슨 일인데?"

"그게. 엄마가 오늘 바쁜 일이 있어서…. 집에 가는 길이 무서워서 그러는데 너랑 같이 가면 안 될까 해서."

가로등 불빛 하나 없는 시골 길이었다. 초등학교보다 집에서 두 배로 먼 곳에 있는 중학교에서 밤에 집에 가는 건 나도 가끔 툭 튀어나오는 도둑고양이에 놀란 적이 여러 번 있었다.

"뭐가 무섭다고 그래. 길도 모르는 것도 아니면서 나 빨리 가 봐야 돼."

나는 찬호가 기다리는 곳으로 뛰어가 그의 자전거 뒷자리에 앉았다.

"야. 진실이가 뭐라고 그러냐?"

"아무것도 아니야. 빨리 가자."

내가 재촉하는 통에 찬호는 서 있는 그녀를 뒤돌아보고 이내 자전거 페달을 밟기 시작했다.

언덕 위에 있는 중학교는 줄곧 내리막길이 면소재지까지 나 있었다. 불이 꺼진 보건소에 나를 내려 준 찬호와 헤어졌다.

나는 무거운 엿장수 자전거를 끌고 나와 천천히 운전을 했다. 그러다가 안장에서 엉덩이를 떼어 앞으로 몸을 기울여 있는 힘껏 다리를 저었다. 숨이 차올랐지만 멈출 수는 없었다.

저 멀리 그녀가 혼자 걸어오는 게 보였다. 어두운 길을 고개를 떨군 채 주변의 어두움을 애써 외면하는 게 보였다. 전등이 고장 난 자전거 소리를 들었는지 그녀는 고개를 들어 나를 보았고 안심한 듯 입가에 살짝 지어진 엷은 미소가 어두움에 적응된 내 눈으로 들어왔다.

나는 그녀 앞에 자전거를 세웠지만, 그녀는 나를 신경 쓰지 않고 지나쳤다. 나는 자전거의 방향을 틀어 그녀 옆으로 걸었다. 그녀가 들고 있던 도시락 통을 뺏어 핸들에 끼워 걸었고, 그녀는 순식간에 뺏긴 도시락 통을 다시 뺏으려고 했다.

그녀는 화가 난 척하고 있었다.

"야. 타!"

내가 그녀가 쉽게 올라 탈 수 있도록 자전거를 옆으로 기울였다.

어릴 때부터 봐 왔던 그녀의 자존심은 몇 초가 흐르면 무너질 걸 알고 있었다. 아무도 보지 않는 엿장수 자전거에 올라탄 그녀는 흔들거리는 자전거가 무서웠는지 살며시 내 허리를 잡았다. 학교에서 집까지는 너무 멀어 늘 불평했지만, 오늘처럼 집이 멀어 행복한 적은 없었던 것 같다. 내가 자전거를 장난삼아 흔들자 그녀는 짧은 소리를 지르며 허리를 잡고 있던 한쪽 팔로 내 허리를 감싸 안았다.

3장

고등학생

웅호가 자주 가던 당구장 이름이 적혀진 노란색 라이터에 불을 켰다. 네다섯 명이 돌아가면서 입에 물고 있던 담배를 불에 갖다 대며 양 볼이 움푹 들어가게 빨았다. 붉게 타들어 가 흔적을 남기려는 자욱한 담배 연기가 지저분한 화장실에 어울리게 환기가 되지 않고 화장실 안을 가득 채웠다.

　선일이는 담배 냄새가 날까 봐 어디서 구했는지 부러진 나무를 젓가락처럼 집어 필터를 잡고 피웠다. 우린 항상 그에게 주접떨지 말라고 했지만, 가끔씩 손가락 냄새를 맡는 선생님 때문에 그는 조심했다. 아무리 잡아떼도 선생님들이 가지고 있는 개 코를 속이기라는 쉽지 않았지만 매번 빠져나가는 선일이는 현명한 주접을 떨고 있었는지도 몰랐었다.

　이번 수업 시간에는 자동차 엔진을 분해하고 조립하는 시간이었다. 파란색 두꺼운 작업복의 등에는 큼지막하게 순설공고라고 써져 있었고, 앞가슴 호주머니에는 자동차과라고 노란색 페인트로 찍어낸 도장이 박혀 있었다.

　가끔씩 누가 오는지 신경 쓰면서 밖을 내다 봤지만 교무실과 떨어진 이곳까지 공립학교 선생님들은 지도하러 오지 않았다. 작년에 우리 학교로 부임 온 담임 선생님도 순설시에서 가장 머리가 좋은 순설고에서 있다가 가장 불량한 학교로 전근을 온 케이스였다. 공고는 가르치는 선생님들에게는 아주 누워서 떡 먹기였을 것이었다. 아무도 관심조차 없는 공부를 열정을 다해 가르칠 필요도 없거니와 야간 자율학습도 없는 공고는 그들에게는 잠시 쉬어 가는 곳인 것처럼 비추어졌다.

　삼 학년 선배들은 대부분 취업을 한 상태였다. 아직 취업을 하지 않는 선배들은 각자의 학과 사무실로 등교해서 비디오를 보거나 취업 순서를 기다리며 시간을 때우고 있었다. 내년에 취업을 해야 되지만 나는 아직까지 실감하지 못하였다.

　"야, 시발. 화장실 딴 데로 안 가!"

　큰 덩치에 어울리는 걸걸한 목소리로 강석이가 화장실에 들어오려는 후배들에게 말했다. 후배들은 서둘러 화장실을 나갔다.

　같은 중학교에서 올라온 유일한 중학교 동창인 찬호는 전기과를 선택하여 떨어져 지내게 되면서 지금의 친구들과 어울리게 되었다.

　읍내에 실업고는 있었지만 더 넓은 곳을 보고 싶었고, 가능하면 집과 먼 곳에서 학교를 다니고 싶었다. 한 시간 반 정도 걸리는 거리를 버스를 갈아타며 통학을 했었다. 같은 학교에 다니는 찬호는 부모님이 자취방을 얻어 주었지만 나는 아버지의 시야 밖으로 벗어날 수 없었다.

　실업계 고등학교는 인문계처럼 야간자율학습도 없었고, 그나마도 다섯 시가 되기 전에 수업은 끝났다. 하지만 집까지의 거리 때문에 집에 도착하면 늘 어두운 밤이 되어 있었다.

　끝까지 다 피운 담배를 화장실 변기통에 버리고 가래침을 땅바닥에 뱉었다. 누구라고 할 것 없이 의식처럼 담배를 다 피우면 가래침을 뱉었다.

　여섯 개의 과가 있는 학교는 수업을 하는 본관과 각 과마다 실습을 하는 독립적인 건물들이 있었다. 학생 수도 도에서 세 번째로 큰 학교였고, 다섯 개나 되는 운동 팀들도 있었다.

본관에서 가장 먼 자동차 실습장까지 늦지 않으려면 달려야 했다. 학과 선생님들은 우리가 뭐 하나 잘못한 게 있으면 실습장에 쌓여 있는 타이어를 어깨에 짊어지게 하고 오리걸음을 걷게 하였다. 어릴 때부터 뭐가 끼었는지 선생님에게 미움 받는 건 타고 난 것 같아 조심해야 했다.

"경태 너 이번에 자격증 시험 또 볼 거지?"

늦지 않게 도착해 실습장에 둘러 앉아 선생님이 오기를 기다리며 선일이가 말했다.

"어. 이번에도 시험 봐야지."

성적과 상관없이 졸업하고도 사용할 수 있는 국가자격증은 많을수록 좋았다.

나이 많으신 분들도 시험을 보러 일요일 날 실습장이 준비되어진 우리 학교로 오시는데 그런 사람들이 가끔씩 고등학생 시절 기회가 될 때 많이 따 놓으면 좋다고 충고를 해 주었다. 학교를 졸업하면 필기는 혼자 할 순 있어도 돈을 주고 학원을 다녀야 되니 지금 학교에서는 얼마든지 공짜로 배울 수 있다는 말도 같이 하였다.

중학교까지는 공부를 웬만큼 해서 학교 담임 선생님도 인문계 고등학교를 추천해 주셨다. 아버지는 단호하게 대학 보낼 돈은 없으니 기술을 배워서 취업을 하라는 말씀뿐이었다. 몇 번의 실랑이가 담임 선생님과 아버지 사이에 오갔지만, 아버지는 내 의사를 물어보지 않으셨다. 대학도 궁굼하게 다닐 거면 기술을 배워 이 집을 하루라도 빨리 벗어나고 싶은 마음뿐이었다.

"아버지. 저 순설공고에 지원해 보려구요."

전화를 끊은 아버지께 말씀 드렸다. 기억력이 없으신 건지 "네 맘대로 해라."라는 말과 함께 내 고등학교 진학 문제는 쉽게 마무리가 되었다. 그 탓에 혜영이도 대학을 다닐 생각을 접고 읍내에 있는 상고로 가게 되었지만.

엔진 부분을 가르쳐 주시는 선생님이 오셨다. 여러 번 분해와 조립을 해 보았지만 국가자격시험에 맞는 준비를 해야 돼서 실기 자격증을 접수한 사람과 그렇지 않는 사람으로 나누어 수업을 진행하였다.

머리가 특별히 좋은 건 아니었지만 내가 치를 수 있는 기능사 필기시험은 다 붙었었다. 학교에서 무료로 가르쳐 주는 학과 수업 외 굴삭기나 지게차처럼 중장비는 학원에서 돈을 주고 배워야만 했다. 육중한 엔진을 분해하여 놓을 수 있는 선반이 엔진 옆에 있었다. 우리 반에선 다섯 명이 실기 시험을 치를 준비를 했다.

매번 민수는 우리 친한 친구들이 모일 때마다 나를 의아하게 생각했었다. 담배도 피우고 술도 마시며 다 같이 노는데 유독 나만 상위권 성적에 자격증 시험까지 보고 있으니 말이다. 내 편이 많이 없는 학교에서는 친구들끼리 어울려 다니는 게 중요했다. 매일 등하교 왕복 세 시간을 버스 안에서 나는 자격증 시험을 공부했고, 떠들 수 없는 수업시간에는 집중해서 수업을 들었었다. 학교 시험이 다가오는 시기가 되면 시험에 나오는 곳에 밑줄을 치라는 선생님의 말만 잘 따라도 우리 학교에서는 상위권에 성적을 유지할 수 있었다.

먼저 엔진 뚜껑을 열고 피스톤을 죄고 있는 나사 하나하나를 풀어 순서대로 선반 위에 올려놓았다. 가지런히 놓지 않으면 조립할 때 부품을 찾는 데 시간을 다 소비해 버리기 때문이었다.

우리 다섯 명은 경쟁이 붙은 것처럼 각 선반 옆에 있는 개인 공구통의 도구를 바꿔 가며 분해를 했다. 손은 검은 기름으로 덮였고 여름방학이 막 끝난 실습장은 환기가 되지 않아 두꺼운 실습복 안으로 땀이 흐르고 있었다.

시간이 잠시 흐른 것 같더니 어느새 쉬는 시간을 알리는 종이 울렸다. 나랑 어울리는 웅호, 선일, 강석, 민수와 학교 끝에 있는 실습장의 담을 넘어 민수가 나누어 주는 담배에 불을 붙였다.

고등학교를 들어오고부터는 눈에 띄게 몸에 변화가 일어났다. 키는 반에서 세 번째로 커졌고 뚱뚱하지는 않았지만 시골에서 자라서인지 몸은 알맞게 탔고 다부졌다. 처음 고등학교를 와서 신경질적으로 싸움을 걸어왔던 친구들도 몇 명은 두 번 다시 덤비지 못하게 때려 주기도 했다. 큰 학교였지만 소문은 금방 퍼졌고 친구들은 쉽게 내 주위에 몰려왔다.

부모님이 시내에서 세탁소를 운영하시는 웅호는 우리 중에 가장 깔끔하게 교복을 입었다. 잘 다려진 셔츠는 우리들과 비교가 되었다. 내 교복 바지는 볼펜으로 적힌 친구들 연락처가 가득했지만, 회색 줄무늬로 된 바지는 자세히 보지 않으면 티가 나지 않았다.

"야! 학교 끝나고 바로 갈 거니깐 알았지?"

웅호가 아직 불씨가 있는 담배를 땅바닥에 던지고 운동화로 비벼 껐다.

우린 서로를 바라보고 웃으면서 웅호처럼 신발로 담배를 비벼 껐다. 여자친구가 있는 웅호가 인심 쓰듯 어렵게 마련한 미팅이었다. 우리 네 명이 한 번씩은 본 적이 있는 그의 여자친구는 학교에서 그리 멀지 않는 인문계 여고에 다녔다. 남자들만 득실거리는 공고에 미팅을 졸라 대던 민수가 가장 좋아했다.

나는 그리 썩 내키지는 않았지만 친한 친구들이 모이는 곳에는 빠지고 싶지 않았다. 친구들은 전부다 순설시에 살았고 나 혼자 저 멀리 다른 지역에서 통학을 하고 있었다. 갑자기 쑥쑥 커 버린 탓에 교복은 작아졌고, 바지는 군데군데 담뱃재가 떨어져 구멍이 나 있었다. 신고 있는 신발도 메이커가 아닌 시장에서 산 단화의 뒤 굽을 눌러 신을 뿐이었다. 왠지 초라했지만 만날 생각이 굳이 없는 나에게는 안성맞춤인 패션이었다.

세 시간에 걸쳐진 오후 실습시간은 다 조립된 엔진의 시동을 걸어 보고서야 끝이 났다. 손에 낀 기름 덩어리는 아무리 닦아도 깨끗해지지 않았다. 실습장에서 종례를 했고 나는 수돗가로 가서 머리를 감았다. 손톱을 세워 실습장에서 가져온 비누를 머리에 문대었다. 머리카락이 손톱 사이에 낀 기름때를 눈에 띠게 제거해 주었지만 여전히 손톱 주변은 지저분했다. 미팅 때문은 아니었지만 더러운 놈이라는 소리는 듣지 않게 해야 했다.

교복으로 갈아입고 친구들과 교문을 나섰다. 우리 학교와 여고 중간쯤에 있는 빵집에 가면서 웅호가 여자친구에게 전화를 걸었다. 시내에 사는 친구들은 전부다 PCS폰이 있었고 나는 혼자 삐삐를 사용했었다. 순설시도 서울에 비하면 정말 작은 도시였지만, 이보다 더 시골에서 올라온 나로서는 큰 도시에 상경한 느낌이었다. 그렇게 크게 느껴졌던 순설시도 이 학년이 되면서 점점 작게 느껴졌다.

벌써 와 기다리고 있다는 웅호의 통화가 끝나자 미팅만 기다렸던 민수가 우리를 재촉하여 뛰게 했다. 빵집 문에 달린 작은 종이 우리가 왔다는 걸 창가에 앉은 여자들에게 알렸다.

누가 봐도 미팅을 하듯 교복을 입은 남녀 다섯 명이 마주보고 앉았다. 웅호와 그의 여자친구가 끝자락에 앉아 한 명씩 소개를 시켰다. 우리는 고개를 끄덕이면서 그가 하는 말이 전부 사실이라는 제스처를 했다.

네 명 모두 처음 해 보는 미팅이어서인지 덩치가 큰 선일이는 꿀 먹은 벙어리가 되었고, 민수는 어떻게든 말을 걸어 보려고 쓸데없는 이야기로 웃어대며 정색하는 우리의 동의를 구하기 바빴다. 그나마 강석이가 하는 말에 여자들이 맞장구 쳐 주며 웃어 주었다.

특별히 관심이 없어서 나는 줄곧 그들이 하는 이야기에 웃음을 지었고, 한 번씩 돌아오는 질문에 대답을 해 주었다. 중학교 동창들도 몇명 다니고 있는 여고였지만, 우린 다 같이 순설시에 있는 남중학교를 다녔다고 했다. 단지 난 시골로 고등학교 진학 후 이사를 했다고 거짓말을 했고 내 이야기를 자세히 하고 싶지도 듣고 싶어 하는 분위기도 아니었다.

빵 몇 개를 시켜 놓고 시끄럽게 떠드는 우리를 빵집에서 눈치를 주었다. 우린 시에서 가장 큰 공원으로 가 신문지를 가운데 펼쳐, 사 온 과자를 부어 토끼풀이 있는 곳에 둥글게 섞여 앉아 이야기를 이어 갔다.

매일 야간자율학습을 해야 되지만 삼 학년이 되면 잠자는 시간조차 부족할 정도로 공부를 해야 된다는 그녀들의 말이 우리에게는 다른 세상의 이야기를 듣는 거처럼 흥미로웠다.

"아니 그럼 왜 미팅에 나온 거야?"

여자들의 말을 한마디도 놓치지 않고 듣고 있던 민수가 그들이 관심을 잃어버릴지 두려운 것처럼 물었다.

"고등학교 때 미팅 한 번도 못하고 졸업하기는 싫어서 나왔지. 아직 삼 학년이 되려면 한 학기 정도 남았고 해서."

내 옆에 앉은 미나가 자기 친구들에게 말하는 듯 대답했다.

"그럼 우리하고 그리 다르지 않네. 우리는 삼 학년 여름방학이 끝나고 취업을 해야 되거든. 여기를 떠나서 다른 곳으로 가니깐 서로 만난다 해도 일 년 정도밖에 시간이 없어. 그리고 그때까지 시간이 많으니깐 자주 만나서 놀자."

수줍던 덩치 큰 선일이가 웃으면서 대답했다.

웅호 여자친구가 데리고 온 네 명 모두 이야기를 나누어 보니 예뻐 보였다. 교복은 고쳐 입은 건지 나처럼 고등학교를 올라와서 체격이 커졌는지 그녀들의 가슴이 돋보이게 상의는 작아 보였고 무릎이 훤히 보이게 치마는 짧았다. 서로 다른 향수나 화장품 냄새가 굶주린 수컷이 음식을 가리지 않듯 누구라도 사귀어도 괜찮아 보일 정도로 좋아 보였다.

읍내에 다니는 고등학생들과 반대로 가는 버스를 타고 다니는 나는 여고생을 만나 이야기할 수 있는 기회가 많지 않았다. 대부분 순설시에서 자취를 했고, 나처럼 오랜 시간 버스로 통학을 하는 사람도 드물었다. 만약 인문계를 다녔다면 늦게까지 공부해야 되는 야간 자율 학습시간 때문이라도 자취를 할 수밖에 없었지만, 늘 네 시 정도에 끝나는 실업고등학교에 굳이 자취를 할 필요는 없었다.

우린 가방에서 공책을 펼치고 서로의 연락처를 받아 적었다. 친구들은 모두 전화번호를 적었고 나를 포함한 여자들은 가지고 있던 삐삐 번호를 적어 교환하였다. 선택권은 여자들이 가지고 있었다. 다음 날 전화나 삐삐를 받은 사람이 짝이 되어 연락을 주고받기로 했다.

우린 여자들과 헤어지고 공원 입구에서 조금 떨어진 화장실로 들어가 담배를 물었다. 나는 시골을 떠나 매번 새로운 걸 한다는 것이 즐거웠다. 나는 스스로 성장하고 있다는 걸 알 수 있을 정도로 몸은 뚜렷하게 변화했고, 더 큰 세상이 기다리고 있다는 사실이 내 심장을 두근거리게 했다.

뿌연 연기가 가득 쌓인 화장실을 나오고 정류장으로 걸어갔다. 민수는 헤어진 지 얼마 안 된 여자들의 전화를 기다리는 듯 자꾸 전화기를 열어 보았다.

"전화기 좀 그만 봐라. 헤어진 지 얼마나 되었다고. 그리고 분명 나한테 전화 올 거야. 분명히."

그나마 우리 중에 허우대가 가장 좋은 강석이가 자신 있듯이 말했다.

우리는 서로 웃으면서 누가 더 예쁘다고 아무 의미 없는 실랑이를 했다. 버스에 오르고 친구들에게 손을 들어 보였다. 우린 서로 친했지만 학교에서 흔히 말하는 불량한 학생들이었다. 가끔 다른 학교 일 학년 애들 돈을 뺏기도 했고, 한 명 시비가 붙으면 서로 달라붙어 패싸움도 했었다. 학생들 사이에서도 유명했고, 학생과에도 자주 불려 다녀 선생님들도 예의 주시하였다. 삼 학년이 대부분 취업을 나간 학교 선도부 자리를 같은 학년이 대신하였지만, 복장이 불량하고 담배를 피우는 나에게는 접근하지는 않았다. 대부분이 같이 술을 마신 적이 있었고 그들도 그들 나름대로 불량한 학생들처럼 보였다. 하지만 내년에 학교와 집을 떠나기 위해서는 아무 생각 없는 친구들과 다르게 나는 준비를 해야 했다.

자동차에 관한 자격증 외에 다른 자격증 시험도 준비해야 했다. 자격증이 여러 개 있는 학생이 취업 순위에서 먼저 선택권이 있었기 때문이었다. 결석도 몇 번 하였지만, 그나마 어울리는 친구들에 비해 학교는 성실히 다녔었다. 집으로 가는 흔들리는 버스 안에서 책을 펴고 다음 자격증 시험을 준비하여야 했다.

면소재지에 내려 보건소에서 묶어 두었던 자전거의 열쇠를 풀었다. 막내는 초등학교 졸업 선물이자 중학교 입학 선물로 기어가 있는 자전거를 받았다. 내 엿장수 자전거는 유일하게 아무도 쓰지 않는 나만의 것이 되어 있었다.

어두운 밤을 가로질러 어릴 때보다는 훨씬 가벼워진 자전거를 타고 집으로 향했다. 멀리 보이는 집 마당에 불이 켜져 있었다. 매일 반복

되는 하루였지만 그토록 갈망했던 성인을 일 년이 남긴 시점이었다.

나는 고등학생이 되고부터는 집에 가능하면 늦게 들어왔다. 새로운 친구들과 놀기도 했지만 어느새 아버지보다 커 버린 키만큼 그와 말싸움도 자주 했기 때문이었다. 집에 도착하자 여동생은 부엌에서 먹었던 저녁 밥상을 치우고 있었다. 안방 문을 열어 아버지께 인사를 드렸다.

"너는 학교에서 왜 이리 늦게 오냐?"

술을 얼마나 드신 건지 혀 꼬인 소리로 정확한 발음을 내지 못하고 물으셨다.

"고등학교는 늦게 끝나요. 자격증시험 준비도 해야 되고, 순설시에서 여기까지 통학 시간도 길고요."

대화가 되지 않을 정도로 취하신 아버지겐 대충 둘러대는 게 편했다.

"밥 안 먹었으면 밥 먹어라."

아버지는 이제 시작하는 아홉 시 뉴스를 보시면서 들고 계시는 담배를 입으로 가져갔다.

나는 부엌으로 가 아직 다 치우지 않는 밥상에 반찬을 놔두라고 혜영이에게 말했다. 읍내 상고 정보통신과에 다니는 동생은 간호사가 되고 싶어 했다. 나는 취업을 하면 전문대학은 보내 줄 수 있다고 매번 큰소리 쳤고, 성적이 좋았던 그녀는 은행으로 취업할 거라고 현실을 받아들였다.

동생도 중학교 성적이 상위였지만 학교 선생님께 상고를 가겠다고 먼저 말했다고 했다. 아버지는 잘 생각했다고 말했고, 경수에게는 집에서 한 명은 대학을 가야 된다며 중학교에 입학하는 막내에게 여러 번 이야기를 했었다.

"오빠. 담배 좀 그만 피워! 아빠 알면 어떻게 하려고 그래."

동생이 안방에서 티비를 보는 아버지가 들리지 않게 조용히 이야기 했다.

나는 팔을 들어 교복 냄새를 맡았다.

"아무 냄새 안 나는데?"

"담배 피우는 사람이 담배 냄새를 어떻게 알아. 아무튼 옷에 담배 냄새가 배었어."

나는 밥통에 남겨진 밥을 밥그릇에 담았다.

"경수는 어디 갔어? 안 보이네."

"밥 먹고 밑에 창기 집에 가지고 올 게 있다고 갔어."

고등학교에 입학해 새로운 곳 새로운 친구들을 만나고 싶었다. 한 두 마디 건넸던 친구들 중에 성격이 맞는 부류로 나뉘었고, 그 친구들 은 대부분 담배를 피웠다. 자동차과에 입학을 하고 한 명도 없는 친구 를 사귀기 위해서는 그들과 같이 자연스레 담배를 피우면서 가까워져 야만 했다. 술, 담배는 어린 시절부터 나에게는 익숙해져 있기에 아 무런 걱정 없이 시작할 수 있었다.

식사를 끝낸 빈 그릇을 싱크대 안에 집어넣고 밖으로 나왔다. 방학 이 끝난 늦여름 밤이었지만, 무더위는 아직 그치지 않았다. 주머니에 서 담배 하나를 물고 불을 붙였다. 천천히 대문을 걸어 나와 저수지 위까지 연결된 아스팔트를 따라 걸어 올라갔다.

대문 소리에 아래를 쳐다보니 막내가 돌아와 대문을 닫았다. 어두운 저수지길 위의 내가 보이지 않았는지 나는 아는 척을 하려고 했지만 이내 그만두었다. 아직 다 피우지 않는 담배를 동생에게 보여 주고 싶지 않았다.

손가락으로 담배를 털어 내고 남겨진 불씨를 신발로 껐다. 집에 들어가기 전에 무음으로 해놓았던 삐삐를 확인했다. 여자들이 순번을 정해 놓고 삐삐에 찍혀진 각자의 번호가 온다면 맘에 드는 걸로 약속했던 터였다. 누가 장난을 치는지 미팅에 나온 네 명이 정해 놓은 숫자가 일 번부터 사 번까지 찍혀져 있었다. 분명 민수가 장난을 친 거라 생각하고 집에 들어갔다.

*

학교생활은 그리 좋지도 나쁘지도 않았다. 대학을 목표로 공부하는 친구들은 서너 명이 전부였을 정도로 다들 취업을 하는 게 당연시 되던 시기였었다. 늘 수업이 끝나면 친구들과 어울리기 위해 학교에 가는 것 마냥 모두 다 공부는 뒷전이었다.

내 몸은 특히 이 학년이 되면서 점점 커지기 시작했다. 아버지보다는 벌써 몸집이 커졌고, 학교 운동부 몇 명을 제하고도 학교에서 상위로 꼽힐 정도로 키와 몸이 점점 불어났다. 선일이는 키가 크지 않는 바람에 점점 옆으로 덩치가 커져 갔다.

다른 학교 또래들과도 심심찮게 당구장이나 공원에서 싸움이 붙었다. 다른 학과에 싸움 잘하는 친구들도 모여 학교끼리 싸움도 크게 한 적이 있었다. 우리 학교 선생님과 경찰, 싸웠던 학교 선생님이 모여 회의까지 한 적이 있을 정도로 넘쳐나는 에너지를 쏟아부을 곳을 매일 찾아다녔다.

강석이와 민수는 미팅에서 만난 혜선, 미나와 사귀기로 했다. 선일이는 울분을 토했지만, 후배들도 그의 주변을 피해 다닐 정도로 무섭게 생긴 얼굴을 여자들이 좋아할 리 없었다. 나에게 민수가 삐삐로 번호를 남긴 게 아니라면 난 정말 모두에게 연락을 받은 셈이었다. 이 사실을 장난처럼 말한 탓에 다들 믿지 않았지만 굳이 사실을 확인하려 하지 않았다. 중학교 때 몇몇 후배 여자애들에게 손 편지를 받아보곤 했었다. 사춘기가 시작된 후로 부끄러워 남이 볼까 봐 얼른 주머니에 넣고 다닌 게 전부였다. 나의 관심은 전혀 여자들에게는 없었고, 또래 중에서 운동을 가장 잘하고 싶은 거 하나뿐이었다.

"오빠. 우리 친구들 중에서 인기 좀 있어."

동생이 가끔씩 건네는 말이었다.

"내 친구들이 너도 예쁘다고 하더라."

중학교 음악시간에 피아노를 치는 동생을 몇 친구들은 좋아했었다. 서로 아무 생각 없이 진실을 이야기했지만 각자 귀담아 듣지는 않았다. 사춘기가 같은 시기에 시작된 우린 비꼬는 말투로 서로에게 말장난을 쳤었다.

가끔 만나는 중학교 친구들은 친했지만 나머진 어느새 거리가 멀어진 느낌이었다. 변함없이 자란 것 같았지만, 그들의 눈에는 나는 어느새 불량해져 버린 중학교 동창일 뿐이었다.

　나는 점점 싸움닭처럼 반항아가 되어 있었다. 어릴 때부터 억눌린 감정이 내 덩치가 커지면서 발산하기 쉬워져 내 또래의 모든 사람들에게 시비를 걸고 있는 듯했다. 그들이 내 말을 듣고 복종하는 것에 왠지 모를 희열감을 느꼈었다. 내가 강요하지 않아도 그들 스스로 나를 경계하였다. 기준은 없었지만 나는 그들보다 위에 있다고 생각했었다.

　밤늦게 도착한 정류소에 자전거가 있는 보건소로 발길을 움직였다. 비용이 부담스러웠을 아버지에게 이 학년이 되면서 방값의 절반을 내고 찬호와 같이 순설시에서 자취를 하려고 말씀을 드렸었다. 처음에 반대를 하시던 아버지도 긴 통학 시간이 마음에 걸렸는지 생각을 바꾸셨다. 하지만 찬호 어머니가 아들의 공부에 방해가 된다며 자취 이야기는 없던 일로 사라졌다. 머리는 나보다도 좋지 않고 담배도 피우고 까질 만큼 까졌는데 정작 그의 부모님은 모르고 계셨다. 한번은 찬호가 내 중학교 친구인 줄 모르고 담배 피우러 화장실에 들어온 선일이에게 맞을 뻔한 적도 있었다. 약아빠진 놈이 같은 학년인데도 얼른 내 이름을 대면서 시비를 피하였다. 사글사글 웃는 녀석은 얼마나 내 이름을 팔고 다녔는지 이제는 찬호 친구 중에 경태가 있다는 말이 학교에서 들릴 정도였다.

　가로등이 군데군데 켜진 늦은 시간 인적이 없는 보건소 안에 묶어 놓았던 자전거를 가지고 나왔다. 늦은 밤중에 어디선가 웅성거리며 싸우는 소리가 들렸다. 보건소 뒤쪽에 있는 식당인 것 같았다. 무심코 지나가려 페달을 밟으려고 하는 순간 아버지의 술 취한 음성이 들려 왔다. 나는 다시 자물쇠로 자전거를 잠가 두었다.

가끔씩 면소재지 식당 아주머니나 편의점 아주머니가 집에 전화를 걸어 아버지를 모시고 가라는 연락을 받은 적이 많았다. 술에 취한 아버지를 오토바이 뒤에 태워 모시고 온 적이 한두 번이 아니었기에 오늘도 그럴 것만 같았다.

"술 먹었으면 조용히 들어가지 왜 여기서 깽판이야?"

천천히 식당으로 걸어가던 도중에 누군가 큰소리로 말을 했다.

"내가 무슨 깽판을 쳤다고 이래. 내가 내 돈 주고 술 먹는데!"

아버지의 목소리가 들려왔다. 나는 조금 더 빠른 걸음으로 다가갔고, 마침내 식당이 보였을 때 열려진 문 사이로 아버지가 밀려 쓰러져 넘어지셨다.

"가세요. 가! 다시는 술 먹고 이러지 마시고."

문 앞에 서 있는 사람이 아버지를 내려다보고 말했다.

아버지는 일어나려고 땅을 짚었지만, 그가 마신 술 때문에 그는 몸을 제대로 가누지 못하고 다시 넘어졌다. 빠른 걸음만큼 심장이 뛰기 시작했고 주먹을 꽉 쥔 채 식당 안으로 들어갔다. 아버지를 밀친 사람은 자리로 돌아가 아버지보다 좀 더 젊어 보이는 두 명과 앉아 술을 마셨다.

나는 주먹 쥔 손으로 그의 얼굴을 쳤고 그는 등받이가 없는 의자 뒤로 넘어 쓰러졌다. 같이 술잔을 든 일행들은 이 광경에 깜짝 놀란 사이 나는 쓰러진 그놈 위로 플라스틱으로 된 파라솔 의자를 들어 내리

찍었다. 의자의 한쪽 다리는 부러졌고, 그제야 일행 두 명이 나를 말리기 시작했다.

"누가 우리 아버지한테 손을 대!"

나는 말리는 두 사람을 뿌리치며 소리 질렀다.

이 좁은 시골에 경찰차가 올 필요도 없이 식당에서 나는 소리에 이십 미터도 되지 않는 파출소에서 경찰 두 명이 왔다. 그들 중 한 명이 나를 제지했고, 나머지 한 명은 내가 의자로 내리찍은 사람을 일으켜 자리에 앉혔다.

나는 뒤돌아 아스팔트 위에 고개를 숙이고 앉아 있는 아버지를 부축해 일으켜 세웠다. 무슨 일이냐는 경찰의 말에 나를 말리던 두 사람이 교복을 입은 학생이 갑자기 들어와서 때렸다고 말했다.

경찰은 의자를 내 옆으로 놓아 부축한 아버지를 앉게 하였다. 아버지를 아시는 한 경찰이 나에게 와서 말했다.

"아! 이제야 기억이 난다. 네가 이렇게 컸구나. 도대체 무슨 일이야?"

내가 초등학교 때 만났던 나이 많았던 경찰이었다.

"아버지가 맞고 있는데 가만히 있을 아들이 세상에 어디 있습니까?"

"누가 때려? 그냥 밀친 건데. 술이 취해서 자기가 그냥 꼬꾸라진 건데."

내가 때린 사람이 얼얼했을 얼굴을 감싸고 경찰을 향해 소리쳤다.

속에서 부글부글 열이 올라왔다. 한 대 더 때리고 싶었고 내 덩치에 충분히 이길 것도 같았다.

"저 사람이 때리는 걸 제가 봤어요. 그러니깐 제가 때렸지 제가 뭐

하러 가만히 있는 사람을 때려요!"

나는 구면인 경찰에게 말했다.

"너 이름이 뭐였지? 그때 이후로 만난 적이 없어 잊어버렸는데."

"경태요."

"교복을 보니깐 순설공고 다니는구나. 진정하고 아버지 모시고 집에 가거라. 여기는 내가 알아서 할 테니깐."

나는 움직이지 않았다. 학교에서 싸움을 할 때도 어설프게 끝내면 다시 덤비기 일쑤였다. 확실히 해 주고 싶었지만, 의자에 앉아 축 늘어진 아버지 때문에 못 이기는 척 그를 일으켜 세웠다.

나는 열쇠가 꽂혀진 오토바이 뒤에 아버지를 태웠다. 아버지는 혼자 뭐라고 중얼거리는지 알 수 없었다.

경찰은 뒤돌아서 내가 때린 사람에게 말했다.

"아들 보는 데에서 아버지를 때리면 가만히 있을 사람이 있겠는가?"

경찰도 그 사람과 아는 사이 같았다.

"때린 게 아니라니깐요, 형님. 그리고 내가 아들이 보고 있는 줄 알았소. 몰랐제."

"그만 하소. 이번은 그냥 없었던 일로 하고. 자자 그만 기분 풀자고."

내가 때린 사람이 경찰관이 하는 말에 마지못한 듯 얼굴을 감싼 한 손을 올려 알았다는 제스처를 취했다.

구면인 경찰이 하는 말을 듣고는 나는 오토바이에 시동을 걸었다. 나는 처음으로 알게 되었다. 그렇게 힘이 세고 커 보였던 아버지가 밖에서 사람들에게 괄시를 받고 있다는 게 너무 화가 났다.

할머니 말씀이 옳았던 것 같다. 술이 원수가 되는 순간이었다. 내 허리를 감싸고 계신 아버지는 무기력했고, 난 밖에서 아버지가 받은 괄시를 집에 돌아와서 나에게 푼다는 느낌을 받았다.

내가 이 집을 나가면 무슨 일이 벌어질지 처음으로 걱정을 해 보았다.

열려진 대문으로 오토바이를 타고 들어갔다. 혜영이와 경수는 자주 일어난 일인 듯 놀라지 않고 경수는 내려와 아버지가 넘어지지 않게 잡았다. 나는 오토바이에서 내려 경수와 같이 아버지를 안방에 눕혔다. 혜영이는 아버지가 입고 계시는 웃옷과 양말을 벗겼다.

나는 아버지의 상의 주머니에 있는 담배 한 개비를 꺼내 밖으로 나왔다. 대문 밖에 나와 라이터를 켜고 깊게 담배 연기를 빨아들였다.

*

삼 학년이 되고 나서 왠지 모르게 친구들은 들떠 있었다. 이번 학기만 끝나면 취업을 하기에 언제 다시 만날지 몰랐기 때문이었다. 우린 마지막 남은 학창시절의 추억을 남기듯 그들의 여자친구들과 함께 모여 술도 마시고 노래도 부르면서 소중한 시절을 아무 의미 없이 써 버리고 있었다.

방과 후에 나를 포함한 다섯 명이 중학교 동창인 찬호 자취방에 모였다. 아들 하나뿐인 그의 어머니가 애지중지 키우는 것에 반해 아주 머니 속을 많이 썩이고 있었다. 주말에 자주 집에도 내려가지 않았고, 자취방 안에 굴러다니는 술병과 수북이 쌓인 재떨이의 꽁초가 그의 생활을 짐작하게 했다. 그래도 사는 게 조금 여유로운지 아니면 아들이 어디 나가서 기죽지 말라고 하는 건지 온통 옷은 메이커 옷만 입었고, 신발도 좋은 것만 신고 다녔다. 가끔씩 여자들도 찬호 집에서 자고 가는지 남은 머리핀이 티브이 위에 몇 개가 올려져 있었다.

학교에서 불량학생으로 입방아에 오르는 친구들과 어울리면서 전공과도 다른 탓에 점점 찬호와 멀어져 갔었다. 이 학년이 되면서 가끔씩 찬호 자취방에 얹어 자면서 다시 가까워졌고, 내 주변 학교에서 불량했던 친구들도 자연히 찬호와 어울려 다니며 친하게 되었다. 한 번은 찬호가 기계과 복학생과 시비가 붙어 맞았다는 소리를 전기과의 아는 친구가 나에게 말했다. 우리 친구들은 기계과로 찾아가 다시는 이런 일이 생기지 않게 복학생을 때리는 시늉으로 겁을 주었었다. 복학생도 나름 등치가 있었지만 학교에서 소문난 우리와 사이가 틀어지면 좋을 게 없다는 걸 알고 있었다.

우리가 다 모인 이유는 마지막 학창시절 여름 방학 때 놀러갈 계획을 잡으려고 했었다. 부산으로 여행을 가기로 결정은 한 상태였지만, 경비부터 준비하고 알아야 될 게 많았다. 여자친구가 있는 웅호, 강석, 민수도 자기 여자친구를 데려가기로 했다. 나와 덩치가 옆으로 커진 선일, 그리고 거기서 여자를 만들 거라는 찬호까지 총 아홉 명으로 2박 3일 일정으로 잡았다.

광안리 앞 바다에서 마지막 여행을 준비했지만 경비가 문제가 되었다. 대충 계산한 경비가 상당했기에 머리를 맞댈 수밖에 없었다. 다들 조금씩 걷어서 갈 수는 있었지만 돈에 쪼들려서 잠만 자고 올 수는 없었다.

좁은 자취방에 여섯 명이 널브러져 누가 먼저 말을 꺼내야 되는지 눈치만 보고 있었다. 우린 서로 무슨 생각을 하는지 심지어 잘 어울리지 않는 찬호조차 눈치를 채었지만, 먼저 말하는 사람이 이 문제에 앞장서야 되기 때문에 망설였다.

정적을 깨고 내가 말했다.

"야! 우리 하던 거 이번에 마지막으로 하고, 취업 나가서 돈 벌자."

벽에 기대어 있던 선일이가 기다렸다는 듯 자세를 바로 잡고 말했다.

"할 거면 서너 번 해야 돼. 그래야 가지 어설프게 모으면 못 가."

"그래. 이번이 마지막이라고 생각하고 해 보자."

강석이가 말했다.

"하긴. 걸려도 학교 마지막인데 퇴학이라도 시킬까? 하자. 한두 번 한 것도 아닌데."

민수가 벽에 기대어 담배 연기로 도너츠를 만들어 보이면서 말했다.

우린 아무 말도 하지 않고 있는 찬호를 바라보았다. 찬호는 가만 생각하더니 "미친놈들이네 이것들. 내가 망은 봐 줄게."

찬호는 학창시절의 의리라고 생각했는지 동참하기로 결정했다.

부산 여행으로 벌써부터 들떠 있는 우리들은 술 취한 사람들의 지갑을 훔칠 계획에 따른 죄책감은 온데간데없이 사라졌다.

*

학교 교복은 하복으로 바뀌었고 마지막 여름 방학이 일주일 앞으로 다가왔다. 친구들이 경비는 책임지겠다고 그들 여자친구들에게 호언 장담했고, 나도 아마 마지막으로 가게 될 여행에 기대감이 부풀어 있었다.

아버지는 여름에 점점 일이 많아지셨고, 막내도 이제 누가 돌보지 않아도 될 중학교 이 학년이 되었다. 혜영이는 봉긋한 가슴부터 더 커진 엉덩이가 같은 버스에 타는 남자들의 시선을 끄는지 말을 걸어오는 남자들 때문에 귀찮다는 말을 몇 번 했었다. 몇 번 집에 전화 오는 남자들에게 아버지인 척 장난을 한 적이 점점 많아질 정도로 학교에서 인기가 있어 보였다.

방학이 며칠 앞으로 다가오기 전 장마가 왔다. 초승달이 뜬 어두운 밤에 친구들은 찬호 집으로 모였다. 우산을 항상 가지고 다녀야 할 정도로 장마는 멈추지 않고 내리고 있었다. 우린 찬호 집에 눕거나 벽에 기대면서 미달이가 나오는 순풍 산부인과를 보고 있었다. 필터를 통해 빨아들인 담배 연기가 긴장하고 있는 내 몸을 통해 나가면서 조금씩 안정이 되었다. 좁은 방에 여섯 명이 모여 피운 담배 연기는 조그만 창문으로 빨려 나가는 것이 보일 정도였다.

입 밖으로 먼저 꺼낸 탓에 선봉은 내가 되는 분위기였다. 밤이 점점 깊어지기를 기다렸다. 비도 조금 더 내리기를 바랐다. 역전은 번화가였지만 지름길로 구름다리를 건너 철길 반대로 가는 사람을 치려고 생각했다.

유흥가가 몰려 있는 역전에서 만취한 사람들이 구름다리를 건너오기를 기다리기로 했다.

"가자."

내가 벽에 걸린 시계를 보며 말했다.

친구들은 각자 가지고 온 모자를 쓰고 누가 맞춘 것도 아니지만 어두운 색의 옷을 입고 있었다. 넘어지지 않게 운동화 끈을 조여 매고 두 명이서 하나의 우산을 썼다. 비는 조금 더 거세져 웅덩이가 군데군데 생겼지만 개의치 않았다. 건너편에 순설역이 바라보이는 반대편 철길을 따라 걸었다. 저 멀리 구름다리가 보였다. 전화기를 가지고 민수가 구름다리에서 내려오는 길 반대편으로 갔다. 찬호도 휴대폰을 가지고 구름다리 출구에서 민수와 반대쪽에 있었다. 서로 진동으로 해 놓은 전화기를 급한 일이 생기면 연락을 하기로 했다. 두 명이 망을 보고 있는 사이에 우리 네 명은 술 취해서 건너오는 한 명을 기다리고 있었다.

마침 정장차림의 한 남자가 누가 봐도 비틀거리는 걸음걸이로 비가 맞아도 개의치 않는 듯 우산을 제대로 쓰지 않고 건너오고 있었다. 출구 반대편에 망을 보던 둘도 그 남자를 봤고 주변을 살피는 듯 보였다. 아직 우리와 있는 응호에게 전화를 하지 않는 걸 보니 돌아다니는 사람이 없다고 판단했다. 인적이 한적한 곳이기도 했지만, 비 오는 자정에 구름다리를 건너는 사람은 평소보다 적었다. 스스로 여자는 건드리지 말자고 맹세했다.

웅호가 우산을 접었다. 우리는 저 남자가 구름다리에서 내려오는 순간에 맞추어 보폭을 넓히고 줄이고를 반복했다. 구름다리에서 내려오는 순간 남자가 들고 있던 서류가방처럼 생긴 손가방을 놓쳤다. 술 취한 남자는 가방을 집으려 했지만 휘청거리는 몸으로 엉덩방아를 찧고 앉아 버렸다. 우리는 아무리 보폭을 줄인다 해도 그 순간을 맞출 수 없을 것 같아 일단은 구름다리에서 내려오는 계단을 지나쳤다. 남자는 가방을 일어나면서 다시 집어 들고 계단을 내려오기 시작했다. 이곳은 학창시절 동안 자주 지나쳤던 동네였다. 매번 집으로 가는 버스를 타야 하는 역 앞뒤 골목골목까지 꿰고 있었다. 집에 가기 위해 건너던 구름다리였다. 일이 잘되든 틀어지든 우리는 미로처럼 꼬인 골목길로 들어가서 빠져나오면 그만이었다.

우리는 발걸음을 다시 돌려 구름다리로 방향을 틀었다. 불과 이십여 미터를 남겨두고 보폭을 크게 했다. 나는 모자를 한 번 더 눌러 썼다. 어두웠지만 얼굴을 볼 수 있을 거라는 불안함에 고개도 숙여 그 남자의 다리가 계단에서 내려오는 걸 봤다.

나머지 세 명은 약속대로 내가 남자가 소리를 지르지 못하게 힘껏 목을 감싸면 덩치가 큰 선일이가 버둥대지 못하게 두 다리를 잡고, 강석이와 민수는 그사이에 주머니에 있는 지갑을 가지고 도망가는 계획이었다. 나는 친구들이 도망가는 시간차를 두고 목을 죄고 있던 팔을 풀어 골목길로 도망 칠 계획을 가지고 있었다.

바로 앞에 남자가 있다. 두근두근 뛰는 가슴을 느끼며 우산 밖으로 나가려는 순간 웅호가 내 팔을 잡았다. 그에게 왜라고 눈을 돌리는 순간 그가 쥐고 있던 전화기의 진동이 오는 걸 느꼈다. 우리는 다 잡은 술 취한 먹잇감을 지나쳤고 찬호가 망을 보는 곳에서 젊은 남녀 한 쌍이 걸어오고 있는 게 보였다.

어두운 곳에 모자를 쓴 네 명의 건장한 체격을 만난 남자는 팔짱낀 여자를 데리고 빠른 걸음으로 우리를 지나쳐 술 취한 남자를 앞서 걸었다. 술 취한 남자는 우리가 따라잡아 돈을 빼앗기는 조금 위험한 밝은 곳으로 비틀거리며 가 버렸다. 큰맘을 먹고 시도하려던 게 수포로 돌아가니 긴장감이 풀렸다.

"에이. 진짜 좋은 기회였는데."

내가 긴장했다는 걸 들킬까 봐 먼저 아닌 척 말을 내뱉었다.

"두 시 까지 해 보고 안 되면 다음에 하자. 아직 방학도 며칠 남았고."

선일이가 말했다.

"알았어. 그런데 어떻게든 오늘 끝내야 돼. 그렇지 않으면 우리들 다 모여서 어정쩡 그냥 넘어 가게 돼 있어. 마음먹었을 때 일을 끝내야 돼."

같은 말을 두 번 하면서 내 의지를 보여 주는 것 같았다.

나도 두 번 이런 긴장감을 갖기 싫었다. 이전에는 어리숙해 보이는 교복 입고 돌아다니는 애들의 돈을 뺏었지만, 이건 큰돈을 가지고 다닐 것 같은 어른을 상대로 하는 것이었다.

빗줄기는 점점 굵어졌고 두 사람이 쓰는 우산은 내리는 비를 다 막아 주지는 못했다. 비를 피해 멀리서 구름다리가 보이는 판자가 가득 쌓여 있는 곳에서 기다렸다. 서로 담배를 입에 물고 불을 붙였다. 시원한 초여름과 알맞게 내리는 장마 그리고 담배 연기가 어울렸다. 몇 명의 사람들이 구름다리를 건넜지만, 우리가 원하는 사람들은 아니었다. 점점 밤은 깊어지고 사람들은 나타나지 않을 것만 같았다. 반대편에서 기다리고 있는 민수에게 전화를 하려고 할 때 역전에서 구름다리로 걸어오는 한 남자가 보였다. 우린 누가 물어보지도 않았지만 알 수 있었다.

"저기 봐라."

찬호가 우리에게 자기 턱으로 구름다리를 가리켜 보였다.

"이거 안 되면 오늘은 가자."

불안한 듯 선일이가 말했다.

나는 피우던 담배를 손가락으로 튕겨 판자 너머로 날려 보냈다. 담배의 불빛은 순식간에 사라져 버렸고 나머지 친구들도 담배를 튕겨 버렸다.

"망 잘 봐라."

내가 찬호에게 말했고, 우산이 필요 없을 정도로 옷은 비에 젖어 있어 각자의 우산을 접었다. 우리는 시원한 여름의 굵은 비를 맞으며 조금 빨리 걸어 혼자 건너오는 사람과 타이밍을 맞추려고 했다. 모자를 푹 눌러 쓴 네 명은 술 취해 우산을 쓰고 비틀거리는 사람에게는 어둠과 비에 묻혀 보이지 않았을 거였다.

바로 앞에 도착한 남자의 덩치는 친구들 중에 가장 큰 나 정도 되어 보였다. 나는 계단에서 난간을 잡고 비틀거리며 내려오는 남자의 뒤로 가 목을 우산으로 끼워 팔꿈치 안쪽으로 감싸고 남자의 머리 뒤로 깍지를 끼어 밀어 눌렀다. 깜짝 놀란 남자는 고개를 돌리려고 했지만 힘껏 쥐어진 팔 때문에 고개를 돌릴 수 없게 되자 '켁켁' 소리를 내며 내 팔에서 벗어나려고 했다. 덩치 큰 선일이 땅바닥에 닿아 있는 그 남자의 다리를 잡고 들었다. 그 순간 강석이와 웅호가 호주머니를 뒤졌다. 남자의 우산은 땅바닥에 내팽개쳐졌고 내 튼실한 팔에 숨을 쉬기 어려운지 벗어나려고 했다. 지갑은 손쉽게 뒷주머니에서 꺼낸 게 보였다. 주머니에서 하얀 봉투를 꺼낸 웅호가 강석이와 먼저 도망을 갔다. 덩치가 컸지만 날렵한 선일이가 그 뒤를 쫓아 골목길로 사라졌다. 나는 잡고 있던 남자의 목을 내 몸으로 돌려 한 바퀴 같이 돌아 팔을 풀고 비틀거리는 남자를 밀쳐 골목길로 뛰었다.

잠깐 돌아보았던 남자는 순식간에 일어나더니 짓눌렀던 목을 한손으로 잡고 내 쪽으로 뛰어오기 시작했다. 나는 훤히 아는 골목이었기에 이곳저곳 돌아가면서 뛰었다. 술에 취해 비틀거렸던 남자는 금세 술이 깬 것처럼 지칠 줄 모르고 나를 따라왔다. 나는 뭔지 모를 불안감과 희열감이 뒤섞인 채 골목 사이를 전속력으로 뛰어갔다. 허리보다 낮은 담을 넘고 남들이 조금씩 마당에 만들어 놓은 텃밭을 짓밟고 달리기 시작했다. 만약 시골 마당에 만들어 놓은 텃밭을 누군가 밟고 간다면 가만 두지 않았겠지만 내리는 굵은 빗소리에 사람들은 눈치채지 못했다.

들고 있었던 우산이 없어진 걸 뛰면서 알았지만 우산을 찾기 위해 다시 돌아갈 수는 없었다. 멀어졌다고 생각했던 남자는 포기하지 않고 담을 넘고 나를 쫓아오고 있었다.

"거기 안 서!"

남자는 큰 소리로 외치면서 따라 왔지만 그의 목소리는 우산으로 짓눌려진 목 때문인지 두 번째 지르는 소리는 희미하게 들렸다. 그 남자가 보이지 않아도 나는 달렸다. 심장이 터질 것 같았지만 멈출 수 없었다. 찬호 집 쪽으로 달리 수 없었다. 만에 하나 걸린다 해도 혼자 걸리는 게 나을 거라 생각했었다.

얼마나 달렸을까 나는 다 젖어 버린 옷을 입고 아주 크게 포물선을 그려 찬호 집으로 가기로 마음먹었다. 일직선으로 도로를 따라 걸을 수는 없었다. 구름에 가려진 초승달과 비 오는 밤이 나를 가려 주었지만 안심할 수는 없었다. 호프집 문 밖에 놓인 우산 하나를 들고 달렸다. 뒤를 돌아보고 아무도 없다는 걸 확인하고 우산을 펼쳤다. 지나가는 차가 있을 때마다 우산을 내려 내 얼굴을 보이지 않게 했다.

한 시간이 넘게 걸렸지만, 찬호 집에 도착했을 때 창문으로 보이는 켜진 불빛이 반가웠다. 집주인이 깰까 봐 조용히 문을 열고 다른 건물에 있는 자취방 문을 열고 들어갔다. 몇 명은 젖은 옷 때문인지 팬티만 입고 담배를 물고 있었다. 무사하다는 걸 확인하니 긴장이 풀려 웃음이 났다. 찬호는 걱정을 했는지 나를 한번 훑어보고는 말했다.

"경태야! 우리 큰일 난 것 같다."

다들 표정이 좋지 않았다. 기껏 힘들게 도망쳤다는 걸 조금 과장해서 이야기할 생각이었는데 그럴 분위기가 아니었다.

"왜 그래. 무슨 일인데?"

젖은 옷을 벗고 팬티만 입은 채 수건으로 머리카락의 물기를 털어

내며 말했다.

"이거 봐라."

웅호가 술 취한 남자에게서 훔쳤던 지갑을 내 쪽으로 던졌다.

경찰 배지가 박혀진 지갑이 펼쳐져 떨어졌다. 나는 얼른 지갑을 주워 다시 한 번 확인했다. 순설시 경찰서에 근무하는 경찰이었다. 파출소에서 일하는 경찰이 아니라 형사였다.

"염병. 술이 취했는데도 그렇게 빨리 쫓아오는 게 이상하더라니."

이제 이해가 되었는지 혼잣말이 나왔다.

"경태야. 이것도 봐라."

강석이가 형사 주머니에서 빼낸 하얀 봉투를 나에게 보여 주었다.

나는 봉투 안을 열어 보고 눈이 휘둥그레졌다. 만 원짜리가 한 다발이 있었다.

"이게 얼마냐?"

내가 물었다.

"백만 원."

먼저 세어 보았는지 강석이가 말했다.

"그러니깐 우리가 훔친 지갑의 주인이 경찰이고, 또 다른 주머니에는 백만 원이 있었던 거네."

지갑에는 만 원짜리 세 장과 천 원짜리 세 장이 전부였다.

"돈 좀 많이 가지고 다니지."

내가 지갑에 돈을 빼내어 말했다.

"경태야. 어떻게 하냐. 하필이면 경찰을 털어서."

벽에 기댄 찬호가 걱정되는 듯 말했다.

"야! 아무리 경찰이라도 우리가 누군지도 모르는데 어떻게 잡겠냐. 우리를."

걱정하지 말라고 하는 말이었지만 불안감은 잠시 가지고 있었다.

"경태 말대로 경찰이 우리 얼굴을 보지도 못했잖아. 걱정은 그만하고 이 돈이면 부산 여행은 한 방에 해결되었네."

걱정하던 선일이가 어느새 자신감이 찬 목소리로 말했다.

민수도 잠시 걱정하더니 여자친구와 부산을 놀러갈 생각에 바로 태세 변환을 했다.

"야 내가 망볼 때 아무도 안 봤어. 그러니깐 그 경찰도 우리를 절대 찾을 수 없어. 찾는다 해도 곧 여름 방학이 시작되면 끝이야. 완벽하게 해낸 거야 우리는."

"알았어. 일단은 지갑을 없애자. 그래야 우리라고 단정을 지어도 증거를 찾을 수 없게 만들어야지."

마지막까지 걱정하는 찬호가 말했다.

"그냥 땅 파서 묻어 버리지 뭐. 학교 가는 길에 가면 작은 공원 있잖아 거기다 파서 묻어 버리자. 그럼 아무도 모르잖아."

웅호가 하는 말에 다들 동감하는 분위기였다. 아무 곳에서나 버리면 될 문제를 긴장했던 우리들은 어설프게 범죄자 흉내를 냈다.

전날 동의했던 대로 학교 가는 길에 있는 공원에 잠깐 들러 훔칠 때처럼 누군가는 망을 보고 누군가는 땅을 파내면서 경찰 지갑을 땅 속에 묻어 버렸다. 우린 공원 벤치에 앉아 담배를 입에 물었다. 걱정은 벌써부터 잊어버리고 여행 이야기로 웃음이 서로서로 전염이 되어갔다. 교복을 입고 담배를 피우는 우리의 모습을 바라보던 공원 입구의 초등학생 두 명이 우리와 시선이 마주치자 고개를 돌려 모른 척 일어나 학교로 가고 있었다.

*

광안리 해변에서 그리 멀지 않은 곳에 민박집을 구했다. 방 세 개로 운영하는 민박집은 가정집을 조금 고쳐 여름기간 동안만 운영하는 것 같았다. 인원이 많은 우리는 이틀 방값을 내고 비워진 세 개의 방을 빌렸다. 주인집도 한 번에 방 세 개를 내주어 웃는 얼굴로 우리에게 방 열쇠를 건네주었다. 여자들 세 명이 한 방에 들어가고 남자들도 세 명씩 나누어 자기로 했다. 막차를 놓치기 전에 뛰어가듯 우린 재빨리 옷을 갈아입고 해변 쪽으로 갔다. 간간히 들려오는 부산 사투리가 부산에 왔다는 걸 실감 나게 했다.

날씨는 뜨거웠고 바람에 날려 돌아다니는 바닷물의 짠내는 어느새 우리 몸에 달라붙어 끈적거리기 시작했다. 가장 좋은 곳에 펼쳐진 파라솔에는 돈을 내야 했다. 개인 해변도 아닌데 돈을 내야 되는 게 이상했지만 이런 곳에 돈을 지출할 수가 없어 구석까지 반 강제로 밀려가서 돗자리를 펴야 했다. 가지고 온 음료수에 과자 봉지를 가운데 쌓아 놓고 강석, 민수, 그리고 웅호가 그들의 여자친구와 함께 분위기를 잡고 싶은지 해변을 따라 걸었다. 살짝살짝 들려오는 파도 소리와 뜨거운 햇볕이 반사된 모래와 바다가 피서라는 단어와 어울렸다.

여자친구가 없는 찬호, 선일과 함께 바다 쪽으로 달렸다. 추울 것 같던 바다는 막상 물에 들어가니 시원했다. 우린 서로 목말을 태워 장난을 치기도 했고 물속에 들어가 친구의 다리를 들어올리기도 했다.

광안리 해변에 있는 모든 사람들이 우리처럼 웃고 있는 듯했다. 거리에는 가족, 연인끼리 그리고 우리처럼 친구들끼리 여행 온 사람들로 인산인해를 이루었고, 술 마시고 소리 질러도 그 누구 하나 이상하게 보지 않았다. 중천에 떠 있는 태양에 검은 피부를 더욱 검게 태우게 하여 놀러 갔다 왔다는 티를 내고 싶었다.

웅호가 저 멀리서 무언가 담겨진 봉투를 두 손으로 들고 오고 있었다. 물놀이를 하던 우리도 일제히 물 밖으로 나와 돗자리가 펴진 곳으로 갔다. 그는 봉투 가득 캔맥주와 아이스크림, 육포나 오징어 따위를 사 가지고 왔다. 다른 봉투에는 축구공보다 작은 공이 들어가 있었다.

돗자리에 둘러앉은 우리는 캔맥주 하나씩을 들어 마지막이 될 우리의 여행을 기념하듯 캔에 담긴 맥주의 거품이 흘러나오게 부딪쳤다. 갈증이 났던 터라 몇 번의 꿀렁거리는 목 넘김으로 캔 하나를 다 마시고 두 손으로 캔맥주 양쪽을 눌러 찌그러트렸다. 선일이도 덩치에 걸맞게 졸졸 떨어지는 맥주도 못 기다리는 듯 캔맥주를 눌러 조금이라도 더 빨리 나오게 했다.

남의 돈으로 논다는 죄책감과 조금 남아 있던 걱정거리도 저 넓은 바다를 보며 웃고 떠드는 친구들에 묻혀 생각나지 않았다. 문득 가족과 같이 왔으면 좋았을 거라는 생각이 들었다. 혜영이도 막내도 아직 술이 취하지 않으신 아버지도 다 같이 물에 들어가 장난도 치고, 해변을 따라 둘러쳐진 식당에 들어가 가족끼리 오붓하게 밥 한번 먹어 봤으면 하는 생각이 들었다.

습관처럼 멍하니 상상하기를 하며 바다를 바라보고 있었다.

"경태야. 저기 보이는 등대에 안 가 볼래?"

찬호가 내 어깨를 치면서 물었다.

"어 좋은데? 한 번 가 볼까?"

"너희들은 안 가 볼래?"

내가 앉아 있는 친구들에게 말했다.

"야. 너희 둘이서 갔다 오고 올 때 필름이나 한두 통 사 가지고 와라. 미나가 쓸데없이 바다사진만 잔뜩 찍었는지 벌써 필름이 바닥이 났다."

민수가 말하자 미나가 옆 눈으로 그를 째려보았다.

"그래 내가 사 올게. 우리 기념사진도 좀 찍고 해야 되니깐."

엉덩이에 묻은 모래를 털고 있어났다.

모래사장의 끝에서 바다를 향해 길게 뻗은 방파제 위로 올라갔다. 오른쪽으로 펼쳐진 광안리 해변이 빛에 반사되어 하얗게 아지랑이가 피워 보였고, 왼쪽은 조용한 돌담이 대조적으로 보였다.

사람들은 끝에 있는 붉은 등대를 보기 위해 우리와 같이 걸어가고 있었다. 물에 젖었던 옷은 벌써 다 말라 바닷바람에 의해 펄럭이고 있었다. 옆에 걷고 있던 찬호에게 초등학교 때 있었던 이야기를 해 주었다.

"초등학교 때 비가 억수로 오는 날. 내가 너희 집으로 아버지 소주

심부름하러 갔는데 거스름돈을 잘못 받았나 보더라. 너희 엄마가 우리 집에 전화해서 오백 원 거스름돈 덜 받아 갔다고 전화를 건 거야. 하필 아버지가 받으셔서 '멍청한 놈.' 그러면서 오지게 맞았다."

찬호는 낄낄 웃더니 이내 무표정으로 말했다.

"너희 아버지 아직도 술 많이 드시지?"

나는 아무 대답하지 않고 걸었다. 그러자 찬호가 내 쪽으로 고개를 돌려 말했다.

"그렇게 거스름돈을 잘 받아야지. 멍청한 놈아."

그는 말이 끝나자 나를 옆으로 밀치고 등대 쪽으로 달려갔다.

"너 잡히면 죽인다."

우린 숨을 헐떡이며 웃으며 뛰었다. 그는 고등학교 때 만난 모래사장에서 놀고 있는 친구들과 달랐다. 초등학교부터 지금까지의 찬호와의 관계는 그들과 전혀 다른 의미의 우정이었다.

등대가 있는 맨 앞쪽에 바람이 불어오는 방향으로 찬호와 내가 앉았다.

"경태, 너 취업해서 뭐 할 거냐?"

"혜영이 취업하는 것까지 보려고 했는데 그냥 졸업하고 군대 바로 가려고."

"찬호 너는 뭐 할 건데."

찬호는 잠시 생각을 하더니 말했다.

"순설 전문대학 있잖아. 순설시 들어올 때 입구에 있는 전문대학. 거기나 가려고. 집에서 대학은 가야 된다고 하는데 내 머리로 사 년제

대학은 무리고. 거기는 다행히 원서만 넣으면 받아 준다고 하더라. 아무리 전문대학이라고는 하지만 미달이 다 있냐."

처음에는 집을 나가는 게 목표였다. 그러다가 돈을 벌 생각을 했었다. 또 그러다가 혜영이를 전문대학이라도 보내려고 했지만, 군대가 걸렸다. 남들보다 일찍 군대를 다녀와 돈을 벌어야 한다는 생각에 미리 자원입대도 알아보고 있는 중이었다.

찬호 집은 정류장에서 편의점을 하다 비어져 있는 옆 가게까지 늘려 면에서 가장 큰 슈퍼를 운영하셨다. 그의 아버지는 면소재지에 몇 대 없는 개인택시를 하셨고, 하나밖에 없는 아들이어서인지 조금 더 가르쳐 볼 욕심이 있으셨다. 찬호도 그런 부모님에게 효도를 하는 것 같았다. 나는 찬호의 대학생활이 뻔해 보였지만, 가방끈을 길게 하려는 그의 부모님에게는 학비보다 졸업장이 더 중요해 보였는지 몰랐다.

등대를 등지고 돌아가 동네 슈퍼에서 필름을 사야 했다. 방파제를 기준으로 해변과 반대편 쪽으로 인적이 드문 곳에 슈퍼 하나가 눈에 들어와 그쪽으로 걸음을 옮겼다. 밖에 나와져 있는 아이스크림 냉동고의 문을 열고 머리를 집어넣었다. 시원한 냉기가 더운 여름날에 고개를 밖으로 빼지 못하게 하였다.

한참을 머리를 넣고 있던 냉동고에서 머리를 들어 아이스크림 한 개를 집어 들었다. 아직도 옆문으로 머리를 박고 있는 찬호의 등을 내리치자, 그도 아이스크림 한 개를 들고 허리를 폈다. 필름 두 통을 사서 호주머니에 넣고 가게 앞에 있는 나무 걸상에 걸터앉았다.

눈앞 바다에서 불어오는 바람과 시원한 아이스크림이 여유로운 여행의 묘미를 더욱 끌어 올렸다. 배기통 끝에 못으로 한두 개 구멍을 내 시끄러운 소리를 내며 뒤에 한 명씩을 태운 두 대의 오토바이가 슈퍼 앞에 멈추었다. 우리 또래처럼 보이는 얼굴이었고 동네 토박이들처럼 보였다. 그들은 우리를 힐끔 쳐다보고는 냉동고에 머리를 박고 아이스크림을 고르기 시작했다. 확실히 고등학생이었다.

"야 뭘 봐!"

옆에 찬호를 보고 하는 말이었다.

간단한 말 속에서 느껴지는 사투리 억양에 찬호는 뭐가 웃음이 났는지 아무 대답하지 않고 웃었다.

"이 자식이 미쳤나. 죽고 싶나."

방금 말했던 그 녀석이 특유의 사투리로 다시 말을 했다.

"야! 그냥 가던 길 가라."

나는 마지막 남겨진 아이스크림을 입에 집어넣었다.

누가 봐도 그들 무리 중의 우두머리처럼 생긴 놈이 말을 걸었다.

"너희들 어디서 왔는데?"

"가자. 경태야."

찬호가 귀찮은 듯 먼저 일어섰다. 찬호는 항상 내가 옆에 있으면 힘이 더 세지는 모양이었다. 아니면 나를 믿고 저렇게 당당한지도 몰랐지만.

지금은 시시비비를 가릴 게 아니었다. 일단 숫자가 부족하니 나는 찬호가 하는 말에 조용히 일어나 광안리 해변 친구들이 있는 곳으로 걸어갔다.

네 명은 자기네들을 무시하는 덩치 큰 우리 두 명에게 손도 대지 못하며 조심하라는 말과 함께 슈퍼 안으로 들어갔다.

　나는 찬호의 뒤통수를 내리쳤다. 그도 왜 뒤통수를 맞는지 아는 듯 웃기 시작했다. 이놈은 상황 파악 못해서 웃다가는 언젠가 큰일 낼 놈이었다. 중학생 때 선생님께 엉덩이를 맞는 친구들이 아파 할 때도 웃는 바람에 선생님 성질을 건드리는 경우가 한두 번이 아니었다. 막상 자기가 맞을 때는 정색을 하며 다른 친구들과 별반 다르지 않았고, 고등학교에 올라와서는 복학생과 학교에서 시비가 붙을 때도 저 서글서글한 웃음이 복학생의 성질을 더 건드리고 말았었다. 나와 친구들이 몰려가서 문제는 해결되었지만 과연 혼자 있을 때도 저렇게 대담할까 의심스러웠다.

　돗자리로 돌아간 우리는 누군가 또 사 놓은 캔맥주를 마셨다. 내가 건네준 필름을 갈아 끼운 미나가 해변을 배경으로 어깨동무를 하고 서 있는 우리 여섯 명의 사진을 찍었다. 짝이 있는 커플들도 사진을 찍었고 단체 사진도 같이 찍었다. 나와 찬호도 단둘이 어깨동무를 하며 그와 처음이자 마지막 고등학교 추억을 남겼다.

*

　광안리의 밤 해변은 폭죽을 터트리는 사람과 기타를 치며 옹기종기 앉아 노래를 부르는 젊은 사람들로 가득했다. 아이들은 부모님의 손을 잡고 걸었고, 연인들은 파도의 포말을 피하면서 해변을 따라 걸으며 여름을 즐겼다.

민박집에서 식사를 마치고 나온 해변에 둥그렇게 둘러 앉아 맥주, 소주를 풀었다. 사람들은 서로를 의식하는 시간도 아까워하듯 즐기기 바빴고 군데군데 터지는 폭죽이 우리의 마지막 여름을 축하해 주는 것 같았다.

각자 들고 있는 종이컵에 술을 따랐다. 누구는 맥주를 누구는 소주를 들고 건배를 하였다. 맑은 하늘에 해변을 따라 밝은 조명이 빛나는 상점들이 저 멀리 바다까지 비치고 있었다. 분위기 탓인지 짝이 있는 웅호와 강석 그리고 민수는 여자친구를 데리고 해변의 양쪽으로 나누어서 걸었다. 그들 나름대로 추억을 만들려 하기에 짝이 없는 우리 셋은 굳이 불평하지 않았다.

남은 우리는 대 자로 모래사장 위에 누웠다. 하늘은 상가에서 나오는 밝은 빛 때문에 별은 보이지 않았지만 구름 한 점 없는 밤하늘에는 이제 곧 그믐달이 되는 달이 홀로 떠 있었다.

"부산에 왔으니깐 까대기나 치러 가자."

누워 있던 찬호가 허리를 펴고 꼿꼿이 앉아 말했다.

"까대기가 뭔데?"

처음 듣는 소리에 내가 물어보았다.

"부산 사투리로 여자 꼬시는 거라던데."

아무도 알지 못한 부산에서 술이 취해 용기가 생겼는지 아니면 추억을 만들고 싶은 건지 선일이도 동참하였다.

"찬호야, 까대기 치러 가자. 나도 옆에 있을게. 경태 너는 같이 안

갈래?"

"여기 자리는 누가 지키고 있어야지. 너희들 까대기인지 뭔지 잘 꼬드겨서 이리 데리고 와. 만약 성공하면 내가 오늘 너희들 심부름이란 심부름 다 할 테니깐."

지금까지 저 둘을 봐 왔던 내가 시간 낭비라 생각해서 말했다.

"경태는 오늘 우리 쫄따구 할 준비나 하고 있어라. 선일아 가자."

찬호가 일어서서 나를 내려다보며 말했다.

처음 보는 여자 앞에서 아무 말도 못하고 벙어리처럼 서있을 선일이가 앞장서 걸었다. 혼자 남겨진 돗자리에 캔맥주 하나를 땄다. 별을 만들고 싶은지 연신 사람들은 하늘에 폭죽을 쏘아 올렸다. 남들이 대신 써 준 공짜 폭죽놀이를 즐기고 있을 때 머리 바로 위에 한 남자가 정면으로 나를 내려다봤다.

"뭐꼬?"

아까 슈퍼에서 봤던 토박이였다.

"이자슥. 여기에 있었네. 아까 그냥 봐 버리려다가 넘어갔는데. 여기 우리 자리니깐 딴 데로 가라. 칵 죽여 삘기 전에."

넓은 해변에서 굳이 내 자리라고 말하는 걸 보니 시비를 거는 게 분명해 보였다.

여자 세 명에 남자 일곱 명은 내가 앉은 돗자리를 발로 걸어차면서 다른 곳으로 가라고 말했다.

"뭘 쳐다보노. 확 죽이삘까?"

가장 덩치가 큰 애가 두 손가락으로 내 손을 찌르는 시늉을 했다. 내가 사는 동네나 부산도 고등학생이 하는 말은 별반 다르지 않는 것 같았다.

싸움은 문제가 되지 않았지만 이런 상황에 휘말리고 싶지 않았다. 마지막 친구들과의 여행을 쓸데없는 힘을 쓰는 데 소비하고 싶지 않았다. 나는 아무 말도 하지 않고 봉투에 술과 안주거리를 담고 돗자리를 끌어 그들과 가급적 시비가 붙지 않을 거리로 가려고 했다. 시비를 거는 게 담당인 놈이 내가 들고 있던 봉투를 발로 걷어 차 버렸다. 주변 해변에 앉은 사람들은 우리 쪽을 쳐다봤고 봉투 안에 담긴 캔맥주는 한두 개가 터져 거품이 새어 나오고 있었다.

"가라면 빨리빨리 가야지. 느그적느그적. 뭘 쳐다보노? 빨리 안 끄지냐?"

한 손으로 잡고 있는 돗자리를 놓고 재빨리 그의 얼굴에 주먹을 넣었다. 알아듣기 힘든 짧은 소리를 내며 그는 얼굴을 감싸고 뒷걸음쳤다. 낮부터 깐죽거리는 저놈을 한 대 치고 싶었었다.

주변에 있던 그의 친구들 여섯 명이 욕을 해대며 한꺼번에 달려들었다. 나는 뒤로 물러나면서 친구들이 빨리 오기를 기다렸다. 주변은 폭죽놀이만큼 또 하나 볼거리가 생긴 듯 피서객들은 앉아서 우리를 구경하고 있었다. 시끌벅적한 주변 소음이 친구들의 주의를 끌어 찬호와 선일이가 여자 세 명을 데리고 내 옆으로 왔다. 싸움이 곧 시작할 것 같은 상황에서도 그들을 보고 있자니 믿겨지지가 않았다. 주먹을 날린 내가 원망스러울 정도로 같이 온 부산 여자들은 예뻤다.

저 멀리 데이트를 끝내고 돌아오는 웅호와 강석, 민수가 뛰어 오는 게 보였다. 우리는 싸움을 할 자세로 줄다리기하듯 앞으로 뒤로 서로 스텝을 밟았다. 친구들이 다 모여도 한 사람이 부족했지만, 시작을 알리 듯 덩치가 가장 큰 선일이가 상대 무리 중 한 명에게 주먹을 날렸다. 우리 쪽과 상대 여자들은 그룹에서 벗어났고, 누구나 할 것 없이 서로 뒤엉켜 싸움을 했다. 고등학교 내내 패싸움을 다녔던 멤버여서인지 한 명이 부족하지만 압도적으로 치고 나갔다. 강석이가 주먹을 날리면 재빨리 민수가 복부를 때리고 정신을 못 차리는 상대편을 돌아가면서 때렸다. 폭죽보다 더 재미있는지 주변에 사람들이 모이기 시작했고 급기야 저 멀리 경찰차도 보였고 해변에서 호루라기를 불며 뛰어오는 경찰들도 보였다.

네 명의 경찰들이 우리의 싸움을 뜯어 말리고서야 싸움은 끝이 났다. 아직 묻지도 않은 경찰에게 입만 살아 있는 말 많던 놈이 변명을 하면서 경찰들을 설득하고 있었다. 경찰이 가로 막고 서 있는 곳에서는 주먹질을 할 수 없어 상대에게 삿대질을 할뿐 다른 방법이 없었다. 경찰들은 상황을 정리하려고 우리 쪽과 저쪽의 이야기를 번갈아 들으면서 이해하려고 했지만 좀처럼 좁혀지지 않았다.

내가 먼저 얼굴에 주먹을 넣은 말 많은 놈이 나에게 먼저 맞았다고 붉게 변한 광대뼈를 경찰관에게 들이대었다. 열 명이 넘게 떠들어 대는 탓에 경찰관은 상대방 두 명씩을 지목해서 파출소로 가자고 했다.

환장할 노릇이었다. 여기서 끝내고 싶었지만 나와 선일이를 지목한 그들 때문에 졸지에 파출소를 가게 되었다. 우리도 저 말 많은 놈과 그쪽에서 가장 덩치가 큰 놈을 지적했다. 파출소는 그리 멀지 않아 걸어서 갔다. 가는 도중에도 서로 욕을 해 가면서 화를 냈지만 오늘 하루를 보상받기는 힘들 것 같았다.

파출소는 이번이 두 번째였다. 초등학교 때 집에서 뛰쳐나와 앉아 있었던 파출소 안의 긴 나무의자는 전국 파출소 어디에나 있는 듯 보였다.

"너희들 어디서 왔냐?"

말투가 다른 우리에게 경찰과 한 명이 말을 걸었다.

"순설에서 왔는데요."

내가 말하자 옆에 두 놈이 고개를 돌려 쳐다보았다.

"너희들 고등학생이지?"

우리는 "네."라고 대답했고 저 두 놈도 같은 대답을 했다.

"몇 학년이지?"

"저희 삼 학년인데요."

선일이가 걸걸한 목소리로 말하자 저 쪽에 덩치가 큰 놈도 삼 학년이라고 했다.

"친구들끼리 잘 좀 놀지. 왜 싸우고 그래?"

옆에 지켜보던 다른 경찰관이 말했다.

"쟈들 저희 친구들 아닌데예."

말 많은 놈이 손까지 흔들며 말했다.

"야 이놈아. 나는 그 말이 아니고. 참. 일단 너희 두 명씩 여기로 와서 주소 이름 주민등록번호 다 적어라. 삼 학년이면 주민등록증은 다 있을 거니깐. 그리고 부산에 어디 머물고 있는지 쓰고. 그래야 한 번 더 사고를 치면 찾아가서 혼을 내주지."

경찰관이 탁자 위에 종이 두 장을 올리면서 이야기했다.

민박집 주소는 몰랐지만, 위치는 터미널 옆에 크게 '장 민박'이라고 써져 있는 것이 기억나 적었다. 신상 정보를 적어야 되는 곳도 간단히 주민등록증에 나온 대로 적기만 하면 되었다. 밑에서 사유 란에 뭐를 쓸까 생각해 보다 간단히 '시비'라고만 썼다. 여기서도 커닝을 하려고 하는지 선일이는 내가 쓰는 걸 하나하나 훑어보고 나서 자기 것을 썼다. 우리가 다 적고 자리로 돌아가자 두 놈도 우리와 같은 방법으로 적기 시작했다.

"너희들 학생이라 부모님 불러서 데려가라고 해야 되는데 순설이면 너무 멀기도 하고 간단히 시비가 붙은 거라니깐 보내 주는 거야. 한번만 더 파출소 오면 그땐 순설에서 부모님이 오셔야 될 거야. 너희 둘도 집이 가까워서 그냥 보내 주는 거니깐 여기서 나가는 동시에 서로 아무 말도 안 하고 헤어져야 돼. 알았지? 싸우지 말고 이놈들아. 나이도 같은 친구끼리."

우리를 데리고 온 경찰 중에 한 명이 우리에게 서로 악수를 하라고 했다. 우린 어린애들처럼 경찰 말을 따를 수밖에 없었지만 사과할 기분은 아니었다. 우리는 으르렁거리는 눈빛으로 서로에게 악수를 건넸다.

말 많던 놈이 악수를 할 때 힘을 꽉 쥐었고, 내가 때린 한 대 가지고 꼬꾸라지는 걸 봐서 그런지 웃음이 입가에 절로 지어졌다. 악수가 끝나자 만취한 행인들이 파출소에 들어오기 시작했다. 어느새 파출소는 소리치고 서로 엉켜 붙는 시장바닥이 돼 버렸다.

경찰관들에게 인사를 하고 밖을 나왔다. 우리는 다시 해변으로 친구들을 찾으려고 걸어갔다. 그들도 우리와 같은 목적지인지 뒤에서 따라 걸어오고 있었다.

뒤를 돌아 봐 파출소가 멀어지자 선일이는 주머니에서 담배를 꺼내 입에 물고 나에게 한 개비를 내밀었다. 주머니에 라이터를 켜서 선일이의 담배와 내 입에 물고 있던 담배에 불을 붙였다. 자정이 가까워진 시간이었지만 각지에서 주말을 즐기러 온 사람들로 해변은 여전히 북적였다.

"잠깐 멈춰 봐!"

말 많던 놈이 뒤에서 말을 걸었다.

우리는 잠깐 고개를 돌려 쳐다보고 경찰 말대로 무시하며 앞을 걸었다.

"담배 두 개비 좀 빌려주라."

뒤에 덩치가 큰 놈이 말을 걸었다.

우리는 멈추었고 선일이는 주머니에서 담배 두 개비를 꺼내 그들에게 건네주었다. 그들은 주머니에서 라이터를 찾는 시늉을 했다. 나는 주머니에서 라이터를 꺼내 그들에게 던져 주었다.

그들은 깊게 첫 담배 한 모금을 들이마시더니 라이터를 돌려주었다.

"야. 근데 너희들 가만히 있는 나를 왜 시비 걸었냐?"

우린 서로 앞뒤로 걸어가면서 내가 물었다.

"아까 낮에 본 것도 있고, 일이야 어찌 됐건 미안하다. 그리고 나는 너 혼자인 줄 알았어. 여섯 명이나 될 줄 알았냐? 낮에 두 명만 본 것도 있고 해서."

그는 뒤에서 웃으면서 이야기를 했다.

말 많은 놈은 일호라고 했다. 그 옆에 있는 친구는 정민이라고 통성명을 했다. 우리도 순설에서 친구들과 여행을 왔다고 간략한 이야기를 했고, 자기네들은 여기 토박이이지만, 여름만 되면 서울에서 내려오는 관광객 구경하러 밤에 나온다고 했다. 집 나온 여자들도 가끔씩 만난다고 하니 우리랑 다른 부류는 아닌 것 같았다.

서로 악수를 하고 자기 친구들이 있는 곳으로 헤어지기로 했다. 나이가 어려서인지 화해하는 시간이 화내는 시간만큼 짧았다. 시간이 되면 같이 친구도 될 수 있었지만 지금은 숫자가 많아 어수선해질 뿐이었다.

휴대폰을 민박집에 놓고 나온 탓에 해변에 없는 친구들을 찾기는 쉽지 않았다. 다들 집에 돌아갔을 거란 생각에 민박집으로 발길을 돌렸다. 그때, 방금 전 파출소에서 만났던 경찰관 두 명이 경찰차를 우리 앞에 세웠다. 우린 다시 인사를 했지만, 그들은 우리의 인사를 받지 않고 손을 뒤로 꺾어 수갑을 채웠다. 어리둥절해하는 나와 선일이는 수갑을 차고 경찰차에 올라탔다.

경찰관 중 한 명이 준현행범 이야기를 했다. 순간 나와 선일이는 서로 눈빛을 교환했지만, 아무 말도 할 수 없었다. 경찰이 되고 싶었던 초등학생 시절 차고 싶었던 수갑을 이제야 채워져 만족해야 되는 건지 몰랐지만, 파출소가 아닌 경찰서로 간다는 말에 불안감이 밀려왔다.

*

경찰서에 들어와 보기는 처음이었다. 경찰서 안은 철창문 안쪽에 당직을 서고 있는 사람이 문을 열어 주어야만 들어갈 수 있었다. 우리는 구석에 수갑이 채워진 상태로 긴 줄에 앉아 있었다.

"요놈들이야?"

파출소에서 근무하는 경찰복을 입은 사람이 형사로 보이는 몸이 단단해 보이는 사람에게 우리를 인계하자 그가 말했다.

책상 앞에 놓인 의자에 나와 선일이가 수갑이 채워진 채 앉았다. 그는 몇 가지 서류를 보는 척하더니 우리에게 물었다.

"7월 15일 순설역 부근에서 사십대 중반 남자의 돈을 갈취한 적 있어 없어?"

그는 간단명료하게 일주일 동안 계획하고 실행한 일들을 한 문장으로 끝내 버렸다.

나는 숙였던 고개를 들었다. 선일이도 멍한 눈동자로 나를 바라보았고 형사는 우리의 표정은 아랑곳하지 않고 타자를 쳤다.

"다 알고 말하는 거니깐. 거짓말할 생각은 하지 말아라. 너희 오기 전에 공범인 친구들도 차에 태워 이리 오고 있다고 연락 받았으니깐."

머리가 깨질 것 같았다. 그보다도 어떻게 알게 되었는지 물어보고 싶었다. 선일이는 다시 고개를 숙였고 나는 툭 튀어나온 모니터의 뒷모습을 바라만 보았다.

"대답 안 해?"

긴장된 우리들과 다르게 무엇을 쥔 사람처럼 형사는 고개를 들어 다시 한 번 우리에게 날카롭게 물었다.

나는 고개를 들어 그에게 대답했다.

"예. 제가 혼자 했어요. 나머지 친구들은 망만 봤는데요."

"하. 요놈 봐라. 그것도 의리라고 혼자 했다 이거구나. 총 네 명이 달려들었다고 진술이 되어 있어. 털어도 경찰 지갑을 털어. 간도 큰 놈들이네."

"저도 했어요."

선일이가 가만있기 미안했는지 머뭇거리며 말했다.

형사는 타자기에서 손을 떼고 깍지를 껴 기지개를 폈다. 옆에 놓인 재떨이에서 피우다 남은 꽁초 하나를 들어 쌓여진 먼지를 한번 불고는 입에 물었다. 라이터가 없는지 주머니를 뒤졌고 책상에 놓인 서류들을 들추기 시작했다. 나는 호주머니에서 내 라이터를 꺼내 불을 붙여 주고 싶었다. 그러면 담배 한 대 피울 수 있지 않을까 생각했지만 이내 여기가 경찰서라는 걸 알고는 잠자코 앉아 있었다.

타들어 가는 담배를 보니 입안에서 군침이 돌았다. 피울 수 없는 곳에서 더욱 담배는 생각이 났다.

"너희들 날이 밝으면 순설시로 인계가 될 거야. 수배가 내려졌었는데 파출소에서 주민번호를 적어서 알게 됐다. 여기서는 신원 파악만 할 테니깐 진술은 순설경찰서에서 하고, 새벽에 다 피곤하니깐 거짓말할 생각 말고 빨리 끝내자."

형사는 입술 앞까지 온 담뱃불을 끄고 의자를 자판기 앞으로 끌어당겼다.

나는 선일이가 신상정보를 형사에게 말하고 있는 동안 생각했다. 그는 총 네 명이라고 했다. 그러니깐 망을 보는 두 명을 술 취한 경찰은 알 리가 없었다. 그나마 다행인 건 찬호는 빠졌다는 거다. 아들 하나밖에 없는 찬호 어머니가 나 때문에 그런 길을 갔을 거라고 동네방네 소문을 낼 게 뻔했다. 지금까지 행실로 보아 분명 그리 될 거라고 의심치 않았다.

네 명이 지갑을 털고 도망갈 때도 아무도 본 사람이 없었던 걸 서로서로 확인했었다. 그런데 여기서부터 아무리 생각을 해 봐도 어떻게 알고 우리를 잡았는지 알지 못하였다. 경찰이 되고 싶다는 생각이 다시 들 정도였다.

옆에 수갑을 차고 있는 선일이가 팔꿈치로 내 팔을 툭툭 쳤다. 고개를 돌려 선일이를 보는 순간 서류철이 내 머리 위로 내려 쳐졌다.

"몇 번을 불러도 대답을 안 해? 이놈아."

형사가 내리쳤던 서류철을 책상에 놓고 다시 의자를 끌어당겨 자판기에 손을 올려놓았다.

나는 파출소에서 적었던 신상정보를 그가 물어보는 대로 대답하였다. 새벽 시간인데도 술 취한 사람들로 경찰서 안은 광안리 상가 호프집처럼 고성이 오갔고, 어딜 가나 있는 경찰서의 긴 의자에 누워 자는 사람들도 있었다.

형사의 임무는 순설경찰서에서 오는 사람들에게 우리를 넘겨주는 게 전부인 듯, 경찰서 안 작은 철창에 우리의 수갑을 풀어 주고 들어

가게 했다. 선일이는 바닥에 주저앉아 뭔가 잠시 생각하더니 구석으로 자리를 옮겨 누웠다.

"뭐 어떻게 되겠지. 모르겠다. 이왕 이렇게 된 거 퇴학은 당하지 말아야 되는데."

누워 있던 선일이가 내 쪽을 바라보며 이야기했다.

나도 불안했지만 피곤한 몸 때문에 걱정거리보다 눕고 싶은 게 먼저였다.

"선일아. 네 명이라고 했잖아. 민수하고 찬호는 말하지 말자."

"그러게 나중에 민수하고 찬호 보고 거하게 한 잔 사라고 해야지 뭐."

선일이가 엷은 웃음을 지어 보였다.

몸은 피곤했지만, 눈은 감기지 않았다. 조금 진정이 되고 보니 이제는 아버지가 걱정이었다. 경찰서로 찾아올 술 취하신 아버지를 다른 사람들에게 보여 주고 싶지 않았다. 어릴 때부터 봐 왔던 찬호지만 밤 늦게 술 취해 들어오시는 아버지를 만난 적은 없었다.

친구들 네 명이 경찰서 안으로 들어왔다. 그들의 손에는 수갑은 채워지지 않았고 여자들도 보이지 않았다.

나와 선일이는 자리에서 일어나 서로 고개를 끄덕였다. 조서를 다 쓴 친구들은 우리가 있는 철창으로 들어왔다.

"순설 경찰서에서 출발했다고 했으니깐 안에서 도착할 때까지 기다려라."

문을 닫는 형사가 우리를 향해 말했다.

내가 너무 궁금해서 형사 노릇을 해야 되었다.

"너희들 어떻게 전부 왔냐?"

"너랑 선일이 기다리는데 안 오길래 민박집으로 갔지. 그랬더니 조금 있다가 승합차가 오더니 우리 보고 준현행범으로 체포를 한다고 하더라. 같이 온 여자들은 관련이 없어서 데리고 오지 않았어. 짐은 맡겨도 된다고 해서 남은 돈 전부 줘 버리고 가방에 우리 옷가지만 싸서 가지고 왔지."

웅호가 이야기했다. 아마 파출소에서 주소를 적으라고 한 게 단서가 되었나 보다.

"형사가 총 네 명이라고 했거든. 그러니깐 망보던 찬호랑 민수 너희 둘은 죽었다 깨어나도 몰랐다고 해라. 알았지."

"야. 우리 차에서 형사들이 물어 보길래 사실대로 다 이야기했어. 둘은 망보고 넷은 돈을 훔쳤다고 경찰이 그런 거 하나 모를 것 같냐?"

찬호가 저 짜증나는 웃음을 지으면서 말했다.

"우리만 안 했다고 할 수는 없잖아. 의리 없이."

민수가 말했다.

'의리?' 답답하다 못해 다시 머리가 아파 왔다. 의리는 집어 치우고 입 싼 찬호 엄마가 동네방네 소문낼까 봐 그런다는 말이 입안에서 계속 맴돌았다.

쥐죽은 듯 소곤소곤 말하는 우리는 긴장감이 어느새 물러가는 듯했다. 항상 친구들이 모이면 힘이 나고 뭐든지 헤쳐 나갈 수 있을 것만 같았다. 우리는 술에 잔뜩 취해 드러누운 유치장의 취객들 사이에서 그들처럼 자리를 잡고 누웠다.

피곤한 하루를 마감하는 눈을 감자 옆에 찬호가 나를 흔들어 깨웠다. 일 분을 잔 것 같은 기분이지만 세 시간이 흘러 있었다. 타임머신이 있다면 이런 기분이었을 생각이 들었다.

우리를 데리러 순설 경찰서에서 승합차가 왔다. 수갑을 채우지 않은 채 우리는 그들이 시키는 대로 승합차에 올라탔다. 사복 경찰은 운전자를 포함해서 총 네 명이 타고 있었다.

"사람도 많고, 가는 게 좀 멀어서 수갑 안 채우는 거야. 그러니 아무 말 하지 말고 조용히 가야 돼. 알았지?"

조수석에 타고 있는 사복경찰이 얼굴을 돌려 말을 했다.

맨 뒷좌석과 승합차가 열리는 옆문에 한 명씩 탄 경찰은 우리를 인계했던 형사와 이야기하는 다른 형사를 바라보고 있었다. 그가 돌아와 시동을 걸고 차는 경찰서를 빠져 나왔다.

동이 트기 시작한 이른 아침에 한산한 광안리를 벗어나 고속도로에 진입하자 문 옆에 앉은 경찰이 말을 했다.

"이것들 겁도 없이 경찰 돈을 훔쳐? 소년원에 들어가 봐야 정신을 차리지."

소년원이라는 말에 우린 서로 곁눈질로 쳐다보았다. 뺏었던 돈을 갚아 주고 학교에서 정학 며칠 받으면 될 줄 알았다. 우리가 돈을 뺏었던 사람이 형사라는 걸 알면서도 다른 사람과 같을 거라는 착각을 했었다. 걱정과 피곤함이 물밀듯 밀려왔지만 내 고개는 덜컹거리는 창문에 기대어 잠이 오기 시작했다.

옆에 앉은 찬호는 조용히 나를 불렀다. 나는 고개를 돌려 그를 바라보았다. 찬호가 하는 말을 처음에 무슨 소리인지 알지 못해 다시 한번 물어 보았다. 찬호는 또 다시 바보 같은 웃음을 경찰에 들키지 않게 나에게 지어 보이며 말했다.

"내가 여자 꼬셔서 데리고 오면 네가 내 쫄따구 한다고 했잖아. 약속 지켜라."

나는 너무 어이가 없었다. 이곳에서 저런 생각을 한다는 자체가 찬호의 빈 머리를 보여 주는 것 같았다.

눈을 감고 고개를 뒤로 젖힌 경찰이 들리지 않게 조용히 찬호의 귓가에 대고 말했다.

"난 분명히 오늘만이라고 했다. 오늘만."

문 옆에 앉은 형사에게 그가 가지고 있던 신문지를 말아 한 대씩 머리를 맞고서야 찬호의 웃음은 멈추었다. 앞으로 생길 일이 무엇일지 습관이 되어 버린 상상하기를 위해 창가에 머리를 기대고 눈을 감았다.

*

낯익은 풍경이 잠에서 깬 내 시야에 들어왔다. 우리가 늘 가던 역전을 지나고, 아직 출근 시간 전인 순설 시내는 한가해 보였다. 학교는 방학이었지만 아침부터 내리쬐는 뜨거운 태양빛에 사람들은 어디론가 들어가 나오지 않았다.

순설경찰서에 진입한 승합차는 경찰서 입구 쪽에 차를 대고 우리를 일렬로 들어가게 했다. 모든 경찰서의 시설은 비슷하듯 철문을 지키는 사람이 안쪽에서 열어 주어야만 들어갈 수 있었다.

여섯 개의 의자가 경찰 컴퓨터 책상 앞에 놓여 있었다. 누가 말해 주지 않아도 우리를 위해 만들어 놓은 자리라는 걸 알고 아무 말 없이 앉았다. 간단히 개인정보를 알려 주고 주민등록증이 있는 친구들은 형사에게 제시하였다.

형사는 이야기를 듣기 위해 내 옆에 있는 선일이에게 먼저 물었다. 그는 이제 어떻게 돌아가는지 눈치를 챈 모양이었다. 사건 발생 시간에 맞추어 두 명이 망을 보고 두 명이 주머니를 뒤졌고 자신과 내가 취객의 목과 다리를 잡았다고 했다. 나는 부정하지 않았고 나머지 친구들도 이의를 제기하진 않았다.

출근을 시작한 형사들은 컴퓨터를 켜고 자판을 두드리기 시작했다. 늘 밖에서 도둑을 잡는 게 그들의 일이라고 생각했는데 도둑 잡는 게 더 쉬워 보이는 듯 썼던 걸 다시 지우고 다시 쓰는 걸 건너편에 보이는 모니터로 알 수 있었다.

"이놈들이야?"

부산에서 맞았던 서류철과 같은 방식으로 두더지 잡기 놀이를 하듯 누군가 순서대로 머리를 내리쳤다.

고개를 숙이고 있던 우리들은 뒤를 돌아봐 쳐다봤다.

"너희들 중에 내 목을 감싼 놈이 누구야?"

지갑 주인이었다. 어두울 때 술에 취해 비틀거리는 모습은 온데간데없고 단단해 보이는 체격이 운동선수처럼 보였다.

"제가 목을 잡았는데요."

나는 미안한 마음도 있어 기어가는 목소리로 대답했다.

그 남자는 서류철로 내 머리를 다시 내리쳤다.

"쥐새끼 같은 놈 때문에 며칠 동안 목이 아파서 밥도 제대로 못 먹었네. 네가 가져간 돈도 아는 사람에게 어렵게 빌려서 집에 가는 길인데 나쁜 놈들. 콩밥을 먹여야 돼 이런 놈들은."

그 남자가 우리의 조서를 꾸미는 동료에게 눈짓으로 이야기를 하는 듯했다. 누가 봐도 지위가 더 높아 보였던 남자는 주변의 눈치를 보고 다른 층으로 올라갔다. 우리를 데리고 왔다는 연락을 받고 위층에서 일부러 내려온 모양이었다.

우리는 사실과 다름이 없다는 조서에 사인을 했다. 망을 보던 두 명은 가담자가 아니어서 부모님이 오실 때까지 경찰서에 남겨져야 했다. 나머지 네 명은 다른 차를 타고 검찰로 이동했다.

처음 보는 검찰 건물은 경찰서와 다르게 청결해 보였다. 아직 미성년자여서인지 아니면 신원 파악을 끝내서인지 수갑은 따로 채우지 않았다. 형사 두 명이 우리를 데리고 오 층의 한 검사실로 데리고 들어갔다. 말로만 듣던 검사 사무실이었다. 사법고시를 패스한 머리가 좋은 사람들이 일한다는 건 누구나 알 수 있듯이 사무실은 깔끔하고 직원들 몇 명이 일하고 있었다. 나의 신상을 일일이 확인한 직원은 잠시 의자에 앉게 했다.

반듯한 정장 차림의 검사가 문을 열고 들어왔다. 서류가 수북이 쌓여진 책상을 앞에 두고 앉았다. 웅호가 고개를 들어 이리저리 둘러보는 게 보였다. 내가 처음 파출소를 갔을 때의 경험처럼 웅호도 많이 봐 두려는 심산인 것 같았다.

"어디를 둘러봐. 이 새끼야."

정장 차림의 검사가 웅호의 머리를 서류철로 내리치면서 말했다. 모든 공무원들은 서류철로 머리를 때리기로 통일한 것 같았다. 경찰과 다른 분위기였다. 사무실에서나 일해 보일 것 같던 범생이처럼 안경을 낀 검사는 생김새와는 전혀 다른 기운을 가지고 있었다. 조서는 신속하고 빠르게 작성이 되고 순식간에 일 처리가 되었다. 우리는 그 검사의 기에 눌려 물어오는 질문에 대답만 할 뿐이었다.

"김경태. 너 우산으로 피해자 목을 졸랐어? 아니면 팔로 목을 졸랐어?"

"그냥 우산으로 목을 잡기만 했는데요."

나는 그 부러지고 잃어버린 우산이 폭행에 특수라는 단어가 들어갈 줄은 상상도 하지 못했었다.

밖으로 나온 우리들은 서로의 얼굴을 쳐다보면서 의외로 조금씩 웃음이 보였다. 우리가 알지 못했던 새로운 경험을 이제 막 끝내고 들떠 있는 분위기처럼 서로의 추억을 공유할 이야기를 남긴 것에 기뻐했다. 그것도 잠시, 웅호와 강석이는 다른 경찰이 서류와 함께 데리고 갔다. 남겨진 나와 선일이는 어떻게 된 일인지 궁금해서 다른 차를 기다리는 경찰에게 물었다.

"저희는 어디로 가나요?"

"여기 소년원이 없어서 너희 둘은 광역시에 있는 소년원으로 송치될 거야."

"그럼 친구들은 어떻게 되나요?"

놀란 기색이 역력한 선일이가 물었다.

"나머지 친구들은 집으로 돌아가서 봉사명령을 받거나 학교에서 자체적으로 해결을 할 거야. 물론 부모님이 피해자와 합의도 해야 할 거구. 너희 둘은 폭행죄가 더해져서 재판을 받아야 돼. 재판 과정에 시간이 걸리니깐 소년원에 있는 동안 부모님이 아마 변호사를 선임해서 문제를 해결하려고 할 거야. 그나마 다행인 건 초범이어서 금방 나오게 될 걸. 너희들 때문에 부모님이 무슨 죄냐 이 녀석들아."

경찰이 하는 말이 도무지 무슨 소리인지 순간 이해가 되지 않았다. 싸움을 한 게 아니라 그냥 목을 잡았을 뿐인데 소년원까지 갈 줄은 생각지도 못했다. 경찰서에서는 벌써 부모님께 연락을 취했다고 했다. 나와 선일이는 승합차가 아닌 경찰 호송차라고 쓰인 차에 올라탔다. 아무런 짐도 가지고 있지 않는 우리는 광역시에 있는 소년원으로 올라가고 있었다.

될 대로 되라는 식으로 여기까지 온 나와 선일이는 소년원으로 향하는 차 안에서 고개를 숙인 채 앞으로 어떻게 해야 되는지 생각하기 바빴다.

*

시간이 어떻게 흘러갔는지 소년원에 도착하자 옷과 주머니에 있는 소지품을 바구니에 집어넣었다. 물품 기록에 서명을 하고 푸른 죄수복으로 갈아입었다. 학교 실습복처럼 가슴에는 학과가 아닌 번호가 큼지막하게 적혀 있었다. 사진 몇 장을 찍고서는 선일이와 나는 다른 방으로 배정을 받았다.

첫 날이어서 어수선하게 교도관이 시키는 대로 움직인 탓에 이곳이 어떻게 돌아가는지 알 수 없었다. 처음으로 교도소를 들어와 본 것이었다. 살인자와 같은 방을 쓰지 않을까 영화에서 보는 것처럼 긴장했고 무서웠다. 우리는 교도관이 나누어 준 베개와 이불을 들고 정해진 방으로 들어갔다. 다섯 명이 조금 넘어 보이는 사람들이 양반다리로 곁눈질을 할 뿐 아무 말도 하지 않고 앉아 있었다.

교도관은 앞으로 이곳에서 지낼 거라는 말과 함께 나를 들여보낸 방의 문을 닫았다. 나보다 어린 게 눈에 띄는 아이들이 대부분이었다. 오른쪽 팔에 노란 색깔의 띠를 두르고 앉아 있는 사람이 티브이에서 보던 방장처럼 보였다.

"나이가 어떻게 되고 왜 들어왔습니까?"

교도관이 사라지자 방장 옆에 앉은 호리호리한 애가 나에게 말을 걸었다. 소년원이라면 내가 가장 많은 나이일 터였다. 처음부터 숙이고 들어가지 말아야 되겠다고 생각했었다.

"열아홉 살이고 경찰폭행. 특수폭행."

나는 반말로 내가 무슨 죄목인지도 모르고 지금껏 경찰서나 검찰에서 들었던 말들을 간단히 이야기했다.

내 이야기가 끝나자 편하게 자리를 고쳐 앉은 그들이 각자 자기소개를 하였다. 대부분이 절도죄인 방 안의 사람들은 경찰폭행이라고 말한 내 덩치를 보고는 아무도 나에게 영화에서 보던 신고식 같은 텃세를 부릴 생각은 하지 않았다.

나는 자리에 앉아 아직 앳된 얼굴이 남아 있는 사람에게 내 자리가 어디냐고 물어보았다. 그 애는 다시 방장을 쳐다봤고 방장은 다시 나에게 말했다.

"나이가 가장 많으니깐 형님 원하시는 자리 쓰세요. 그럼 우리가 치워 드릴게요."

계단처럼 한 단계씩 올라가는 소모적인 힘겨루기가 필요 없이 방 안에서는 내가 어느새 방장이 되어 있는 것 같았다.

우리를 여기까지 데리고 온 경찰은 초범이고 변호사를 쓰면 금방 나올 거라는 말 때문에 나는 굳이 좋은 곳이 아닌 구석 자리를 선택했다.

"난 금방 나갈 거니깐. 신경 쓰지 마!"

다들 한두 번씩은 오고 갔는지 나의 행동을 의아하게 생각했다. 방장이라는 동생이 괜찮겠냐며 나에게 두 번 물어본 것을 보면 알 수 있었다.

내가 처음으로 이곳에 왔다는 걸 방장은 눈치챈 것 같은 기분이 들었다. 이곳에 들어오는 사람들에게 불편함 이 느껴지지 않게 방장은 친절했고 나머지 사람들도 그의 말을 따랐다. 우린 서로 각자의 범죄 무용담으로 금세 가까워졌다. 그들은 경찰을 폭행했다는 나의 말에 관심을 가졌고 나는 절도 이야기를 뺀 무용담으로 그들의 상상력을 자극시켰다.

종이 울리자 모두들 일어나 신발을 신고 밖으로 나갔다. 허둥대는 나를 앞으로 밀면서 식사 시간을 알리는 종이라며 나보다 두 살 어린 동생이 선생질을 했다. 식당은 넓었고 올해 학교에 생긴 급식 시설과 비슷하게 식판을 들고 음식을 받아 가야 했다. 교도관들이 구석구석 배치가 되어 있어 학교에서처럼 새치기를 할 수는 없을 것 같았다.

나는 고개를 돌려 선일이를 찾았다. 아마 그도 저녁 시간 나를 찾고 있을 거라는 생각에 점점 앞으로 가는 줄을 따라 식탁에 앉은 얼굴들을 확인했다. 짧은 선일이의 머리카락처럼 다들 비슷했지만 그만한 덩치를 가진 사람은 이곳에서 드물었기에 재빨리 눈을 돌렸다. 이제 막 식판에 밥을 타고 자리에 앉으려는 선일이와 눈이 마주쳤다. 그는 턱으로 자기 앞자리를 가리켰고, 나는 식판에 밥과 반찬을 주는 대로 받아 선일이의 앞자리에 앉았다. 반찬은 학교 급식보다도 좋지 않아 보였다.

"어때? 너희 방은."

다들 편하게 이야기를 나누었지만 나는 주의를 끌기 싫어 조용히 그에게 물었다.

"우리 방장은 열일곱 살이래. 다들 내 덩치를 보고 바로 방장을 하라고 하더라. 그리고 제일 좋은 자리라며 방장이 자기 자리를 내 주더라니깐. 교도소만 아니면 잠깐 내가 왕이 된 기분이었어. 폭행죄로 들어온 사람도 몇 안 되고 대부분이 절도더라. 너희 방은 어때?"

"우리 방장은 나보다 한 살 어려. 절도죄인데 아직 좋은지 나쁜지 모르겠더라. 앞으로 어떻게 되는지 시간이 없어서 물어보지 못했어. 넌 좀 알아냈어?"

내가 물었다.

시내에서 크게 식당을 하시는 부모님 밑에서 자라온 선일이는 덩치를 유지하려는 듯 교도소 밥도 가리지 않고 먹었다.

"부모님께 연락이 갔기 때문에 오늘 중에 아마도 면회를 오든지 변호사를 대동하든지 한다고 하더라. 우린 초범이고 해서 일주일도 걸리지 않는데."

"변호사를 안 쓰면 어떻게 되는지 알아?"

돈이 들어가는 변호사를 쓰지 않으실 아버지 때문에 걱정되어 물었다.

"그건 모르겠다. 변호사를 안 쓰지는 않겠지."

선일이는 어느새 식판에 밥을 깔끔히 다 비운 상태로 대답했다.

나도 종일 공복인 탓에 보기와는 다르게 맛있는 교도소 첫밥을 비웠다. 우리는 서로 헤어져 각자의 방으로 들어갔다. 그리고 얼마 후 배가 아직 꺼지기 전 교도관은 면회라며 나를 호출했다. 선일이 방의 방장의 말대로 일이 진행이 되었다. 법에 대해 아무것도 몰랐던 내가 창피할 정도로 이곳의 아이들이 생각보다 머리가 좋은 걸 알았다.

이렇게 빨리 아버지가 오실 일이 없을 거라는 의심으로 교도관을 따라 복도로 걸어갔다. 한 층 내려가는 계단에서 선일이를 만났다. 우리는 아무런 대화 없이 교도관이 앞과 뒤에서 걸어오는 사이에 끼어 면회 장소로 갔다.

말끔히 정장을 차려입은 젊은 사람이 우리에게 악수를 청했다. 얼떨결에 인사를 하고 자리에 앉았다.

정장을 입은 사내는 부모님이 보내 주신 변호사였다. 간단한 신상을 확인하고 몇 가지 경찰서에서 작성한 문서를 확인만 하였다. 부모님이 곧 오실 거라는 말과 함께 그날 있었던 일들을 상세히 말해 달라고 했다. 선일이와 나는 경찰서에서 진술한 것과 동일하게 그에게 말했고, 변호사는 우리를 앞에 두고 경찰서에서 받아 온 진술서를 맞추어 보는 것 같았다.

"경태라고 했지. 경태는 우산을 들어서 특수폭행죄가 성립할 수 있어. 이걸 어떻게 하느냐에 따라 네가 여기에 좀 더 오래 머무를 수 있다는 말이지. 선일이는 일단 피해자와 합의를 하면 아마 며칠 내로 나올 거야. 경태도 내가 힘을 쓸 테니깐 말썽부리지 말고 있어야 돼."

변호사의 말이 끝나자 면회소의 문이 열렸다. 처음 보는 남자가 들어오자 선일이가 일어섰다.

"아빠!"

선일이는 아무 말 없이 고개를 숙였다.

"괜찮을 거다. 여기 선생님께서 최대한 신경을 써 주신다고 했으니깐 잘 될게다."

그는 선일이의 축 처진 어깨를 두드렸다.

"안녕하세요."

선일이 아버지께 인사를 드리자 나의 어깨도 두드려 주셨다. 선일이와 같은 죄송한 마음에 고개를 숙였다.

"이놈의 새끼. 이런 곳이나 들어오고 뭐가 되려고 그래?"

뒤따라오신 아버지의 말투에서 오직 나만 술 냄새를 맡을 수 있었다. 선일이가 아버지께 인사를 했지만 그런 걸 신경 쓰실 분이 아니셨다. 나의 옷깃을 잡고 흔들면서 내뱉는 욕에 변호사가 아버지의 팔을 잡고 자리에 앉게 하려고 했다.

"난 돈이 없어서 이놈 감방에 있든지 말든지 상관없으니깐 알아서 하쇼."

아버지가 화가 풀리지 않는지 혼자 자리에 서서 앉지 않고 말했다.

"경태 아버지. 일단 앉아 보세요."

변호사가 이야기를 하자 선일 아버지가 아버지의 팔을 잡고 의자로 안내했다.

"같은 사건에 한 명만 빼는 건 둘 다에게 좋지 않아요. 같은 사건이기 때문에 합의부터 하고 재판을 받기 전에 빼내야 됩니다. 한 명만 합의를 하고 재판을 받게 되면 경태에게 좋지도 않고요."

변호사가 아버지께 말했다.

선일이 아버지의 차를 타고 이곳까지 오면서 통성명을 나눈 것 같았고, 선일이 아버지는 아버지보다 더 나이가 많으신 것 같았다.

"자네 생각 좀 해 보게. 애들 앞날이 창창한데 한 번 실수로 이렇게 해결도 못하면 어떻게 하겠는가? 아직 십대고 잘한 건 분명 아니지만 혈기왕성한 애들이 치기로 했다고 하고 빨리 해결을 봄세."

두 분은 책상 건너편 앞에 앉아 서로 이야기를 나누었지만, 고개를 숙이며 나는 그들의 소리를 들으려고 하지 않았다.

아버지의 취기가 올라오는 게 그가 내뱉는 목소리에서 알 수 있었다. 아마 이곳에 오면서 잠시 슈퍼에 들러 소주 한 병을 마셨을 게다.

아버지를 처음 보는 변호사나 선일 그리고 선일 아버지는 눈치를 채지 못하겠지만, 조금만 더 기다리면 주변에 잡히는 모든 걸 집어 나를 때릴 상황이었다. 이제 힘으로 아버지를 제압할 수 있었지만 이곳에서는 안 되었다.

"그럼 그렇게 합시다. 저놈만 없으면 집이 조용할 건데."

핏발이 선 그의 눈과 다르게 의외의 대답이 나왔다.

선일이 아버지께서 술 취한 그를 조용히 설득한 듯 보였다. 바로 앞에 두 아버지가 앉아 있었지만 완전히 다른 사람처럼 보였다. 선일이가 행복한 가정에서 자랐다는 걸 그의 아버지를 보니 알 수 있었다.

이야기를 끝낸 아버지는 주변은 상관없는 듯 삿대질을 해 가며, 내가 늘 듣던 욕을 사람들이 보는 앞에서 하였다. 그는 변호사를 선임하자는 데 동의하였고, 돌아오는 대로 집을 나가라고 윽박을 지르고 있었다. 내가 없으면 집이 조용할 거라는 아버지 말에는 동의한다.

"그럼 일단 제가 합의서를 작성하겠습니다. 연락을 드려 순설시에서 다시 뵙고, 제가 그 합의서를 재판장에게 제출 하겠습니다. 아마 이번 주가 지나기 전에 문제가 없다면 아이들이 나올 수 있을 겁니다."

변호사는 이런 일은 수도 없이 해 본 듯 부모님이 안심할 수 있게 확신에 찬 듯 말했다.

시간이 얼추 흘러 모두 다 일어나 서로 인사를 나누었다. 선일이는 자기 아버지께 죄송하다며 눈물을 보였고 그의 아버지는 선일이의 어깨를 포근히 안아 주었다. 나는 눈물 한 방울 나오지 않는 얼굴로 아버지께 인사를 드렸지만, 아버지는 뒤도 돌아보지 않고 면회소의 문을 열고 나가셨다.

가족관계가 같은 잘못을 해도 이렇게 다를 수가 있다는 걸 알았다는 듯 눈이 마주친 변호사가 동정의 눈빛을 보냈다.

*

변호사의 말대로 우리는 주말이 오기 전인 금요일에 풀려났다. 같은 방에서 며칠을 지낸 동생들과 짧은 인사로 서로의 안녕을 빌었다. 아직 다 외우지 못한 이름은 금방 잊힐 것이었고, 그들도 빨리 나를 잊어버렸으면 했었다. 남겨진 이들은 그들의 잘못만큼 이곳에 더 머물러야 했지만 내가 나가는 모습을 내심 부러워하는 눈치였다.

처음 이곳에 올 때 입었던 옷으로 갈아입고 소지품을 챙겨 각종 서명 란에 사인을 했다. 며칠이었지만 변호사와 함께 소년원 밖을 나온 세상은 달라 보였다. 아스팔트에 비친 한여름의 태양빛이 이제 막 출소한 나와 선일의 눈을 찡그리게 했다. 선일 아버지의 차가 서 있었다. 아버지는 일이 있으셔서 못 올라오셨다고 했다. 놀랄 일도 아니었고 나로서는 아버지가 오시지 않는 게 더 편했다.

두 번 다시 볼 일 없는 변호사에게 인사를 하자 그는 선일이와 그의 아버지가 잠시 이야기를 하는 중에 그의 지갑에서 삼만 원을 꺼내 나에게 건네었다. 혹시 아버지가 그에게 맡겼을 거라는 순진한 생각을 했었다.

"경태야. 안에 들어가 보니깐 어때? 다시 들어가고 싶지 않지. 가정환경 때문에 이곳에 오는 아이들이 대부분이야. 하지만 그건 다 핑계

일 뿐이라고. 그들은 그들의 잘못을 환경 때문이라고 스스로 정당화를 시켜 버리지.

잘 들어 경태야. 여기 온 친구들 대부분 성인이 되어서도 반복적으로 다시 이곳에 들어오는 경우가 많아. 환경은 너 스스로 바꿀 수 있어. 지금은 크게 와닿지 않는 말일지도 몰라. 하지만 기억해. 이런 삶을 끝낼 수 있는 건, 너희 아버지도 주변 사람들도 아니야. 너 자신이야! 힘내고 다시는 여기에 얼씬도 하지 말아라. 아버지 말씀 잘 듣고. 술이 취하셔도 아버지야. 자라면서 생각이 많이 바뀌기를 바란다. 내가 주는 돈으로 담배를 사서 피우든 신경 쓰지 않아. 하지만 그런 모든 선택의 책임은 너 스스로 지는 거야. 알았지? 잘 살아라."

아버지보다 더 젊은, 그러니깐 아랫동네 삼촌 정도 되어 보이는 변호사였다. 다정하게 말하는 그가 내 형이었으면 좋겠다는 생각을 해봤다. 그의 조언은 이제 곧 기억에서 사라지겠지만 두 번 다시 이곳에 오지 말라는 말은 새겨들었다.

선일 아버지의 차를 타고 가는 중에는 나와 선일이 그리고 선일 아버지는 아무 말도 하지 않았다. 두 시간 차를 타고 그의 부모님이 운영하시는 식당에 도착했다. 식당 안으로 들어가는 문 앞에서 머뭇거리자 안쪽에서 선일 어머니가 나오셨다. 단지 오 일 동안 못 보았던 어머니는 오 년 만에 만난 것처럼 선일이를 꼭 껴안았다. 몇 번 전에 인사를 드렸던 어머니는 나를 껴안고 밥을 먹고 가라고 했다. 나는 버스를 타고 집에 빨리 가 보는 게 좋겠다는 말과 함께 선일이와 간단한 인사를 하고 식당 밖으로 나갔다.

"경태야! 이리 와 봐라."

선일 아버지께서 부르셨다.

지갑에서 삼만 원을 꺼내시더니 나에게 받으라고 건네 주셨다.

"가서 차비하고, 도중에 뭐 먹고 싶은 게 있으면 사 먹거라. 아버지가 술을 좋아하시는 것 같은데 오늘은 죄송하다고 하고. 알았지?"

"감사합니다. 그리고 죄송합니다. 걱정 끼치게 해서."

나는 뒤돌아 걸어갔고 모퉁이가 있는 곳에서 잠깐 고개를 돌려 식당 쪽을 바라보았다. 선일이는 부모님에 둘러싸여 있었다.

나도 저런 가족이 있었으면 좋겠다고 생각했지만, 당장 오늘밤이 어떻게 흘러갈지 알 수 없었다. 이번에는 아버지가 때리는 걸 아무 반항하지 않고 맞을 생각이었다. 그래야 나를 위해서 돈을 쓴 아버지에게 조금이나마 변상을 할 수 있기 때문이었다.

식당에서 멀어지자 슈퍼에 들러 담배를 샀다. 라이터는 구치소에 들어가기 전부터 가지고 있던 걸 출소할 때 뺏지는 않았다. 힘껏 빨아들인 담배 연기가 몸속에서 잠시 머물고 밖으로 나올 때 어지러움에 쓰러질 뻔했다. 바로 옆 공중전화 부스를 잡지 않았다면 넘어졌을 게다.

주머니에 동전 몇 개를 집어넣고 찬호 휴대폰으로 전화를 걸었다.

"여보세요?"

찬호 어머니가 전화를 받으셨다. 나는 아무 대답 없이 수화기를 내렸다. 아마도 경찰서에서 연락을 받고 화가 나 전화기를 압수했을 것 같았다. 집으로 전화를 걸었다. 아직 저녁이 되지 않아 아버지는 돌아오지 않으셨을 시간이었다. 다행히 혜영이가 전화를 받았다.

"아버지 아직 안 들어오셨냐?"

"오빠, 어디야? 밖에 나온 거야? 나도 어제 알았어. 무슨 일이 일어났는지. 아버지는 술만 드시고. 걱정돼서 찬호 오빠에게 물어 봤더니 오빠가 소년원에 들어갔다고 하잖아."

"찬호는 그럼 지금 집에 있어?"

"지금 찬호 오빠가 중요해? 오빠 지금 어디야? 아빠가 어제 오늘 오빠 오면 가만두지 않겠다고 벼르고 있어. 오늘 집에 들어올 거야?"

"알았으니깐 찬호가 집에 있는 거 봤냐고?"

"아까 경수가 자전거 타고 가다가 만났나 봐. 오빠 집에 오면 자기에게 바로 연락 주라고 했다는데, 찬호 오빠 연락 안 받아?"

"아니야. 나한테 전화 왔다고 아버지한테 말하지 말아라. 오늘 못 들어가면 내일은 꼭 들어갈 테니깐."

동생하고 실랑이를 하고 싶지 않아 전화를 끊어 버렸다. 주변 친구들에게 전화를 해 보려 했지만, 오늘은 조용히 있고 싶었다. 학교로 연락이 가서 졸업은 할 수 있는지도 궁금했지만, 복잡해진 머리를 정리하고 싶어 찬호 자취방으로 걸어갔다. 시내버스를 타고도 꽤 가야 되는 거리지만 나는 걷고 싶어 해가 저무는 노을을 등에 메고 걸어갔다.

찬호는 항상 열쇠를 문 앞에 있는 화분 밑에 놓아두었다. 매번 학교에서 잃어버린 탓도 있었고, 우리가 먼저 찬호 자취방에서 뒹구는 적이 많아 약속이나 한 듯 그곳에 열쇠를 두었다.

열쇠가 없으면 집으로 가는 버스를 탈 생각이었다. 집주인도 자녀들 여름 방학에 맞추어 놀러 갔는지 어두운 집안 대문을 열고 별채로 있는 찬호 방 앞의 화분을 들어 손으로 바닥을 더듬거렸다. 손끝에 열쇠 하나가 걸려들었다. 나는 문을 열고 찬호 방에 들어가 불을 켰다.

며칠 오지 않았는지 냉장고는 코드가 뽑혀져 있었다. 나는 티브이를 켜고 벽에 기대어 잠시 생각에 잠겼다. 시골 동네에 소문이 어느 정도 퍼져 있는지 알아야 했다. 집에 전화하기는 늦었다. 분명 아버지가 오실 시간이었고 전화를 끊었다가는 눈치채신 아버지가 화낼 내일이 더 걱정이었다.

찬호 휴대폰은 분명 다시 어머니가 받으실 테다. 곰곰이 생각을 해 보다가 동네에 유일한 친구인 진실이에게 전화를 해 보려고 했다. 주머니에 수첩을 꺼내 아무 순서 없이 적힌 친구들 전화번호나 삐삐 번호를 뒤졌다.

찬호 집 앞에 있는 슈퍼에서 공중전화를 들어 진실이에게 전화를 했다. 순설시에서 자취를 하며 인문계 고등학교에 다니는 그녀가 걱정이 되었는지 그녀의 어머니는 그녀에게 휴대폰을 사 주셨다. 몇 번 통화음이 들리더니 진실이가 전화를 받았다.

"진실이냐? 나 경태인데 너 지금 집이야? 아니면 자취방이야?"

나는 다짜고짜 물었다.

"어머. 경태야 어쩐 일이야. 며칠 전에 혜영이에게도 너 본 적 있냐고 전화가 왔었는데 무슨 일인지 궁금하기도 했어. 다시 독서실에 들어가는 바람에 깜빡했지 뭐야. 지금은 도서관에서 집에 들어왔어. 고삼이 독서실하고 학교에만 있지. 시골 동네에는 못 내려가. 엄마가 가끔 반찬가지고 올라오실 정도로 입시 준비한다고 바쁘지. 너 어딘데?"

"나 찬호 자취방이지. 일이 있어서. 난 또 너 지금 시골집에 있는 줄 알고 전화해 봤어. 뭐 좀 물어 보려고."

"너 지금 순설에 있는 거야? 그럼 오랜만에 만나서 뭐 좀 먹자. 나도 좀 바람도 쐬고, 찬호도 같이 나와."

"아. 혼자 있어. 찬호는 집에 갔고. 아니다, 그냥 공부해라."

내가 전화를 끊으려고 했다.

"경태야 오랜만에 얼굴 좀 보자. 내가 그쪽으로 갈게. 너희 학교 조여동에 있지? 여기서 버스타면 바로 가니깐 거기 길가 옆에 있는 기차로 만든 커피숍 있잖아. 거기서 삼십 분 뒤에 만나자. 알았지?"

그녀는 무슨 일인지 궁금해하면서도 급하게 약속을 잡고 전화를 끊었다.

같은 동네에 살아도 얼굴 보기가 힘들었다. 중학교를 졸업 후 명절 때 동네에서 한 번 만난 걸 제외하곤 순설시에서는 처음 만나는 것이었다. 같은 시골 동네였고, 같은 순설시에서 학교를 다녔지만 매일 통학하는 나와 인문계 여고생의 시간은 맞지 않았다. 친구 여자친구들의 학교는 우리 학교와 가까웠지만, 진실이는 버스를 타고 삼십 분은 가야 되는 먼 곳에 학교가 있었다.

기차카페는 찬호 자취방에서 언덕을 넘으면 걸어서 십 분도 걸리지 않는 거리였다. 나는 세수를 하고 몇 개 남아 있는 찬호의 티셔츠 중에 그나마 깨끗해 보이는 걸로 갈아입었다. 조그만 언덕을 넘어 카페 앞에서 그다지 멀지 않은 정류소에 앉아 기다렸다. 이곳에 몇 번 와 봤던 건지 아니면 순설시가 너무 좁아서 그런지 그녀는 두리번거림도 없이 버스에서 내려 내 앞에 서 있었다.

나는 잠시 나에게 볼일이 있는 사람인 줄 착각을 할 뻔했다. 가슴이 눈에 띄게 나와 있는 그녀는 시골 여자애답지 않게 피부는 하얗고 어깨보다 조금 내려온 머리카락에서는 향기로운 냄새가 났다.

"야. 경태 오랜만이네."

"진실? 오랜만이다. 몰라보겠는데."

진심이었다. 정말 길 가다 스쳐도 모를 정도로 그녀는 성숙해져 있었다.

"경태 너도 키도 그렇고 덩치가 이렇게 커졌어?"

그녀가 뒤꿈치를 들어 보이며 나와 키를 맞춰 보려고 까치발을 들었다.

"옛날의 경태가 아닌데!"

"너도 옛날의 진실이가 아닌데!"

처음으로 이번 주에 웃어 보이는 미소였다.

우린 에어컨이 나오는 기차 모양의 카페로 들어가 시원해 보이는 바나나 쉐이크와 딸기 쉐이크를 시켰다. 그녀는 내가 어떻게 지내는지 궁금해했고, 대답을 듣기도 전에 다음 질문을 해대기 시작했다.

그런 그녀를 가만히 지켜보다 내가 한마디 했다.

"오늘 소년원에서 출소했어."

그녀는 질문을 멈추었고, 때마침 우리가 주문한 음료가 테이블에 놓여졌다.

안에서 못 먹었던 각종 음식을 밖에 나가자마자 먹자고 생각도 했었다. 하지만 막상 밖을 나오니 식욕은 사라졌고, 학교와 집 두 곳의 걱정거리가 공복인 배를 채워 버렸다. 빨대에 입을 대고 한 모금 빨았더니, 깔때기처럼 생긴 유리잔 속 음료의 반이 비워져 버렸다. 여름의 더위가 목 아래로 내려가는 듯 시원했다. 한 모금에 천오백 원이 날아갔다.

고개를 들어 그녀를 보았다. 그녀는 커져 버린 눈을 깜빡거리며 놀란 표정을 숨기지 않았다.

"무슨 일이 있었던 거야? 말해 봐."

"별일 아니야. 그냥 내가 잘못한 거야. 오랜만에 만났는데 다른 이야기나 하자."

"그래서 지금 집에도 안 가고 여기 있는 거야? 집에서 걱정 안 해?"

"진실아. 우리 집에서 누가 나를 걱정하냐? 혜영이에게는 전화해 놨으니깐 괜찮을 거고, 지금 들어가면 아버지랑 싸우기밖에 더 하겠냐. 내가 나오는 줄 알고 밖에서 잔뜩 술을 마시고 들어오실 게 뻔하잖아. 그래서 내일 아침에 들어가 보려고."

같은 동네에 사는 그녀는 아버지에 대해서 알기에 주문한 딸기 쉐이크에 꽂혀진 빨대를 입으로 가지고 갔다.

나는 주머니에서 담배를 꺼내 입에 물었다. 라이터에 불을 켜자 그녀가 재빨리 담배를 뺏었다.

"경태 너 담배도 피워? 피워도 나가서 피워. 여기서 피우면 사람들 쳐다보잖아."

재떨이가 테이블마다 있었고 친구들과 매번 이렇게 담배를 피웠던 행동들이 그녀에게 생소해 보였는지도 몰랐다.

"그래 알았어."

나는 라이터와 담배를 주머니에 다시 넣고 빨대에 입을 대었다. 마지막 천오백 원이 입 속으로 들어갔다.

"진실이 너는 대학교 어디 갈 건지 정했어?"

"점수대로 가는 거지. 서울로 가고 싶지만, 내 성적으로 광역시에 있는 도립대학도 위태롭다. 너 중학교 때 공부 꽤 했잖아. 나보다 더 좋은 성적 가지고 공고를 왜 갔냐. 너 정도면 농어촌 특례입학도 있어서 인서울은 할 수 있었을 건데 그 성적 인문계에서도 유지했다면."

"그냥 그때는 빨리 돈 벌고 싶었거든. 인문계를 나와도 대학을 갈 수 있을지도 몰랐고. 다 지난 이야긴데 뭐! 이번 여름 방학이 끝나면 취업을 하게 되는데 돈 좀 벌어 놓고 군대 바로 가려고 알아보고 있어."

"그래. 대학이 뭐 꼭 중요한 게 아닐 수도 있지. 찬호 자취방은 어딘데 찬호는 없고 너만 혼자 그 집에 있어?"

"여기 바로 언덕 위가 찬호 집이야. 찬호 방학이어서 집에 내려갔지."

"그럼 이거 마시고 찬호 자취방에서 놀자. 과자 좀 사고 티브이 보면서 놀면 되지."

어릴 때부터 봐 온 사이여서 거부감 없이 찬호의 허락도 받지 않고 다 마신 쉐이크 값을 내고 밖으로 나왔다.

언덕을 넘어 슈퍼에 들러 마실거나 과자를 사려고 했다.

"경태 너 술 마시지?"

"그래 마시지. 너 한잔 할래?"

잠시 고민하더니 그녀가 고개를 끄덕였다.

방학 기간에도 공부를 해야 되는 그녀는 조금이나마 스트레스를 해소하고 싶어 했다. 그녀가 얼마나 마시는 줄 몰라 맥주 두 병과 소주 한 병 그리고 오징어와 과자 한 봉지를 샀다. 티브이를 켜 놓고 나가서 방 안에 어색한 정적은 느껴지지 않았다.

"이게 무슨 냄새야?"

나는 아무 냄새가 나지 않았지만 혈기 왕성한 찬호가 남겨 놓은 냄새에 그녀는 코 주변을 손바닥으로 부채질을 했다.

우리는 좁은 자취방 한가운데 신문지를 깔았다. 마른 오징어를 가스 불에 구워 내오고, 맥주를 서로의 잔에 따랐다. 그녀는 몇 번 마셔 봤는지 반쯤 따른 맥주를 단번에 마셨다.

"잘 마시네."

나는 그녀를 보고 의외라는 표정을 지었다.

"경태야, 나도 고삼인데 술 한 번 안 마셔 봤겠냐. 남자친구랑 작년에 헤어지면서 속상해서 친구들고 처음 마셨는데 의외로 그리 나쁘지 않더라."

"남자친구도 있었어?"

오랜만에 보는 그녀의 이야기가 너무 재미있어 이제는 내가 질문을 해 댔다.

"우리 학교 옆에 순설고 있잖아. 거기 한 학년 오빤데 한 반 년 만났나. 그러더니 딱 작년 이맘때 공부해야 된다고 헤어지재. 계속 만나면

대학 가는 데 지장이 있다나 뭐라나. 그때는 너무 속상하고 흔히 시련 당한 여자처럼 힘이 없었는데 내가 고삼이 되니깐 이해가 가더라니 깐. 나도 좋은 대학 가야지 하고 주변에 소개팅 해 준다고 해도 싫다 고 했으니깐. 근데 그 오빠 서울에 있는 대학 몇 군데 떨어지고 지금 은 노량진 고시원에서 공부한다고 하더라. 내가 보란 듯이 서울에 있 는 대학에 가려고 했는데 공부할 머리는 아닌가 봐. 기억나? 초등학교 때부터 읍내에 학원 다니고 그랬잖아. 넌 학원도 안 다니는데 나보다 성적이 더 좋은 걸 보면 내가 머리가 나쁘다고밖에 설명이 안 돼."

"멋진데. 시련당한 여자가 성공해서 다시 그 남자를 만나는 스토리, 어디 드라마에서 나올 이야기 아니야?"

그녀가 그러고 싶다고 말하며 웃었다.

"경태 너는 여자친구 없어? 간간히 들리는 소문에 너 인기가 아주 많다고 하던데?"

"아직 한 명도 만나 보지 못했다. 몇 명이 버스에서 쪽지를 주던데 그냥 보지도 않고 버렸어. 나는 정말 좋아하는 사람하고 만나고 싶더 라. 내가 먼저 좋다고 말하고 사귀는 그런 거."

"이야. 김경태, 덩치에 맞지 않게 순수한데."

그녀는 어느새 비워진 내 잔과 자기의 잔에 맥주를 따랐다. 우리는 서로의 잔이 비워지면 채우고 어느새 두 명의 맥주를 다 마시고 소주 병을 땄다.

"소주는 잘 못 마시는데. 조금만 따라 봐."

일부러 그러는 건지 혀 꼬이는 소리를 내며 진실이가 귀엽게 말을 했다.

나는 맥주 두 병과 라면 하나를 슈퍼가 문 닫기 전에 사 가지고 와서 끓였다. 공통수학이라는 두꺼운 책을 한가운데 놓고 양은냄비에 끓여진 라면을 올려놓았다. 서로 부딪친 종이컵 안의 소주를 비우면서 우린 서로 "캬." 소리를 내며 재빨리 수저로 라면 국물을 떠먹었다. 그녀는 비워진 종이컵에 이번에는 조금 전보다는 더 높이 소주를 부었다.

하루 종일 아무것도 제대로 먹지 못한 속이 소주가 들어가면서 타오르는 것 같았다. 그녀도 어느새 비워져 가는 소주만큼 혀 꼬이는 소리가 더 심해졌다. 나는 맥주를 따서 비워져 있는 그녀의 종이컵에 가득 부었다. 급하게 마신 탓인지 취기가 순식간에 올라왔다.

"소주는 내가 다 마실게. 넌 맥주나 마셔라."

"경태야. 나 뭐 좀 궁금한 게 있는데."

한쪽 팔을 바닥에 짚고 살짝 기댄 진실이가 물어 보았다.

"어. 말해 뭔데?"

나도 취기가 올라와서 다리를 뻗어 벽에 기댄 채 대답했다.

반쯤 감긴 눈에 통통한 아랫입술을 한두 번 이빨로 물고는 나를 쳐다보며 말했다.

"너 초등학교 육 학년 여름 방학 때 회관에서 우리 엄마하고 있다가 마주쳤잖아. 무슨 일이 있었던 거야? 엄마가 너 몸이 온통 상처투성이라고 했거든. 궁금해서 물어보고 싶었는데 그때 이후로 중학교에 들어가서는 점점 멀어지는 걸 느껴서. 다 지난 일이지만 이야기해 줄 수 있어?"

나는 잠시 그때의 일을 생각했다. 온몸에 쳐진 붉은 줄이 누가 보았다면 그림을 그렸다고 생각했을 거다. 그때 그녀를 만났을 때는 어두운 회관 부엌이었기에 잘 못 봤겠지 하며 스스로 주문을 외우고 있었는데 아주머니가 말해 줬을 거라고는 생각하지 못했다.

"아! 그때. 너도 짐작하듯이 아버지에게 맞다가 그냥 맨발로 도망쳤지. 솔직히 지금에서야 말하는데 팬티만 입고 있는 나한테 네가 손전등을 비추었잖아. 지금도 그때만 생각하면 창피하다니깐."

나는 한번 웃어 주었고 종이컵에 반쯤 따라져 있던 소주를 들이켰다. 술이 좋은 건 절대 아니었다. 그냥 잊고 싶어서 마셨다. 술이 들어갈수록 기억력은 희미해지기 때문이었다.

남은 소주를 종이컵에 따랐다. 그 순간 진실이가 내 품에 안겼다. 내 목을 감싸고 안고 있던 그녀의 머릿결에서 향기로운 냄새가 났다. 나는 움직이지 못한 채 그대로 벽에 기대어 앞을 바라만 보았다.

이제 소꿉친구라고 말하기 어색할 정도로 커져 버린 그녀의 가슴이 내가 충분히 느낄 정도로 밀착되어 있었다. 나는 어쩔 줄 몰라 그녀를 조심히 밀어 내려고 몸을 민다는 게 양손이 그녀의 옆구리 가슴을 만지게 되었다. 나는 깜짝 놀라 손을 떼고 얼어붙어 버린 것처럼 움직이지 않았다.

희미하게 들려오는 그녀의 흐느낌이 나의 대한 동정심이라는 걸 알아챘다. 내가 가져 본 가장 편안한 포옹이었을까. 나는 그녀의 허리를 감쌌고 우린 서로의 어깨 너머로 머리를 기대어 안았다. 술이 취한 탓인지 연한 그녀의 팔이 내 볼에 닿을 때 주체할 수 없는 욕망이 나를 덮치는 듯했다. 그녀를 안고 있는 그 짧은 순간에 내 안의 욕망은 두 개로 나뉘어져 서로 싸우고 있었다.

어릴 때부터 같이 자라 왔던 친구가 어느새 성숙한 숙녀가 되어 내 품에 안겨 있었다. 무엇을 선택하든지 우린 그동안 멀어졌던 기간만큼 더 멀어질 거라는 기분은 떨쳐 낼 수 없었다. 나는 그녀의 어깨를 조심히 밀었다. 눈물이 가득 고인 그녀와 눈이 마주치자 신경이 쓰일 정도로 통통한 그녀의 입술이 내 입술과 마주쳤다. 나는 거부하지 않았고 그녀의 입술을 빨아들였다. 그녀의 입술을 빨아들이고 살짝 벌려진 입속으로 내 욕망을 집어넣듯 휘저었다.

나는 그녀의 가슴을 움켜쥐었다. 그녀의 커진 눈동자로 자기 몸에서 일어나는 변화를 알아차린 것 같았다. 가슴을 움켜쥔 내 손을 그녀의 손으로 뿌리쳤고, 나는 그녀의 티셔츠 아래로 손을 집어넣어 그녀의 젖가슴을 움켜쥐었다.

그녀는 나와 포개진 입을 떼고 "안 돼!"라고 소리쳤고, 멈추려 하지 않는 나를 제지하듯 나의 뺨을 내리쳤다. 나의 욕망은 그 순간 끝이 나 버렸다.

"그만하자."

그녀가 말했고, 취해 버린 몸을 간신히 이불을 펴 놓은 한쪽 구석으로 가서 누웠다.

나는 여전히 벽에 기댄 채 움직이지 못했다. 입술에 아직 남겨진 그녀의 감촉이 내 손에 쥐어진 그녀의 젖가슴의 느낌이 어느새 창피함과 죄책감이 되어 몰려왔다. 나와 어린 시절을 보낸 친구와의 선을 넘었다는 죄악감. 앞으로 그녀가 나를 바라볼 경멸함에 슬픔이 더해져 밀려왔다.

눈에는 어느새 눈물이 고였다. 술이 취해 한쪽 벽을 바라보고 흐느적거리며 누워 있는 그녀의 머리를 살짝 들어 베개를 집어넣었다. 살짝 보이는 그녀의 젖가슴이 나의 죄책감을 더욱 상기시켰다.

나는 신발을 신고 아직도 무더위가 한창인 여름밤의 밖을 걷기 시작했다. 주머니에서 꺼낸 담배를 입에 물고 라이터를 켰다. 몸속을 훑고 지나가는 담배 연기는 더 이상 나를 어지럽게 하지 못했다.

난 항상 사람들에게 불행을 몰고 왔다. 착한 아이, 착한 아들이 되고 싶었다. 나는 어느새 그렇게 싫어하고 벗어나려고 했던 아버지를 닮아 가고 있었다. 이성을 잃어버리고 본능에 충실했던 아버지처럼 나는 지금 가장 친한 친구를 이성을 잃어버린 채 짐승처럼 덮치려고 했다. 술이 취해 감정이 올라온 그녀를 나는 힘으로 욕망을 채우려 했다. 나의 피는 아버지에게서 물려받은 게 확실해 보였다.

달빛조차 없는 여름날의 어둠은 나의 어두운 내면에 빛이 사라져 버린 메마른 공허함을 남겨갔다. 다음날 아침 벽에 기대어 잠들어 버린 나를 그녀가 흔들어 깨웠다. 그녀는 아무런 말도 아무런 표정도 없이 그대로 밖으로 나가 돌아오지 않았다. 내가 집을 떠나야 하는 이유가 하나 더 생긴 것 같았다.

*

 소년원에 갔다 왔다는 소리는 어느새 학교부터 동네까지 소문이 퍼졌다. 취업을 기대하였던 나와 친구들은 부모님들이 벌인 로비로 간신히 퇴학 처분은 면하였다.

 삼 학년이 없는 텅 빈 교실은 학과사무실 옆에 있는 교실에서 출석 체크를 하는 식이었다. 한 번 더 사고를 치면 퇴학이 명백했기에 몇 달 남지 않는 고등학교 생활을 성실히 다닐 수밖에 없었다. 찬호도 자취방을 빼고 나와 같이 아침에 등교를 했고 점심이 되기 전에 하교를 하였다. 전부 취업을 나가는 삼 학년을 가르치는 선생님도 없거니와 단지 우리를 묶어 두려는 속셈밖에 없어 보였다.

 나는 지금 이곳을 떠나 취업을 했어야 했지만, 내가 벌려 놓은 일에 조금이나마 불평을 말할 처지는 아니었다. 출소 후에 찬호 자취방에서 하룻밤을 자고 다음날 들어간 집에서는 아버지가 역시나 이성을 잃어버리고 온갖 욕설과 손찌검을 날렸다. 자포자기 상태여서인지 맞는 게 아프지가 않았다. 원 없이 때려 보라는 듯 나는 반항도 하지 않았다. 어느새 혜영이는 내가 기억하는 어린 시절처럼 아버지의 손을 잡고 그만하라고 말리고 있었다. 한창 사춘기인 막내는 자기만의 방식으로 작은방으로 들어가 더 이상 소란이 일어나지 않을 때까지 방에서 나오지 않았다. 난 이제 모두에게 미움 받는 사람이 되어버렸다.

 가을 들녘에는 황금빛이 빛나는 벼들이 고개를 숙이고 가지치기를 하지 않아 주렁주렁 가지에 매달린 마당의 감나무는 부러지지 않을까 걱정스러울 정도로 아래로 쳐져 있었다. 겨울에 연탄을 태웠지만 간혹 비가 온 다음 날도 연탄을 태우곤 했다. 방에 습기가 차 벽지며 장롱 안과 천장 구석에 곰팡이가 나기 시작했기 때문이다.

가을 토요일 오후는 선선한 날씨와 산마다 색을 입은 나뭇잎이 마음을 정돈시켜 주었다. 아버지는 순설시에서 더 먼 곳에 있는 아파트 공사 현장에서 일을 하셨다. 작은 용달차를 사고부터는 거리와 상관없이 일거리가 있는 곳으로 가셨고, 삼 일에 한 번씩 들어오시는 아버지에게 속옷이나 세탁한 작업복을 챙겨 드렸다.

막내는 오전 수업이 끝나고 집에 들어와 옷을 갈아입고 아랫동네 친구 집에서 자고 온다며 점심도 먹지 않은 채 자전거를 타고 나갔다.

읍내 상고를 다니는 동생은 집까지 오는 데에도 시간이 걸렸다. 그녀가 다니는 학교에서도 삼 학년들은 대부분 취업을 한 상태였다. 남겨진 몇 명은 나와 같이 사고를 쳤던 학생일 확률이 높았다.

벌써 취업을 했다면 월급을 받아 조금이나마 동생들을 데리고 옷이며 신발을 사 줄 수도 있었을 것이다. 나의 계획과는 다르게 아직도 아버지에게 용돈을 받아 차비를 충당하고 있었다. 취업 나간 친구들 몇 명이 집으로 전화를 걸어와 자기네 회사로 오라고 했지만, 학교에서는 취업률보다는 학교 이름을 더 이상 나쁘게 만들지 않게 우리를 가두어 두고 있었다.

내가 벌려 놓은 사고를 반성하듯 매일 오전 수업만 하는 학교를 끝내면 바로 집으로 왔다. 시간은 벌써 두 시가 가까이 되어 갔다. 차를 사시고 더 이상 운전을 하지 않는 아버지의 오토바이를 타고 정류장이 있는 곳으로 갔다. 정류장에 도착하기도 전에 혜영이는 가방을 메고 걸어오고 있었다. 나를 본 혜영이는 두 손을 들어 흔들었다.

"오빠가 데리러 왔으면 좋겠다고 생각했는데 진짜로 왔어."

"얼른 타라. 경수는 친구 집에서 자고 온다더라."

흥겨운 토요일 기분을 내려는지 오토바이 뒤에 올라탄 동생은 내 옆구리를 감싸고 안았다. 피아노를 줄곧 배워서 고등학교 행사가 있을 때 마다 피아노를 전담해서 연주한다고 했다. 학교 관악부에서도 전자피아노를 칠 정도로 솜씨가 좋다는 이야기도 들었다. 읍내에 있는 남자 고등학생들이 구애를 할 정도로 그녀도 점점 성숙해지고 있었다.

마당 한쪽에 오토바이를 세워 두고 동생은 옷을 갈아입으려고 작은방으로 들어갔다. 고등학생이 되고부터는 작은방은 혜영이가 혼자서 쓰기로 했다. 책이며 온갖 것은 작은방에 놓여 있지만 잠은 나와 아버지, 막내가 같이 큰방에서 잤다. 나는 부엌으로 들어가 연탄구멍의 뚜껑을 열었다. 매년 하는 것이지만 나무를 떼던 시절도 금세 잊어버리고 이것조차도 귀찮아졌다.

신문지를 뭉쳐 불을 붙이고 꼬챙이로 꽂은 번개탄을 그 위에 올리자 번개탄이 껍질을 벗겨내듯이 타들어 갔다. 공기가 들어가는 연탄구멍을 아주 작게 열어 두었다. 눅눅한 방안을 건조시키기 위해서는 불 조절을 하는 연탄구멍을 좁게 열어 두어 방이 뜨겁지 않게 습기만 날려 버릴 정도여야 했다. 번개탄 구멍에 맞추려 연탄 하나를 집고 내려 보다가 시큼한 연탄가스 냄새가 올라 왔다. 몇 달 만에 맡은 냄새가 왠지 친근했다.

혜영이의 고등학교 입학 선물로 아버지가 사 주신 큼지막한 카세트 라디오를 틀자, 토이의 음악이 흘러 나왔다. 라디오에서 나오는 음악을 녹음한 턱에 음질은 좋지 않았고, 그나마 얼마나 틀어 댔는지 간혹 늘어지는 가수의 목소리는 더 이상 토이라고 알아차릴 수 없는 목소리였다.

음악이 흐르는 마루에 앉아 우리는 저 멀리 하루하루 변하는 붉게 묽든 가을빛을 바라보았다. 늘 보던 풍경도 가만히 생각을 하고 바라보면 또 다른 느낌으로 받아들여졌다.

작은 연통에서는 태워진 연탄의 하얀 연기가 바람 없는 하늘로 올라 갔다.

"오빠. 연탄 태웠어?"

"어제 비도 왔고 집이 눅눅해서. 아버지도 막내도 없으니깐 오늘 한번 태웠어."

점심도 저녁도 간단히 먹은 우리는 각자의 저녁 시간을 보냈다. 동생은 작은방에서 라디오를 틀어 놓고 간혹 나오는 노래를 따라 불렀다. 나는 채널도 세 개밖에 없는 티브이를 켜 그나마 볼 만한 걸 찾느라 리모컨 버튼을 눌러대고 있었다.

때마침 걸려온 찬호의 전화가 쓸데없이 채널을 돌리는 시간을 아껴 주었다. 아홉 시가 다 되는 시간이었다. 작은방에 있는 동생에게 먼저 자라고 말하고 오토바이를 타고 면소재지에 있는 당구장으로 갔다.

이 시기에 그리고 이 시간에 놀 수 있는 고삼은 동네를 다 털어도 나와 찬호뿐이었다.

동네 면대에서 방위로 근무하는 몇 형들에게 인사를 하고 우리는 서로 큐대를 잡았다. 고삼이지만 둘 다 백오십 점을 치고 있었다. 매번 학교 끝나고 쳤던 당구가 유일하게 고등학교에서 오른 점수였다. 찬호 집에 들어가 놀 수는 있었지만, 사고 쳤던 그 후에 찬호 어머니가 나에게 보내는 시선은 거의 경멸과 가까웠다. 아주 착한 아이를 내가 망치고 있다고 생각하시는 모양이었다. 서글서글 웃는 찬호의 웃음에 부모님도 속아 넘어간 게 분명했다.

담배와 술은 나보다 더 많이 했고, 부모님 눈에 순수해 보이는 찬호는 부산에서 여자 세 명을 까대기쳐 우리 자리로 데리고 온 카사노바라고 말하고 싶었다. 하지만 절대 내 말을 믿으실 분이 아니셨기에 가능하면 찬호 부모님을 피해야 했다. 찬호는 신경 쓰지 않았지만, 이건 완전이 그의 어머니와 나의 문제였다.

당구에서 진 찬호가 게임비를 내고 우린 다시 오토바이를 타고 어두컴컴한 초등학교 운동장으로 갔다. 큰 나무 아래 오토바이를 세우고 벤치에 앉아 담배를 물어 불을 붙였다.

"경태야! 이렇게 계속 학교 가서 출석부에 도장만 찍고 다닐 거냐?"

"다음 주에 선생님 찾아가서 다시 한번 말해 보려고. 집안 형편도 어렵다고 조금 과장되게 말해야 될 것 같다. 다시는 사고 안 치겠다는 각서도 쓰고, 한 번 더 사고를 치면 퇴학시켜도 아무 말 안 하겠다고 해야지. 집에 있으려니깐 못 있겠더라."

"각서는 벌써 몇 장 썼잖아. 더 쓴다고 효과가 있겠냐? 우리 엄마는 아무 짓 하지 말고 공부하라고 하신다. 내년에 전문대학이라도 갈 수 있게 준비하라고 하시는데, 나도 나가서 경험도 쌓고 내 힘으로 돈도 벌어 보고 싶다."

"내가 너라면 감사합니다 하고 학교 다니겠다. 누구는 가고 싶어도 안 보내 주는데."

서로 집안 사정을 아는 우리는 더 이상 말을 이어 가지는 않았다.

"여기서 맥주 한잔 하자. 내가 집에서 맥주 몇 병 가지고 올 테니깐."

그는 내 오토바이를 타고 학교 밖으로 나갔다. 찬호가 집에서 가지고 오는 술이며 과자들은 충분히 가게가 망하고도 남을 정도였지만, 그는 아랑곳하지 않고 기분대로 행동했다.

벤치에 누워 하늘을 바라보았다. 어두울수록 별이 더 빛나 보이듯 주변이 어둠에 적응되었다. 뚜렷하게 보이는 은하수가 우리 집 쪽으로 뻗어 있었다. 가끔씩 떨어지는 별똥별에 소원을 빌었던 어린 시절처럼 하늘은 변함없었지만, 어느새 내가 훌쩍 커 버린 느낌이었다.

잠시 상상하기를 하며 시간을 보내고 있자 몇 년 동안 들었던 낯익은 아버지 오토바이 소리는 내가 누워 있는 벤치 옆에 세워지고 나서야 시끄럽던 엔진 소리가 꺼졌다. 순간 조용한 정적으로 주변은 변했다.

뒷좌석에는 맥주 캔 한 팩이 묶어져 있었다.

"뭐 이렇게 많이 가지고 왔냐?"

여섯 개로 묶어진 캔을 봉투에서 꺼내어 벤치에 놓으며 물었다.

"부모님 주무시는데 냉장고에서 꺼내다가 깨실 것 같아서 그냥 창고에서 한 팩 가지고 왔다. 안주는 새우깡 하나면 되겠지?"

웃고 있는 저놈을 내가 망치고 있다는 그의 어머니에게 누군가 나 대신 변명해 주었으면 했다.

"아무튼 잘 마실게."

"기껏 여섯 개인데 이걸 둘이서 못 마시겠냐."

가을밤의 미지근한 맥주는 가슴속 답답함을 해소시켜 주지는 못했다.

우린 서로 지났던 과거와 미래의 앞날을 이야기했고, 많아 보였던 맥주도 방황하는 그와 나에게 안정을 주지는 못했다. 금세 맥주 캔은 비워져 버렸고, 비워진 캔맥주처럼 이야기도 줄어들었다.

"난 걸어서 갈란다."

정류소 슈퍼에 집이 붙어 있는 찬호도 조금 취했는지 비닐봉투에 담긴 빈 맥주 캔을 들고 교문 밖으로 걸어 나갔다.

캔맥주 세 개에 취기가 올라 왔다. 조금 어지러워 눕고 싶어졌다. 오토바이에 시동을 걸고 교문 앞에 나가는 찬호를 지나쳐 저수지 아랫길로 나 있는 집으로 운전을 해 갔다. 시골 밤길은 지나가는 이가 없었지만, 불쑥 튀어나오시는 동네 어른들과 사고가 나지 않게 조심해야 했다.

마당에 켜져 있는 불을 끄고 대문을 닫았다. 작은방에 불이 꺼져 있는 걸 봐서는 혜영이는 자고 있는 듯 보였다. 큰방에 들어가니 동생이 이부자리를 펴 놓았다. 연탄을 피워 따뜻해진 방바닥과 술을 마신 탓에 몸에서 열이 올라왔다. 문을 열어 놓고 이불 위에 눕자 수면

제를 먹은 것처럼 잠이 몰려왔다. 연탄불을 피워 놓고 가길 잘했다고 생각하며, 아버지와 막내가 없는 방에서 오랜만에 편하게 잠을 잘 수 있었다.

*

눈을 뜨고 아홉 시를 가리키는 벽시계를 바라보았다. 어제의 숙취며 따뜻한 방 때문인지 일어나기가 귀찮았다. 자기 전 열어 두었던 문에서 시원한 가을바람이 방 안에 머물렀던 눅눅한 곰팡이까지 밖으로 밀려 내보내는 것 같았다. 정신을 차리려고 마루에 앉아 있다가 수돗가에서 물을 틀어 떨어지는 수돗물 밑으로 머리를 집어넣었다. 옆에 놓여져 있는 비누를 머리카락에 거품이 나게 문대고 손에 비벼 얼굴에 비누칠을 했다. 콸콸 쏟아지는 수돗물이 아침잠과 어제의 숙취로 어지러운 머리를 말끔히 정신을 차리게 해 주었다.

"혜영아!"

벌써 일어났을 동생이 방에서 나오지 않아 불러 보았다.

일요일마다 교회를 가는 그녀는 지금쯤 밥을 먹고 있어야 될 시간이었다. 교회에서도 피아노를 치는 그녀는 남들보다 조금 일찍 가서 준비를 해야 되었다.

"아직도 자냐?"

물기가 젖은 머리카락을 수건으로 털면서 동생의 방문을 열고 들어갔다. 방 안에서는 시큼하고 쾌쾌한 냄새가 방금 씻어 상쾌해진 내 콧

속으로 들어왔다.

'연탄가스다.'

연탄구멍을 맞출 때마다 내 콧속으로 들어왔던 가스냄새가 동생의 방에 가득했다.

나는 동생을 부르면서 그녀의 어깨를 흔들어 깨웠다. 동생은 아무런 대꾸도 인기척도 없었다. 나는 동생의 겨드랑이에 내 팔을 집어넣고 반쯤 열린 창호의 문을 발로 차 그녀를 밖으로 끌고 나왔다. 마루에 눕혀진 동생은 몸을 조금 움직여 괴로운 듯 얼굴을 찡그리고 있었다. 의식은 있었다. 맨발로 수도가로 뛰어가 밸브를 열어 다라에 담겨진 물을 한 바가지 퍼 아직 눈을 뜨지 못하는 동생의 얼굴에 부었다. 처음에 반응이 없자 다라에 담겨진 물을 연신 동생의 얼굴에 뿌렸다. 조금씩 정신을 차리더니 몸을 옆으로 뉘어 구토를 하기 시작했다. 마루 밑으로 떨어지는 구토물과 눈, 코에서 나오는 분비물이 동생의 숨을 더 막히게 하는 것 같았다.

나는 재빨리 마루에 던져두었던 수건으로 혜영이의 얼굴을 닦고, 내가 그녀에게 퍼부은 물 때문에 온몸이 젖어 버린 동생의 팔다리를 주물렀다. 어떻게 이 상황을 해결해야 될지 몰랐다. 이런 시골에서 일요일에 몸도 제대로 가누지 못하는 그녀를 오토바이에 태워 읍내 병원으로 가는 건 무리였다. 나는 동생의 팔다리를 주무르던 손을 멈추고 전화기가 있는 안방으로 갔다. 119의 다이얼을 돌리는데도 시간이 걸렸다. 어릴 때 손가락으로 돌리는 아날로그 전화기가 재미있었지만, 지금은 천천히 돌아가는 다이얼을 지켜보고 있으니 내 숨이 넘어갈 것 같았다.

부모님이 계시지 않는 집에 동생이 연탄가스를 마셨다고 했더니 읍에서 출발하는 구급차가 우리 집까지 오는 데 상당한 시간이 걸린다고 했다. 그러면서 자기네들이 동네 파출소에 연락을 해 경찰차를 보낼 테니 그때까지는 동생이 정신을 차릴 수 있게 맑은 공기를 맡게 해주라고 하였다.

어느새 내 눈은 눈물이 가득했다. 그녀는 아직도 괴로운지 더 이상 뱉어 낼 것 없는데도 계속 구역질을 해댔다. 나는 동생을 들어 수돗가로 갔다. 주변에 있는 세숫대야며 바가지를 발로 차 동생을 눕힐 수 있게 자리를 만들었다. 내 무릎에 그녀의 머리를 기대게 하여 동생의 얼굴을 흐르는 수돗물로 닦아냈고, 옆에 씻어 놓은 김치 뚜껑으로 동생의 얼굴에 부채질을 했다.

"혜영아. 정신 차려. 혜영아."

아직 눈을 제대로 뜨지 못하는 혜영이를 바라보면서 울부짖었다.

"오빠. 오빠."

동생은 괴로운 듯 그녀의 목을 잡고 가느다란 목소리로 나를 불렀다.

아무것도 할 수 없는 나는 무기력 했다. 연신 부채질을 하면서 우는 것밖에는 할 게 없었다. 몸도 축 늘어져 버린 혜영이를 오토바이에 태울 수도 없었다. 조심히 그녀의 머리를 수돗가 회반죽 위에 올려놓고 마당에서 보이는 동네 아스팔트길을 바라보았다. 아직 경찰차는 보이지 않았다. 나는 방으로 들어가 아버지 휴대폰으로 전화를 걸었다.

몇 번의 신호음이 갔지만 전화를 받지는 않으셨다. 나는 다시 아버지의 전화번호를 느려 터진 다이얼을 돌리면서 걸었다. 언젠간 이 전화기부터 부셔 버릴 거라고 다짐했다.

"여보세요?"

아버지가 전화를 받았다.

"아버지. 혜영이가 연탄가스를 마셨어요. 아직 정신을 못 차려요. 제가 119에 신고는 했는데 아직까지 아무도 안 와요. 아버지 빨리 집으로 오세요."

내가 울먹이는 소리로 아버지에게 고함을 치듯이 소리를 쳤다.

"뭐? 혜영이가? 이 날씨에 연탄을 왜 태웠는데? 내가 파출소에 전화를 할 테니깐 일단 바깥바람 좀 쐬게 해. 빨리."

아버지의 흥분한 목소리가 아날로그 전화기 너머에서 들려왔다.

옆으로 누워 있는 그녀의 머리를 내 다리 위로 다시 올려 부채질을 했다. 구토를 잠깐 멈춘 그녀가 딸꾹질을 했다. 내 눈물이 다리 위에 기댄 그녀의 얼굴로 떨어졌다. 잠그지 않는 수돗물처럼 내 눈물도 앞이 보이지 않게 떨어졌다.

"어떻게 된 거야?"

수돗물 소리 때문이었을까, 아니면 내 울부짖음 때문이었을까. 대문을 열고 경찰이 들어오는 소리를 듣지 못했다.

"살려 주세요. 동생이 연탄가스를 마셨어요."

온몸이 젖어 버린 동생을 본 경찰이 그녀를 안고 재빨리 뒷좌석에 태웠다. 나와 동생은 젖어 버린 옷과 흙이 잔뜩 묻은 맨발로 경찰차에 탔다.

"언제부터 그랬는데?"

운전대를 잡은 경찰이 급한 목소리로 말을 했다.

"모르겠어요. 아침에 일어나지 않아서 깨우는데 방에서 연탄가스 냄새가 나더라고요. 제발 빨리 가 주세요."

흐르는 눈물이 입으로 들어가 소리치는 내 입에서 침처럼 튀어 나갔다.

"알았다. 빨리 가마. 응급실이 있는 큰 병원은 순설시까지 가야 되니깐 넌 창문을 열고 동생이 시원한 바람을 맡을 수 있게 고개를 살짝 들어 줘라."

조수석에 타고 있는 경찰이 뒷좌석을 바라보면서 말했다.

경찰관은 어딘가로 전화를 걸었다. 내 눈물은 연신 동생의 볼에 떨어졌고, 내가 피웠던 연탄 때문이라는 죄책감에 죽고 싶었다.

"예. 거기 순설 카톨릭 병원이지요? 지금 경찰차로 십대 여자아이가 연탄가스를 흡입된 상태로 그쪽으로 가고 있습니다. 삼십 분 내로 도착하니 준비 좀 해 주실 수 있겠습니까? 아. 십대 후반으로 보이는 여자아이입니다." 경찰관은 뒷좌석에 나를 바라보고, 동생이 몇 살이냐고 물었다.

"여자아이는 지금 고등학교 이 학년이랍니다."

경찰은 다시 전화를 이어 갔다.

동생의 입술은 시퍼렇게 변해 있었다. 하얗게 질려 버린 얼굴색에 젖어 있는 몸이 떨리는 게 느껴졌다. 창문 사이로 들어오는 바람을 동생이 최대한 많이 맡을 수 있게 머리를 살짝 들었다. 이런 불행은 내 동생들에게 벌어져서는 안 되었다.

어릴 때부터 고생했던 우리 동생이 이렇게 누워 있어서는 안 될 일이었다. 모든 불행은 나 혼자로도 충분했다. 그녀는 엄마가 맞을 때도 걸어가 아버지의 팔을 잡았고, 내가 소년원에서 돌아오던 날도 집을 수 있는 모든 것을 들고 나를 내리치는 아버지의 팔을 잡았다. 엄마 없이 괄시 받을 막내의 팔을 잡고 소풍날 김밥을 먹이려고 쫓아 다녔다. 그런 그녀가 축 늘어진 팔을 뒷좌석 아래로 내려놓고 있었다.

"미안해 혜영아! 미안해!"

내 얼굴은 창가에서 불어오는 거센 바람과 눈물 때문에 비바람에 맞은 얼굴이 되었다. 좋지 않는 생각들이 상상하기 좋아하는 내 머릿속을 순식간에 스쳐 지나갔다. 앞에 두 경찰도 아무런 말없이 신호등을 무시한 채 울부짖는 내 목소리와 겹치게 사이렌을 켜고 달렸다.

동생의 얼굴을 쓰다듬어 본 적이 처음이었다. 하얀 피부에 오똑한 코, 진실이처럼 통통한 입술이 이렇게 예쁜 아이가 내 동생이었다니 믿겨지지가 않았다. 떨어지는 눈물을 소매로 닦으려고 할 때 동생의 손이 내 팔을 잡았다. 무언가 말을 하려고 입을 오므리는 게 보였다. 나는 동생의 팔을 잡고 그녀가 하는 말을 들을 수 있게 바짝 그녀의 퍼렇게 변해 버린 통통한 입술에 내 귀를 갔다 대었다.

"오빠. 난 괜찮아. 그러니깐 소리 지르지 마. 창피하니깐."

우린 늘 힘들고 괴로울 때 뜬금없는 소리로 웃어 넘겨 버리곤 했었다.

"그래. 그래. 소리 안 지를게. 조금만 참아. 다 왔어. 앞으로 너 앞에서는 절대 소리 지르지 않을게. 절대로 오빠를 믿어."

동생은 감은 눈으로 엷은 미소를 띠우고 잡고 있던 내 팔을 놓지 않았다.

사이렌을 켜고 진입하는 병원 응급실 앞에는 이동식 침대를 잡고 의사와 간호사가 나와 있었다. 열린 뒷문으로 하얀 가운을 입은 건장한 남자가 동생을 들어 바퀴가 달린 침대 위로 올렸다. 투명한 마스크를 코와 입을 덮고 간호사는 공기가 통하게 연신 플라스틱 백을 눌러댔다.

응급실 안으로 들어온 동생을 의사가 그녀의 눈꺼풀을 들어 올려 빛을 비추어 보았다. 입안을 확인하고, 벽에 붙어 있는 산소튜브를 동생의 코밑에 고정시켰다. 나는 아무것도 하지 못하고 엄마가 피를 흘리며 맞고 쓰러질 때처럼 그들의 뒤에서 동생을 지켜보았다.

"애야. 여기 병원은 청결해야 되니깐 얼른 화장실에 가서 발이라도 닦고 와라. 네가 걸었던 곳마다 발자국이 가득하니깐."

경찰이 내 뒤에서 어깨를 두드리며 말했다.

고개를 돌려 뒤를 돌아보니 경찰 말이 맞았다. 깨끗하게 반짝이는 복도에 흙 발자국이 내가 서 있는 곳 바로 뒤까지 나 있었다. 나는 입구 쪽에 있는 화장실로 들어가 발을 씻었다. 얼굴은 온통 눈물이 번져 내 발바닥만큼 칙칙했다. 재빨리 세수를 하고 두루마리 휴지를 내려 얼굴과 발을 닦았다. 되돌아온 응급실에 동생이 누워 있었다.

"감압시설로 옮겨야 되는데 이 지역에는 감압시설이 없어. 일단은 산소를 맡게 해서 일산화탄소를 몸에서 조금이라도 배출을 시켜 보는 거야. 어느 정도 상태인지 아직 모르니깐 피검사부터 해야 되거든. 부모님께 연락은 드렸니? 이런저런 서류를 보호자가 작성을 해야 되거든."

동생을 경찰차에서 들었던 건장한 체격의 의사가 나에게 말했다.

"내가 아버지께 전화하마. 전화 번호 좀 알려 줄래? 넌 동생 옆에 있어라."

동네에서 아버지를 모르는 사람은 없었다. 나와 동생을 태운 경찰도 아버지를 알고 계셨다.

커튼이 쳐진 동생의 침상에서 간호사들은 젖은 옷을 환자복으로 갈아 입혔다. 수척해진 동생의 이마에 내려온 머리카락을 쓸어 넘겼다.

아버지와 통화를 했는지 돌아가겠다는 경찰들이 병원을 나가는 곳까지 배웅하며 고개 숙여 인사를 드렸다. 나중에 파출소에 들르겠다는 말과 함께 그들은 꺼진 사이렌의 경찰차를 타고 돌아갔다. 내가 알던 나이 많은 경찰은 비번인 것 같았다.

침상으로 돌아와 보니 동생은 일그러진 얼굴에 실눈을 뜨고 있었다.

"괜찮아? 병원이야. 그냥 아무 생각하지 말고 눈 감고 있어."

연탄가스와 상관은 없겠지만, 축 쳐진 동생의 다리를 주무르면서 말했다.

"아침에 일어날 때보다는 괜찮아진 거 같아."

아직 머리가 아픈지 관자놀이를 양손가락으로 지그시 누르면 말했다.

"난 네가 일어나지 않아서 방문을 여니깐 연탄가스 냄새가 가득하더라. 금이 간 바닥에서 연탄가스가 새어 나온 것 같아."

"모르겠어. 기억이 하나도 없어. 수돗가에서 구토를 했던 거는 기억이 나는데 여기에 어떻게 왔는지는 기억이 나지 않아."

동생은 기억해 내려 할 때마다 괴로운 표정을 지었다.

연신 구토를 해대서 피곤한지 그녀가 잠시 잠이 들자 나는 보호자용 침대를 꺼냈다. 무릎을 꿇고, 동생의 팔을 잡고 동생이 다니는 교회 하나님께 그녀를 살려 주셔서 감사하다고 눈을 감고 기도했다. 감은 눈에서도 눈물이 떨어졌다. 얼마간 눈을 감았는지 아니면 잠깐 잠이든 건지 귀에 익숙한 목소리가 들려와 눈을 떴다. 뒤에서 누나라고 부르며 달려오는 막내가 침상 앞에 멈추었고, 뒤따라오시는 아버지는 나를 보자 분노에 휩싸인 주먹으로 내 얼굴을 내리쳤다. 예상치 못한 아버지의 주먹에 보호자용 침대에서 떨어졌다. 코피를 흘리며 주저앉은 나를 본 응급실에 있는 사람들은 놀랐고, 시끄러워 눈을 뜬 혜영이는 머리가 더 아픈지 침상의 이불을 머리 위로 덮어 버렸다.

*

동생이 퇴원한 지 벌써 보름이 흘렀다. 의식을 잃었었던 동생은 후유증이 발생할 수 있다는 의사의 말에 걱정을 했었고, 여전히 두통 때문에 잠을 잘 이루지 못하고 있었다. 학교도 아직 무리라는 의사선생님의 말에 아버지는 읍내 상고에 전화를 걸어 양해를 구하였다.

일주일에 한 번씩 순설시로 나가 여러 가지 검사를 받았지만 아직까지는 특별한 증상이 나타나지 않았다고 했다. 하지만 어릴 때부터 같이 자라 왔던 우리 남매는 그녀가 전과 다르다는 걸 금세 알 수 있었다.

아버지는 동생이 병원에 입원해 있는 동안 연탄보일러를 설치했던 면소재지의 철물점에 찾아가 그곳 상점에 거의 반을 부수어 버렸다. 술이 잔뜩 취한 아버지는 유리창을 망치로 깨 부서 버렸고 주변 사람들과 경찰이 간신히 말려 그의 행동을 멈추게 할 수 있었다.

철물점 주인은 난장판이 된 가게의 보상은 아버지께 청구하지 않았다. 소문 때문에 더 이상 보일러 설치 문의가 오지 않을까 빨리 수습하는 모양새였다. 아버지는 읍내 업자에게 전화를 걸어 연탄보일러를 기름보일러로 바꾸었다.

동생은 내가 아침에 했던 이야기를 저녁에 이어 가면 가끔씩 기억하지 못하였다. 막내가 이제 막 퇴원한 그녀의 손을 잡고 조금이나마 운동을 할 겸 걸었던 길에서 쓰러진 그녀는 그 순간을 기억조차 하지 못했다.

보름 동안 한두 번 일어난 일을 아버지께 이야기했지만, 약을 먹고 병원에 다니면 점점 호전될 거라는 의사의 말을 철석같이 믿고 있었다. 그녀가 학교를 가지 못하고 있을 때 아버지는 내가 다니는 공고에 직접 찾아와 가족의 사정을 설명했다. 몇 명을 남기고 전부 취업을 나간 상태였고, 수업도 없이 출석만 확인하던 담임은 결석 처리를 하지 않을 테니 따님이 호전이 되면 경태를 다시 나를 학교에 보내라는 대답을 듣고 오셨다.

일 때문에 삼사 일에 한 번씩 들어오시는 아버지는 일주일에 한 번씩 병원에 오라는 의사의 말대로 동생을 데리고 병원을 다녀오셨다.

일을 하러 가실 땐 몇 만 원씩 나의 손에 쥐여 주었다.

"아버지 없는 동안 이걸로 동생들 밑반찬이나 뭐 좋아하는 거 사다 줘라. 알았제?"

아버지의 조그마한 용달차가 대문을 나갈 때마다 두려웠다. 처음으로 아버지가 필요한 순간이었다. 나를 위해서가 아니라 동생을 위해서 아버지가 집에 있었으면 했다. 앞으로 남은 한 달 안에 일이 다 끝날 것 같다는 그는 삼사 일에 한 번씩 들어오실 때도 술을 입에 대지 않으셨다. 두 동생에게 애착이 강하셨던 아버지를 보며 어쩌면 혜영이는 가족을 버리고 도망간 엄마를 닮지 않았을까 하고 생각했었다.

불안해서 경수를 혜영이와 같은 방에서 자게 했다. 두통 때문에 가끔씩 깨어난 그녀에게 약이나 물을 챙기게 했다. 그리고 나는 그녀가 감았던 눈을 아침에 뜨지 못 할까 봐 불안했었다.

사고가 일어난 후 일이 주 만에 그녀의 얼굴은 수척해져 버렸다. 원래 마른 몸이었지만 수척해진 얼굴과는 다른 생생한 기운이 그녀에게서 빠져 나간 느낌이었다. 아버지가 주신 돈으로 슈퍼에서 햄이나 참치를 사서 볶아 주어도 얼마 먹지도 않는 음식을 토하기도 했었다. 나는 그녀를 잃어버릴까 봐 무서웠다.

자주 그녀가 이런 증상을 보인 건 아니었다. 이삼 일은 평소와 같다가 어지러움에 쓰러졌고 방에 눕혀진 그녀는 기억이 없다고 하며 다시 일상으로 돌아오기도 했다. 병원에서도 더 지켜보자는 말을 했기에 나는 아버지가 계시지 않는 동안 동생을 오토바이에 태우고 근처 바다가 보이는 곳까지 달려가기도 했다.

다들 학교에 있을 시간에 우리 남매는 소풍을 다니고 있었다. 시원한 바람을 쐬면 기분이 좋아지는지 밤에 편하게 자는 동생을 위해 조금씩 저수지 윗길로 운동도 다녔다. 가끔씩 전화를 주시는 고모의 안부를 빼고는 저수지 밑에 달랑 하나 있는 우리 집에 슬픔이 몰려왔다는 걸 아는 사람은 적었다.

점점 동생의 건강은 호전되었다. 두통약은 항상 가지고 다녔지만 내가 없어도 혼자 교회에 나가 피아노를 치고, 안부를 묻는 친구들 전화에 한 시간이 넘도록 통화도 하곤 했다. 내가 다니는 학교 친구들은 찬호가 말을 해 두었는지 집으로 그들의 안부 전화가 걸려 왔다. 다음 주면 갈 수 있을 거라는 말과 함께 전화를 끊었다.

퇴원한 지 삼 주가 되었고, 일상생활에 지장이 없을 정도로 회복이 된 그녀는 학교에 갈 준비를 했다.

"병원에서 내가 준비되면 학교에 가도 괜찮대. 두통 빼고는 몸은 괜찮은 거 같아. 너무 심하면 조퇴하고 집에 오면 되니깐."

그녀는 아버지께 전화를 드려 허락을 받았는지 가방 안을 확인하고 내일 학교 갈 준비를 했다. 빨아 놓은 교복을 방에 걸어 놓고 친구에게 전화를 걸어 학교에서 보자는 인사말을 수화기 너머 친구에게 하였다.

나도 학교에 가서 선생님께 취업 이야기를 꺼내 봐야 했다. 아버지가 선생님과 이야기를 할 때는 내가 저지른 일 때문에 결석 이야기만 하셨다고 했다. 어떻게 되었든 내 사정이 선생님 귀에 들어갔으니 이전과는 다르게 생각할 것 같았다.

주말은 쉬고 월요일부터 학교에 가라는 내 말을 그녀는 듣지 않았다. 토요일은 오전 수업만 하였기 때문에 적응하기 위해 다녀온다고 했다.

나는 월요일부터 학교를 갈 생각이었다. 오전 수업만 하는 토요일은 대부분 특별활동으로 가벼운 가방으로 등교를 하였기 때문이다. 내가 오토바이에 그녀를 태우고 정류장까지 가려 했지만, 그녀는 거부했고 자전거 뒤에 타라는 막내에게도 먼저 학교에 가라고 했다. 그녀는 걷고 싶다고 했었다. 마지못해 경수는 자전거를 타고 먼저 학교로 갔다. 오랜만에 교복을 입어서인지 동생은 내가 본 학생 중에 가장 교복이 어울렸다. 대문을 나서는 그녀에게 혹시 몰라 만 원 한 장을 건네주었고, 엷은 미소로 그녀는 고맙다는 답례를 하였다.

토요일의 기분 탓인지 나는 이불을 꺼내 빨래 줄에 걸어 말렸다. 먼지가 나지 않게 물을 뿌리고 빗자루로 마당을 쓸었다. 산 밑에 집이 위치한 탓에 가을바람을 타고 낙엽이 지붕이며 마당에 쌓여 갔다. 알록달록한 낙엽을 모아 마당 한 구석에 쓸어 내다 버렸다.

오늘은 점심에 정육점에서 돼지고기를 사서 구워 먹을 생각이었다. 가끔씩 해 먹는 고기는 우리 삼남매가 가장 좋아하는 음식이었다. 주머니에는 아버지가 주신 몇 만 원이 남겨져 있었다.

평소에 동생이 하던 집안일을 조금이나마 덜어 볼 생각으로 부엌으로 들어갔다. 부엌 바닥은 기름보일러를 설치하면서 평평하게 시멘트를 깔고 그 위에 장판을 올려놓았다. 삐뚤거렸던 싱크대와 서랍장은 다시 짜여 깔끔하게 정리가 되어 있었다.

나는 빗자루로 바닥을 쓸고 걸레에 물을 묻혀 구석구석 닦기 시작했다. 몇 가지 없는 냉장고의 반찬들을 꺼내 얼룩진 냉장고 안을 닦았다. 딱풀처럼 끈적한 부엌 바닥을 닦고 내친김에 마루도 닦았다. 마당 한번 쓸었을 뿐인데 집이 어느새 깨끗해 보였다. 이것도 하루가 지나면 떨어지는 낙엽 때문에 다시 어질러질 게 뻔했다.

담배가 피우고 싶었지만 집에서는 피울 수 없었다. 동생이 있건 없건 내 스스로 다짐한 것 중에 하나였다. 담배를 끊으면 좋으련만 내 주변 사람들과 어울리려면 담배는 피울 줄 알아야 했다. 다들 한쪽 구석에 모여 이런저런 이야기를 하면서 친해지지만 담배를 피우지 않으면 홀로 남겨져 그들이 돌아올 때까지 기다려야만 했었다.

담배를 입에 물고 대문을 닫았다. 주머니에 있는 돈을 확인하고 면 소재지 쪽으로 걸어갈 생각이었다. 동네 가운데로 가로질러 가면 빨리 갈 수 있었지만 학교 갈 시간에 이렇게 집에 있는 나를 불량하게 볼까 봐 동네 사람들이 잘 이용하지 않는 외곽으로 돌아갔다.

가을 들녘의 벼들이 바람에 부딪히는 소리가 괜히 걷고 싶은 마음을 더 부추겼다. 피웠던 담배는 뭐가 급했는지 대문을 나서고 얼마 지나지 않아 꽁초가 되었다. 추수를 끝낸 집들은 길가에 벼를 널어 말리고 있었다. 면소재지까지 쭉 뻗어진 도로 한쪽에는 벼를 말리느라 두 차가 오고 가지 못할 정도로 자리를 차지하고 있었다. 외곽 길과 동네를 가로지르는 길 사이에 위치한 삼촌 집에는 아직 일을 나가지 않았는지 봉고차가 세워져 있었다.

일부러 마을 중심에 있는 진실이 집을 피하려고 돌아서 가는 건 아니었지만, 한 달밖에 남지 않은 수능 때문에 그녀의 어머니는 낮에 농사일을 끝내고 저녁에 차를 운전해 순설시에 있는 진실이의 자취방에 밥을 해 주러 가셨다. 우리 집과는 상관없는 그리고 나와 전혀 상관없는 일들이 같은 나이인 진실이에게는 벌어지고 있었다. 정류장 건너편에 있는 정육점의 문을 열자 차임벨이 안쪽에 앉아 있는 아주머니를 일으켜 세우게 했다.

"안녕하세요. 삼겹살 두 근만 주세요."

"잘라 줄까?"

고기가 진열된 곳으로 아주머니가 와서 물었다.

"네. 잘라 주세요. 구워 먹게요."

아주머니는 냉동고에서 큼지막한 고깃덩어리를 기계 위에 올리고 전원을 켰다. 빠르게 돌아가는 원형 톱날이 일정한 두께로 고기를 잘라냈다. 신문지 위에 놓인 돼지고기를 둘둘 말아 비닐 봉투에 넣고 계산을 마치고 나왔다.

맞은편에 있는 찬호가게는 피해야 했다. 괜히 아주머니와 눈이라도 마주쳤다가는 선량한 아들을 나쁘게 물들인 눈총을 받게 될 거였다. 얼마 돼 보이지 않은 삼겹살 두 근이었지만 괜시리 기분이 좋았다. 천천히 걸어 다시 마을 외곽도로에 들어서자 멀리 저수지 밑에 우리 집이 보였다. 주변에 고개를 돌려 시골길 옆에서 자란 긴 풀줄기 하나를 꺾어 입에 물었다. 학교를 안 가는 백수생활도 이번 주말을 끝으로 학생 신분으로 돌아가게 되었다. 혜영이가 얼마나 틀어대었는지 노래 가사도 몰랐던 토이의 노래를 흥얼거렸다.

마을 외곽을 다시 돌아오는 길에 삼촌의 차가 없는 걸 보니 이제야 일하러 나간 모양이었다. 고개를 들어 앞을 보았다. 교복을 입은 혜영이가 집으로 가는 오르막길을 걸어 올라가고 있는 게 멀리서 보였다. 학교에 간 지 얼마 되지 않았기에 두통이 심해서 다시 돌아왔는지 불안했다. 나는 들고 있던 봉투가 빠지지 않게 손목에 끼우고 뛰어갔다. 점점 그녀와 가까워질수록 그녀의 어깨는 처져 있었고 한 걸음 한 걸음씩 이제 막 아기가 걸음마를 배우는 자세로 힘겹게 올라가는 게 보였다. 왜 저렇게 걷는지 몰랐지만, 뛰는 도중에는 자세히 보려고 해도 알 수 없었다. 숨이 차올랐지만 그녀가 집 앞 오르막길에서 쓰러지지 않을까하는 걱정에 멈추지 않고 동생의 바로 뒤까지 달려갔다.

나는 걸음을 멈추고 동생을 불렀다.

"혜영아!"

내 목소리를 듣고 뒤돌아본 그녀는 얼굴에 눈물을 흘리며 그 자리에 주저앉았다. 쥐고 있던 고기를 떨어뜨리고 동생을 부축했다. 동생의 웃옷은 풀어 헤쳐졌고 치마 밑으로는 피가 흘러 내려 굳어져 있었다. 나는 그녀를 안고 집으로 뛰었다. 차올랐던 숨이 이제는 심장이 터질 것 같았다. 조금 열려진 대문을 발로 차고 집으로 들어가 마루에 동생을 눕혀 놓고 눈을 감고 울고 있는 동생에게 물었다.

"무슨 일이야. 왜 그런 거야?"

뭐가 어떻게 일이 벌어졌는지 알 수 없었다. 나는 재빨리 수건에 물을 묻혀 피가 흘러 내렸던 동생의 다리를 닦았다. 동생은 움직이지 않았고, 피가 흐르고 있는 곳까지 닦으려고 치마를 살짝 들었던 순간 깜짝 놀랐다. 동생이 속옷을 입고 있지 않았다. 나를 빨리 치마를 내리고 눈을 감고 흐느끼고 있는 동생에게 물었다.

"무슨 일인지 말을 해."

동생에게 소리치지 않겠다고 한 약속을 그녀의 얼굴에 대고 깨 버렸다.

"모르겠어. 오빠. 학교에 가는데 너무 어지러워서 가방에 둔 두통약을 꺼내려는데 없는 거야. 그래서 집으로 다시 돌아가려는데 주저앉아 버렸어. 어느 정도 기억이 없었는지 깨어난 후에 다시 집으로 걸어가려고 일어나는데 밑에서 피가 나오는 거야. 걷는 것도 너무 아프고 모르겠어. 오빠."

동생은 흐느끼다가 터져 버린 울음을 손으로 얼굴을 감쌌다. 나는 동생의 머리를 껴안고 그녀가 가지고 있는 두려움이 사라지길 바랐다. 전부 내 잘못으로 벌어진 일 같았다. 오늘은 학교에 보내지 말았어야 했다. 동생이 걸어가겠다고 해도 정류장까지 가서 같은 학교 친구에게 부탁했어야 했다. 나는 이 집의 악이었다. 몸이 불편한 동생을 책임지지 않고 혼자 내팽개쳐 버렸다. 난 나에게 분노를 느꼈다. 흐르는 눈물이 메마를 때까지 울고 싶었다.

마루 기둥에 머리를 뒤로 부딪쳐 생각 없는 내 머리를 깨고 싶었다. 나는 이불을 펴고 그녀를 방에 눕혔다. 흐느끼던 그녀는 눈을 감고 이불을 얼굴로 덮었다.

아버지께 전화를 해야 했다. 하지만 뭐라고 말해야 될지 몰랐다. 속옷을 입지 않고 하혈을 했다. 아침에 그렇게 정상적이던 동생이 속옷을 입지 않을 리 없었다고 해도 어딘가 부자연스럽게 걷던 동생의 걸음걸이는 설명이 되지 않았다.

나는 아버지께 전화를 드려 알려 드렸다. 아버지는 동생의 생리 때문일 거라는 말을 하였다. 나는 입지 않는 속옷부터 치마 밖으로 나온 상의를 이야기했지만 아버지는 월요일 날 병원에 데리고 가 보자는 말로 전화를 끝냈다.

*

병원에 다녀온 동생은 아무런 결과도 받지 못하고 그 전과 같은 치료를 받고 돌아왔다. 나는 학교를 가려고 했지만 동생의 증상으로는 갈 수가 없을 것 같았다. 아버지도 다시 그녀의 담임 선생님께 전화를 걸어 시간이 좀 더 걸릴 거라는 말을 남겼다.

작은방에 동생을 눕혀 놓고 아버지는 밖에서 담배를 피우셨다.

"동생이 어디를 가든 네가 잘 보살펴야지, 아버지가 없을 때는. 그러라고 학교까지 찾아가서 집안 사정을 이야기한 건데. 이 나쁜 자식."

아버지가 술을 드시지 않는 날 이렇게 이야기하신 적이 있었나 싶을 정도로 나를 나무랐다. 하지만 나는 그런 소리를 들어도 불평할 수 없었다. 동생이 저렇게 된 건 모두 내 책임이었다. 좋은 아들이 되고 싶었다. 좋은 오빠, 형이 되고 싶었다. 나는 처음부터 글러먹은 놈이었다. 친했던 진실이도 멀어지게 하고, 친구들을 꼬드겨 경찰서 신세를 지게 한 나는 구제불능이었다.

아버지가 병원을 다녀온 다음 날 일터로 나가시면서 혜영이를 신신 당부를 했다. 무슨 일이 일어나면 바로 전화를 하라고 했지만 불안한 마음은 가시질 않았다.

그녀는 하혈을 하고 걷는 게 자연스럽지 못했다. 생리통이 원래부터 심해 가끔 동네 이장님 댁에 밤중에 찾아가 진통제를 빌려 온 적도 있었지만, 이렇게 움직이지 못할 정도는 아니었다.

"형. 누나 밤에 잘 때 너무 아픈지 신음소리를 내더라. 어디가 아픈지 물어도 대답을 안 해."

학교에 가려고 자전거에 올라탄 막내가 나에게 와서 말했다.

"괜찮을 거야! 형이 돈 줄 테니깐 빵하고 우유 사 먹고 학교에 가. 점심도 오늘은 어쩔 수 없이 이걸로 뭐 대충 떼우든가 해야겠다."

나는 주머니에 아버지가 주신 돈에서 삼천 원을 막내에게 주었다.

경수도 이런 상황을 이해할 정도로 커서 아무런 내색하지 않고 돈을 받았다. 닫혀진 방문을 살짝 열고 경수가 혜영이에게 말했다.

"누나 학교 다녀올게."

방문을 열어 막내에게 인사하는 그녀는 웃고 있었다. 그녀는 수척해진 얼굴로 열린 방문 사이로 들어오는 동네의 풍경을 멍하니 바라보았다. 마루에 앉은 나는 라디오를 가지고 와 그녀가 좋아하는 늘어져 버린 토이의 노래를 틀었다. 취업을 해서 번 돈으로 가지고 다닐 수 있는 조그만 카세트테이프를 사 주려고 했었는데, 난 늘 약속만 하고 지키지 못하는 놈이 되어 있었다.

동생은 움직일 때나 화장실에서 돌아올 때마다 좋지 않는 표정을 지었다.

"오빠. 나 읍에 있는 병원 좀 같이 가면 안 돼?"

"너 어제 아버지랑 다녀왔잖아. 왜 몸이 더 안 좋은 거 같아? 가려면 순설시로 가야지 왜 읍으로 가겠다는 거야?"

"그 병원 말고 다른 병원에 좀 가 보려고. 그냥 같이 가 주면 안 돼?"

아픈 동생을 붙잡고 실랑이를 할 필요는 없었다. 생리 쪽에 문제가 생긴 것 같았지만 나는 더 이상 물어보지 않고 알았다는 대답을 했다.

동생과 나는 옷을 갈아입고 가방을 메었다. 잊어버리지 않게 동생의 두통약과 의료 보험증을 가지고 오토바이에 시동을 걸었다. 불편한 기색이 역력했지만 정류장까지 걸어갈 수 없어 그녀는 오토바이 뒷좌석에 앉았다. 위험해 보였지만, 천천히 운전해 갈 수밖에 없었다. 면소재지 보건소에 오토바이를 세워 동생을 정류장 의자에 앉게 하고 버스표를 끊으러 슈퍼 안으로 들어갔다.

피하고 싶었던 찬호 어머께 인사를 드리고 읍으로 가는 버스표를 끊었다. 집에 무슨 일이 일어났는지 찬호가 이야기한 것 같았다.

"경태 읍내에 뭐 하러 가냐?"

말은 늘 상냥하게 하시는 찬호 어머니셨다.

"동생 병원 때문에 가 보려구요."

"순설시로 다니는 줄 알았는데 읍으로 다니는 줄은 몰랐다. 동생이 여기서 버스를 타는 것도 못 봐서."

"아니에요. 순설시 카톨릭 병원에 다니는데 오늘은 다른 병원에 볼 일이 있어요."

"그래. 조심히 다녀오고, 이거 동생하고 같이 먹어라."

친구 어머니이지만 서로 경계를 했던 지난날이 무색하게 아주머니는 작은 유리문을 열어 따뜻한 베지밀 두 병을 건네주며 말해 주었다.

고맙다고 인사를 했지만, 그녀가 생각하는 나쁜 길로 찬호를 인도한 건 절대 내가 아니었다. 어쩌면 찬호 이놈이 핑곗거리로 나를 팔고 있는지도 몰랐다. 학교에서처럼 내가 알지 못하게.

나는 라이터를 지렛대로 사용해 베지밀 뚜껑을 열어 동생에게 건네주었다. 내가 가지고 있는 한 병은 가방 안에 넣어 두었다. 동생이 음료를 다 비울 때쯤 읍으로 가는 버스가 도착했다. 등하교 시간이 아니어서인지 버스 좌석은 상당수 비워져 있었다. 동생이 있는 학교 쪽으로 가 보는 게 너무 오랜만이었다. 내가 다니는 고등학교는 정류장에서 반대 방향으로 가는 곳이기도 했고, 동생과 버스를 타고 어디든 가 본 적이 없는 나로서는 그녀가 말을 할 수 있도록 이것저것 물어보았다.

"오빠. 읍내에 안 나와 봤어?"

동생이 의외라는 얼굴로 나를 바라보았다.

"학교하고 반대편인데 올 기회가 없었지. 중학교 때 오락실 구경한다고 한두 번 가 본거 빼고는 없어. 너희 학교도 정문을 지나가는 버스 창가에서나 봤지."

사실이었다. 나는 집을 떠나 위로 올라가고 싶었다. 동생의 학교는 우리가 사는 동네 아래쪽으로 삼십 분 정도 버스를 타고 내려가야 했다. 아무리 읍이라지만, 아래쪽으로 내려가는 건 도시와 더 멀어진다는 생각이 머릿속에 박혀 있었다.

동생은 이 년 동안 다녔던 읍내를 손바닥 보듯이 아는 것 같았다. 읍내에 도착하자 좁은 뒷골목으로 나가 상가들이 모여 있는 곳으로 지름길을 통해 걸어갔다. 나는 동생 뒤를 아무 말 없이 따라갔다. 동생의 걸음은 부자연스러웠지만 그녀는 남들에게 내색하지 않으려고 평소의 걷던 모습을 흉내 내듯 걸어갔다. 그녀의 표정에서 아픔을 참고 걷는 게 보였다.

"오빠. 의료보험 카드 좀 줘. 그리고 저기 길 건너에 보이는 카페에 가 있어. 내가 병원 들렀다가 그쪽으로 갈게."

동생이 오 층 건물 앞에서 멈춰 나에게 말했다. 고개를 들어 건물을 보니 간판이 일렬로 각층마다 붙여져 있었다. 치과, 정형외과, 산부인과, 피부과, 비뇨기과 그리고 소아과까지 있었다. 이럴 거면 병원을 짓지 뭐하고 이렇게 따로따로 만들었는지 의아했다.

"같이 가면 안 돼?"

내가 말했지만, 동생은 내가 메고 있는 가방의 지퍼를 열어 의료보험증을 꺼냈다. 그리고는 내가 카페에 들어가야 건물에 올라가려는 듯 움직이지 않았고, 하는 수 없이 길을 건너 카페의 문을 열어 뒤돌아보니 그제야 건물로 들어갔다.

점심이 지난 카페는 고개를 돌려 주변을 봐도 정장 입은 두 남자를 빼곤 손님이 없었다. 나는 동생이 건물에서 나오는 걸 알아볼 수 있게 도로가 보이는 창가에 앉았다. 내 또래로 보이는 여자아이가 메뉴가 적혀진 책자를 건넸고, 왠지 이곳에서는 커피를 주문해야 될 것만 같왔다.

조금만 더 시간이 지나면 학생들이 학교에서 나올 시간이었다. 좁은 읍내에 여러 학교가 있어 순설시보다 교복 입은 학생을 길가에서 보기는 쉬웠다. 한 모금 마셨던 커피는 너무 써서 커피가 넘치기 전까지 각설탕을 집어넣었다. 다른 곳에 있으면 했지만, 동생이 나오는 것을 볼 수 있는 이곳이 가장 좋은 자리였다. 여러 권의 잡지 중에 하나를 골라 펼쳐 보았다. 다 마신 커피 잔을 앞에 두고 멀뚱히 앉아 있기가 눈치가 보여 한 장씩 눈으로 훑어보았다.

카페 문에 걸어둔 작은 종이 울렸다. 나는 고개를 들어 입구 쪽을 쳐다보았고, 젊은 남녀 한 쌍이 들어왔다. 삼십 분이 넘게 걸린 시간 동안 사진뿐인 잡지 두세 권은 본 것 같았다. 때마침 길 건너 들어간 건물에서 동생이 나왔다. 이딴 쓰디쓴 커피를 그녀가 시킬까 봐 얼른 계산대로 가 커피 값을 지불하고 나왔다.

길을 건넌 동생의 손에는 내복약이라고 써져 있는 약 봉투를 손에 쥐고 있었다.

"괜찮아?"

내가 물었다.

"오빠. 돈 가진 거 있지? 우리 분식집에 가서 떡볶이나 순대 사 먹자."

동생은 웃음을 지었고, 내가 물어본 질문에 대답은 하지 않았다.

동생이 다니는 학교 근처에는 여러 개의 분식점이 있었다. 동생은 고민 없이 늘 가던 곳이 이곳이라는 듯 문을 열고 들어갔다. 동생과 밖에서 무얼 먹어 본 적이 처음이었다. 막내도 같이 있었으면 좋았을 걸 하며 생각했다.

아버지는 우리 삼남매의 입학식과 졸업식에 오신 적이 없으셨다. 남들이 다 하는 외식도 우리 가족에게는 한 번도 사용해 보지 않는 단어이기도 했다.

며칠을 잘 못 먹던 동생이 떡볶이와 순대를 먹었다. 나는 내가 먹은 것처럼 기뻤다. 그녀가 이렇게 먹는 모습을 진작 봤더라면 매일 읍내에 나와서 떡볶이와 순대를 사다 줄 걸 하는 생각이 들었다.

나는 두 동생이 무엇을 좋아하고 무엇을 싫어하는지도 몰랐다. 난 늘 집에서 아버지께 혼나는 역할이었고, 그런 나를 두 동생이 어떻게 생각하는지도 상관하지 않았다. 그 집을 벗어나는 게 나의 목표가 되어 버린 어릴 시절부터 불과 얼마 전까지 나는 철저히 자신만 생각하며 살고 있었다. 나만 없으면 집이 화목할 것 같았다. 동생이 쓰러지고 나서부터는 내가 얼마나 어리석었는지 알지 못했다. 두 동생도 그들 나름대로 힘든 시절을 보내고 있다는 사실을 나는 알려고도 하지 않았다.

"오빠. 뭐해? 안 먹으면 내가 다 먹어 버린다."

동생은 늘 남을 생각했다. 알코올 중독자인 아버지조차도 동생은 그를 사랑했다.

"몸은 좀 어때?"

내가 포크를 들고 순대 가장자리를 찍으면서 물었다.

동생도 몇 번이나 물어보는 내게 미안했는지 대답을 했다.

"응 병원에서는 별 문제 없을 거래. 연고 받았는데 잘 바르고 약 잘

먹으면 통증은 사라질 거래."

더 물어보고 싶었다. 그 피며 왜 그렇게 걸었는지, 속옷은 왜 안 입고 나갔는지 따지고 싶었다. 동생은 새빨간 떡볶이를 입에 넣고는 아무 말 없이 꾹 닫은 입술 안에서 연신 떡볶이를 씹고 있었다.

분식집을 나와 정류장으로 걸어가니 이제 학교를 끝내 교복을 입은 학생들이 거리마다 가득했다. 인문계 고등학교는 이곳에서 조금 먼 곳에 있어 내 중학교 친구들을 볼 기회는 없었다. 하지만 대부분이 여자인 상고에 그녀의 친구들 중 내 중학교 후배들도 꽤나 있었다.

정류장에 가는 길에 상고에 다니는 몇 동생들이 인사를 했다. 그녀를 아는 남자들도 오랜만에 인사를 하려 했지만, 그녀 옆에 상당히 덩치가 나가는 나 때문에 주변을 서성거릴 뿐이었다.

교복을 입은 무리들이 그녀를 알아보고 주변으로 몰려왔다. 동생과 같이 중학교를 다녔던 미경이가 나를 보더니 전과 달라진 내 모습을 보고 깜짝 놀라했다. 동생은 친구들에게 나를 소개했고 멋쩍은 나는 고개만 끄덕였다. 수군거리는 소리가 들렸지만, 버스가 오기만을 기다렸다. 마침내 버스가 오자 나는 먼저 버스의 입구에 서서 먼저 타려는 학생들을 막고 동생이 타기를 기다렸다. 동생은 창피해 하면서도 삼십 분을 서서 가기 힘들다는 걸 알았기에 아무 대꾸 없이 자리에 앉았다.

동생 친구들이 의자에 앉은 그녀를 둘러싸고 또 수군거렸다. 나는 맨 뒷좌석에 앉아 그들을 신경 쓰지 않는 척 창가를 바라만 보았다. 우리 면까지 가는 중간중간 멈추는 버스에서 혜영이와 그녀의 친구들은 인사를 하고, 굳이 나에게도 인사를 하며 그들이 사는 동네에서 내렸다. 면소재지에 도착한 동생을 보건소에 세워 둔 오토바이에 태워 집으로 갔다.

달리는 오토바이에서 내 허리를 붙잡은 동생이 등 뒤에서 말했다.

"오빠! 친구들이 오빠 잘생겼대. 다들 눈이 삐었나봐."

"그러게 너만 빼고 친구들은 다 예쁘더라."

그녀가 붙잡은 내 허리를 세게 꼬집었다.

*

한 주를 더 쉬고 그녀는 학교를 다시 가게 되었다. 가끔씩 어지러움증이 있어 약을 계속 복용하고 있었지만, 홀쭉해진 볼과는 다르게 웃음이 그녀의 아픔을 보이지 않게 하였다.

한 달 만에 등교하는 학교는 편의를 봐 주신 선생님을 찾아가 인사를 드리고, 학생들이 있는 실습장에 위치한 큰 교실에 들어가자 친구들이 반겼다. 찬호가 미리 말을 해 두었는지 친구들은 동생의 안부를 물었다. 삼 학년이라고는 전교에서 백 명도 남아 있지 않아 보였다. 반 수로만 따져도 열네 반이 있을 정도로 규모가 큰 학교였지만, 그만큼 앞서 나간 선배들의 회사에서 취업 연락이 많이 왔었다.

친구들과 이야기를 하며 시간을 보내다가 담임 선생님과 면담을 하기 위해 나는 학과사무실로 걸어갔다. 아침 시간에 안부를 물었지만, 지금은 내가 왜 그의 앞에 앉아 있는지 담임은 알고 있는 듯했다.

"경태 너는 자격증도 있고, 성적도 좋은 놈이 마지막에 이런 사고를 쳐서 이러고 있냐. 내가 해 줄 수 있는 건 다 해 줬다. 그냥 졸업할 때까지 학교에 와서 자습하고 지내면 돼."

나와 마주 앉은 선생님은 질문을 하기 전에 그의 의견을 말했다. 학년 초부터 담배를 피우다 걸려 학생부로 끌려가 몇 번 선생님께 혼이 난 적이 있었다. 그때마다 다시는 안 피우겠다는 말로 넘어갔지만 적잖이 실망 시켜드린 게 지금에 와서 후회되었다.

"선생님. 제가 잘못했습니다. 취업 나가서 열심히 할 테니간 연락온 것 중에 저에게 맞는 곳으로 보내 주세요. 아시다시피 제가 돈을 벌어야 되는 형편이거든요."

의자에 앉은 내가 무릎에 두 팔을 올려 고개를 숙였다.

선생님은 내가 찾아와 이렇게 말할 것을 미리 알고 있는 듯했다. 같은 중학교를 나온 찬호에게 우리 집 형편에 대해서 물었던 적이 있었다고 말했다. 저 넉살 좋은 찬호는 없는 말까지 지어내면서 아버지의 알코올 중독과 두 동생의 보살핌, 경제적 형편, 방 안에 물까지 떨어진다는 말까지 했다. 집은 허름했지만 물까지는 떨어지진 않았다. 나는 선생님께 찬호가 한 이야기는 거짓이라고 굳이 변명하지 않았다.

"그걸 아는 놈이 그런 짓을 해. 이놈아! 내가 학생 주임 선생님하고 교감 선생님까지 만나 봤다."

그는 내 학생기록부를 펼쳐 가만히 들여다보고 있었다. 그가 말을 이을 거라는 걸 알고 고개를 숙인 채 비굴하게 보이듯 몸을 움츠려 존경스러운 눈빛을 보냈다.

"경태야. 아버지도 술을 드시지 않는 상태에서 뵈니깐 좋으신 분 같더라. 두 동생도 아버지 없을 때 네가 보살핀다고도 들었다. 내가 학교에 말을 해서 너 하나는 어떻게 해 보겠다만, 취업 나가서 무단결근이나 사고를 치면 그땐 내가 교장 선생님이라고 해도 어떻게 해 줄 수 없어. 알았지? 무슨 말인지."

선생님은 내 어깨를 두드리고 일어나셨다.

선생님은 자기를 찾아와 내 잘못을 인정하기를 기다리고 계신 것 같았다. 나는 일어서서 학과 사무실을 나가는 문에 서서 고개를 숙여 인사를 드렸다. 진심이었다. 왜 모든 선생님들은 문 앞에서 마지막 인사를 할 때마다 잊지 못할 미소를 지어 주는지 몰랐다.

아직은 불안한 동생 때문에 오랜만에 만나는 친구들을 뒤로 하고 집으로 가는 버스를 탔다. 찬호는 친구들하고 더 놀고 오기로 해서 집까지 한 시간이 넘게 걸리는 거리를 혼자 가게 되었다.

취업 이야기를 친구들에게는 말하지 않았다. 형평성 문제로 선생님을 곤란하게 만들고 싶지는 않아서 취업이 결정되는 날에 친구들에게 말 할 생각이었다. 보건소에 세워 둔 오토바이를 타고 추수를 끝낸 논두렁을 지나치며 집으로 달렸다.

저 멀리 보이는 삼촌의 집에서 용달차가 대문을 나와 내 쪽으로 오고 있었다. 짐을 가득 실은 삼촌과 서로 엇갈리며 인사를 했지만, 나를 못 봤는지 그대로 아랫길로 내려가 버렸다. 나는 오토바이를 멈추고 뒤로 가는 그의 짐이 실린 용달차를 쳐다보았다. 열려진 대문으로 그의 집 마당이 보였다. 이사를 하는 건지 어수선한 마당에 잡다한 것들이 떨어져 있었다.

며칠에 한 번씩 오시는 아버지에게 물어볼 생각으로 집으로 다시 향했다. 지금은 뒷머리까지 없는 삼촌을 신경 쓸 겨를이 없었다.

어느새 요리 솜씨가 요리사에 버금갈 정도로 잘하게 된 나와 혜영이는 일주일 만에 오시는 아버지를 위해 한 상 가득 채워 올렸다. 막내도 이제는 설거지 거리를 도와줄 정도로 도움이 되고 있었다. 오랜만에 둘러앉은 우리의 저녁은 다른 날과 다르게 행복의 기운이 올라왔다. 취기가 올라오신 아버지라고 해도 일주일 하루만 쉬는 날에 우리에게 소리치실 힘조차도 없어 보였다.

"아버지. 오늘 학교에서 올라오는 길에 보니깐 삼촌이 짐을 싸서 어딘가로 가던데요."

내가 아버지께 여쭈어 봤다.

혜영이는 입으로 가져가려는 수저를 들고 나를 쳐다보았다. 맥주잔 가득 담겨진 소주를 반 정도 드시고 계시는 아버지께서 말씀하셨다.

"어제 전화가 와서 이사를 간다고 하더라. 그렇게 오래 알고 지냈으면서 가게도 언제 내 놓았는지 다 정리하고 강원도 어디 뭐라고 하던데. 일하는 도중에 전화를 받아서 나중에 전화를 걸었더니 전화도 받지 않더라. 인물도 그래 가지고 나이까지 차서 장가라도 빨리 갈랑가 모르것다. 그리고 경태는 내일 학교 끝나믄 내려가서 그 집 창고에 빌려간 연장들 좀 갖고 집에 갖다 놔라."

아버지는 술친구 한 명이 사라진 걸 아쉬워하는 눈치였다. 늦게까지 집에서 술을 드시는 삼촌 때문에 우리 삼남매는 그를 싫어했지만,

막상 아무 말도 없이 떠난 그가 섭섭하기도 했다.

혜영이의 고개 숙인 눈에서 눈물이 떨어졌다. 감수성이 너무 풍부한 동생은 나와 막내하고 다른 감정을 가지고 있는 것 같았다. 아버지는 혜영이의 등을 쓰다듬으며 말씀하셨다.

"사람이 만나믄 헤어지고 하는 것이지 우리 딸이 맘이 많이 아픈가 보구나."

그녀는 더 이상 수저를 들지 않았다.

아침 일찍 아버지는 떠나셨고 막내는 자전거를 타고 학교에 갔다. 나는 괜찮다는 동생을 오토바이 뒤에 태워 정류장이 있는 면소재지까지 태워 주었다. 바쁜 시골에 심부름이나 통학으로 오토바이를 타고 다녀도 뭐라고 하는 어른들은 있지 않았다. 단지 몇 선배들이 제지를 했지만, 면에서 소문난 꼴통인 나를 불러 세우는 선배는 없었다.

동생과 각기 다른 방향으로 가는 버스에 올라타고 학교에 갔다. 오늘도 친구들에게 같이 어울리지 못한 게 미안하다고 말하며 수업이 끝나자 곧장 집으로 가는 버스에 올라탔다. 삼 년을 같이 보낸 친구들이어서 그들은 나의 행동을 이해해 주었다.

보건소에 세워 둔 오토바이를 타고 도착한 삼촌 집에 어디서 주워 왔는지 '관계자 외 출입금지'라는 푯말이 대문 손잡이에 걸려 있었다. 집은 귀농하는 외지 사람에게 팔았다는 소리를 들었지만 아직 이사를 하지는 않았다.

기름칠이 잘된 탓인지 손잡이를 돌린 대문은 부드럽게 열렸다. 초등학교 때 삼촌과 같이 만들었던 조잡한 차고 안에는 삽이며 여러 연장들이 우리 집에서 보던 게 걸려 있었다. 차고에 쌓여진 쌀 포대기에 괜찮은 연장들을 담았다. 연장들이 커서 금세 쌀 포대기 하나로 부족해졌다. 두 개로 나눈 포대를 오토바이로 옮기려는데 조립식으로 만든 삼촌의 집 열쇠가 손잡이에 꽂혀 있었다. 방문을 열어 놔도 도둑이 들지 않을 시골이었지만, 뒤에 이사 오는 사람을 위해서 찾기 쉽게 꽂아 둔 열쇠처럼 보였다. 호기심에 뭐 더 가져갈 게 있나 싶어 방문을 열고 들어갔다. 무슨 일인지 알 수는 없었지만 장판에 찍혀 있는 여러 개의 신발 자국이 급하게 짐을 옮긴 걸로 보였다. 새로 이사 오는 사람들이 좋아할 바닥은 아니었다.

조촐한 방에 가져갈 게 있나 둘러보다가 장롱을 열어 보았다. 아무런 옷도 없이 걸려 있는 수십 개의 옷걸이가 앞으로 올 사람들을 기다리고 있는 듯 보였다. 장롱 안에 있는 서랍을 열고 십자와 일자 드라이버를 찾았다. 밑에 서랍을 열었다. 둘둘 말려진 피 묻은 꽃무늬 팬티가 들어가 있었다. 왜 이게 여기에 들어가 있는지 몰랐지만 나는 불쾌한 마음에 재빨리 서랍을 닫아 버렸다. 더 이상 가지고 갈 게 없어 보이는 방안을 둘러보았다.

아버지처럼 그렇게 술을 좋아 하는 삼촌은 앞으로 술을 끊지 않는 이상 절대로 장가는 가지 못할 거라고 생각했다. 그의 빛나는 머리만큼 어디서나 빛이 나는 삼촌이 되기를 바랐다. 신발을 신은 채 어슬렁거렸던 방을 나오려는 찰나에 갑자기 나의 온몸이 굳어져 버렸다. 덜덜 떨리던 손으로 나가려는 방문의 문고리를 잡고 있었고, 손에 든 드라이버를 놓치자 누군가 마취제를 쏜 듯 내 몸은 움직일 수조차 없었다. 갑자기 식은땀이 나오고 있다는 걸 느꼈다. 침이 삼켜질 때마다 가시를 삼키는 듯 마른 목이 찢겨지듯이 넘겨져 들어갔다. 손잡이를 잡고 떨고 있는 내 손을 바라보는 눈은 곧 터질 것같이 힘이 들어갔다. 윗니와 아랫니에 힘을 준 탓에 '부드득' 치아가 갈리는 소리가 귀에 들려왔다.

뒤돌아서 장롱의 서랍을 열어 피 묻은 팬티를 펼쳐 보았다. 동생의 꽃무늬 팬티였다. 나는 서랍을 꺼내 벽으로 내던졌다. 서랍의 모서리가 조립식으로 지어진 벽에 부딪치며 움푹 패여 들어갔다. 동생의 피 묻은 속옷은 터질 것 같은 오른손의 혈관을 타고 내려간 손으로 움켜쥐고 있었다. 나는 삼촌, 아니 그 자식을 찾아야 했다. 동생은 생리를 한 게 아니었다.

동생은 말하고 있었다. 나는 그녀의 말을 이해하지 못했지만, 어쩌면 그녀는 내가 알기 바랐는지 몰랐었다. 며칠 전 아버지가 계시지 않던 밤에 혜영이가 소리쳐 일어났다. 나와 막내는 동생 방으로 들어갔었고, 얼굴을 감싸고 우는 그녀의 손바닥 사이로 그녀는 조그마한 소리로 말했다.

"기억이 났어. 기억이…."

나는 듣지 못하였지만, 다시 그녀를 눕게 하고 안방에 누워 잠을 청하려는 나에게 막내가 말했었다.

"형. 누나 뭔가 기억이 났다고 말하던데. 형은 들었어?"

나는 그게 무슨 소리인지 몰랐었다. 흐느껴 우는 소리와 밤중에 깨어 헐레벌떡 뛰어간 그녀의 울음소리에 걱정만 할 뿐이었다.

그녀의 공포감을 난 알지 못했다. 그놈 집 방문을 닫고 나가 돌담 가장 위에 있는 돌을 두 손으로 들었다. 창문을 향해 들고 있던 돌을 던져 깨 버렸다. 그가 이 소식을 듣고 찾아오거나 새로 이사 온 사람이 전화를 걸을 수 있게 나는 실마리를 남겨 두었다.

아버지가 돌아오시려면 일주일이 남았다. 전화를 걸어 상황을 설명해야 되는데 어디서 어떻게 말을 해야 될지 몰랐다. 일단 혜영이의 이야기를 들어봐야 했다. 내가 생각한 게 그녀가 며칠 전에 깨어나 기억이 났다는 말과 같은 의미인지 확인을 해야 했다. 부르르 떨고 있는 내 몸이 늦가을 날씨의 쌀쌀함과 어울렸다.

동생이 피를 흘리면서 집으로 걸어가던 모습이 떠올랐다. 갑자기 어지러움에 쓰러진 다음 깨어난 후에 몸에서 일어난 변화를 그녀는 느꼈지만, 정확히 알 수 없었을 것이다. 극심한 어지러움과 두통으로 시달리던 그녀였었다. 속옷을 입지 않았던 그녀는 건망증으로 자신을 자책했을 것이다. 그제야 읍내에서 보았던 산부인과 간판이 스치듯 기억이 났다. 확인이 필요했다. 그녀의 기억을 말해 준다면 내가 지구 끝까지 찾아가 그놈을 죽일 생각이었다.

집에서는 피우지 않겠다는 담배였지만, 지금 나를 안정시킬 수 있는 유일한 수단이었다. 동네가 바라보이는 마당 끝에 서서 내뿜는 담배 연기 사이로 그녀가 무엇인가 들고 오는 게 보였다. 자세히 보니 막내의 가방이었다. 어디서 만났는지 모를 막내의 가방만 가지고 오는 걸 보니 경수가 없다는 게 조금이나마 안심이 되었다. 그녀에게 단둘이 물어봐야 했기 때문이었다. 그녀가 담배 피우는 나를 알아보기 전에 담배를 떨어뜨려 오른발로 형체를 알아볼 수 없게 짓눌렀다.

"경수는 어디 놀러 갔어?"

내가 마루에 앉아 대문을 열고 들어오는 그녀에게 물었다. 심장이 두근거리고 분노가 치밀어 올랐지만, 조금 더 진정해 보기로 했다.

"오다가 만났는데 놀고 온다고 해서 내가 가방 가지고 왔어. 오빠 뭐 했어. 오늘은?"

동생은 막내의 가방을 들고 와 기운이 빠진 건지 힘없는 목소리로 마루에 가방을 올려놓으며 말했다.

"오늘 삼촌 집에 들러서 어제 아버지가 말씀하신 연장 챙기러 갔지. 삼촌 방은 얼마나 급하게 갔는지 장판에 신발 자국이 가득하더라. 깨끗이 청소라도 하고 가면 좋을 건데."

동생은 마루에 앉아 지친 숨을 내쉬면서 훤히 내다보이는 동네를 바라보았다.

나는 은근슬쩍 막내가 한 이야기를 동생에게 해 보았다.

"너 며칠 전에 소리 지르고 깨어났을 때, '기억이 났다.'라고 하지 않았냐? 내가 아침에 물어보려다가 깜빡하고 지금 생각이 났는데 무슨 기억이 났다는 거야?"

나는 동생의 얼굴을 바라보았다. 나를 보지 않는 그녀의 눈동자는 분명 떨리고 있었다. 아니면 떨리고 있는 입술 때문에 눈동자도 떨리고 있는 것 같아 보일 수도 있었다.

정적이 흘렀다. 집 뒤에서 우는 새들의 소리도 바람에 부딪히는 나뭇가지 소리가 우리 둘 사이에 흘러 서로의 귀로 들어가고 있었다.

"무슨 기억? 난 그런 말한 적 없는데."

나는 잠깐의 정적으로 그녀가 깨닫고 있음을 확신했다. 분노가 내 속에서 끓어 올라오는 걸 느꼈다. 어릴 때부터 당하기만 했던 치욕을 분출해 버리고 싶었다. 주머니에 넣어 두었던 말라 버린 동생의 피 묻은 꽃무늬 속옷을 꺼내 그녀에게 던졌다. 그녀의 어깨에 맞고 떨어진 속옷을 동생은 집어 펼쳐 보였다.

그녀의 입술과 턱은 그녀가 감출 수 없이 떨리기 시작했다. 쏟아지는 눈물을 감추느라 동생은 무릎을 가슴으로 끌어당겨 고개를 파묻어 버렸다.

"이거, 삼촌 그 자식 서랍장에서 찾았어. 이게 왜 거기에 있는지 너는 알지? 그 자식이 너한테 무슨 짓을 했는지. 말을 해 봐. 울지만 말고 말을 해 보라고!"

그녀 앞에서 소리치지 않겠다고 약속한 기억도 이제는 사라진 지 오래였다. 나는 확인만 하면 되었다. 그러면 언제라고 그 자식을 죽여버릴 수 있기 때문이었다. 동생은 아무 말도 하지 않고 울고 있었다.

"말을 해 보라고. 말을!"

고개를 숙이고 흐느끼는 그녀의 어깨를 흔들며 소리 쳤다. 가녀린 동생의 어깨뼈 사이로 그녀가 눈물범벅이 된 얼굴을 내밀었다.

"오빠 나 정말 모르겠어. 어지러워 쓰러졌다가 눈을 떠 보니깐 삼촌이 내 치마 속으로 무엇인가 넣는 것 같았어. 난 너무 아프고 어지러워 다시 잠들어 버렸어. 그리고 다시 눈을 떠 보니깐 집을 향해 걷고 있잖아. 걸을 때마다 너무 아파서 다리를 봤더니 피가 흘렀더라구. 너무 아프고 너무 무서웠어. 무슨 일인지 기억하려고 해도 그럴 때마다 머리가 깨질 것 같은걸 어떡해. 나도 무섭다고!"

그녀는 고개를 들어 흐르는 눈물에 개의치 않고 나를 향해 소리치듯 말했다.

"그럼 기억이 났을 때 나한테 이야기를 했어야지. 그래야 경찰에 신고를 하든지 하지. 벌써 일주일이 넘어 그 자식은 도망갔는데, 그 자식을 잡아야 할 것 아니야!"

침을 튀기며 내뱉는 내 말에 그녀는 고개를 숙였다.

"모르겠어. 오빠. 너무 무서웠다고. 경찰에게 어떻게 신고를 해. 나는 도대체 뭐가 되는데. 오빠가 그걸 알아! 나도 기억을 못하는데 어떻게 하냐고!"

그녀는 무릎을 당겨 고개를 숙인 채 울부짖고 있었다.

나는 신고 있던 아버지의 슬리퍼를 벗어 고개 숙여 울고 있는 그녀의 머리를 향해 내리쳤다. 한 번 또 한 번. 그녀는 펑펑 울었고, 내 눈에서도 눈물이 흘러 내렸다.

"네가 뭔데 당하고 살아. 왜! 내가 있잖아! 나한테는 말을 했어야지. 네가 왜 그런 일을 당해야 되는데 왜!"

나는 왜 동생에게 꼭 그런 말을 해야 했는지 알 수 없었다.

너희들은 안 된다고 말하고 싶었다. 나만 힘들게 당하면서 살면 되었지 사랑하는 동생이 아무 잘못도 없이 당한 게 억울했다. 왜 그렇게 착하고 순해 빠졌냐고, 왜 그렇게 참고 힘들게 혼자 버텼냐고 물어보고 싶었다. 아프면 아프다고 힘들면 힘들다고 나와 다르게 너는 그런 걸 겪어선 안 된다고 말해 주고 싶었다. 말하지 않은 그녀가 바보처럼 보였다. 흐르는 눈물이 멈추지를 않았다.

나는 그녀를 내리쳤던 슬리퍼를 마당에 내던지고 마루 기둥에 기댄 채 흐느껴 울었다. 그녀의 울음소리는 더 이상 들리지 않았고, 조용히 고개를 든 그녀는 나의 눈을 바라보고, 눈물이 얼굴을 덮은 채 무표정한 얼굴로 말했다.

"오빠, 부탁이야. 말하지 말아줘. 누구에게라도 말하면 나 죽어 버릴 거야! 아빠에게도 동생한테도 아무 말도 하지 마! 정말이야!"

그녀는 가방을 들어 작은방으로 들어가 문을 닫아 버렸다. 방에서 흐느껴 우는 그녀의 목소리가 새어 나왔지만, 나는 그 자식을 잡아야 한다는 생각뿐이었다.

나는 틀려먹은 놈이었다. 동생의 아픔을 위로하지 못하고 분노에 휩싸여 동생을 몰아붙였다. 나는 보호받아야 할 그녀를 갈기갈기 찢어 버린 후 쓸쓸히 혼자 우물 안에 갇혀진 그녀에게 돌을 던진 셈이 되었다.

가만히 있을 수는 없었다. 분노가 식어 버리기 전에 어떻게든 그 자식을 찾아야 했다. 나는 방으로 들어가 전화번호부에 적혀 있는 그 자식의 전화번호로 전화를 걸었다. 없는 번호라는 음성이 흘러 나왔다. 나는 다시 전화번호를 하나씩 봐 가며 돌렸다. 또 다시 없는 전화번호라는 무미건조한 음성만 흘러 나왔다. 경찰에게도 아버지께 이야기해도 확인할 방법이 없었다. 철저히 찢겨진 그녀를 보호해 줄 수 있는 건 침묵이라는 생각에 내 분노는 멈출 줄 몰랐고, 나는 이 세상에 동생과 같은 숨을 쉬고 있을 그 자식을 죽여야 된다는 생각밖에 없었다.

남들보다 좋지 않는 가정에 남들보다 많은 불행이 우리 집에 찾아왔다. 이제 그런 연결 고리를 끊어야 했다. 쓰러져 보호받아야 할 그녀를 그의 역겨운 얼굴을 들이대며 몸을 더듬어 곪았던 더러운 욕정을 풀었을 생각에 분노하였지만 어느새 떨렸던 손도 턱도 고요해졌다. 준비가 된 것 같았다.

난 그놈을 찾아야 했다.

*

며칠 뒤 삼촌이라고 불렀었던 그놈의 집에는 나이가 지긋하신 노부부가 이사를 오셨다. 학교에서 돌아오는 길에 담장 넘어 보이는 집에는 깨진 유리창과 함께 이곳저곳 수리를 하는 사람들이 분주하게 움직였다. 대문을 열고 마당에 마련한 의자에 앉아 있는 노부부에게 다가가 인사를 했다.

"안녕하세요. 새로 이사 오셨죠. 전 저기 저수지 밑에 보이는 집에 사는데요. 지나가다 인사 좀 드리려고 들렸어요."

눈이 침침하신지 가는 눈을 떠 내가 가리키는 방향의 집을 바라보셨다.

"그래요. 반가워요. 이사 다 끝내고 동네 회관에서 술 한잔씩 대접해 드리려고 했어요. 젊은 청년이 먼저 와서 인사를 다 해 주고 고맙네요."

머리카락은 백발은 아니었지만, 어딘가 모르게 지적인 서울 말투로 나를 응대해 주셨다.

"죄송하지만, 뭐 좀 여쭤 보려고요. 혹시 여기 전에 사시는 분 연락처 알 수 있을까요? 어릴 때부터 봐 왔던 삼촌인데 뭐가 급한지 말도 없이 가 버려서요. 인사나 하려고 전화를 했는데 전에 쓰던 전화번호는 없는 번호라고 나오더라고요. 그래서 혹시 아시면 제가 알 수 있을까요?"

나는 초면에 착한 인상을 주려고 허리를 약간 굽어 그들의 눈높이에 맞추고 있다는 행동을 보였다.

"저희도 궁금해서 이장 집에 여쭤 봤더니 모른다는 답변을 하더라고요. 제가 아주 어릴 때 밑에 동네에 살았는데 나이가 먹으니 고향으로 돌아오고 싶더라고요. 그래서 알아보다가 이 동네에 급하게 내 놓은 집이 있다고 해서 왔지요. 집주인 되신 양반은 두 번 여기를 올 일이 없다 하셔서 싸게 내 놓은 거라고 말씀합디다. 저희야 뭐 이유가 어찌 되었든 싸게 나와서 구매를 했지만, 집에 오니 유리창도 깨져 있고 그 전에는 못 봤던 움푹 파인 벽도 뭔지 여쭤보려고 했는데 연락이 안 됐습니다. 고치는 데 그리 큰돈이 들어간 게 아니고 집도 싸게 사서 우리가 해결하자는 생각에 오늘 사람들을 불러 전기며 난방이며 다시 확인하는 거예요."

손자뻘인 나에게도 존댓말을 써 주신 노부부는 회사생활을 오래한 습관이 몸에 묻어 있는 듯 보였다.

"네. 알겠습니다. 뭐 필요하신 게 있다면 말씀하세요. 저수지에 오르실 때 잠깐 집에 들러서 필요한 게 있으면 빌려 드릴게요."

나는 단정하고 고우신 두 분에게 인사를 드리고 몸을 돌려 나가려고
했다.

"아! 전화가 오면 내가 안부를 전해 드리지요. 서울로 간다고 했는
데 이 먼 곳까지 연고가 없으면 오기가 힘들지 싶네요."

서울로 갔다는 말을 진심으로 노부부에게 했는지는 알 수 없었다.
아버지에겐 강원도라고 이야기한 걸 보면 그는 무엇인가로부터 피하
려고 했던 게 분명해 보였다. 그게 무엇인지 알고 있었지만 다시 한번
확인이 되니 더욱더 그를 찾아야겠다는 생각을 했다.

서울은 시골에선 동경의 대상이었다. 고등학생이 되고부터 밤에 세
워진 서울 번호판의 차 백미러를 이유 없이 발로 차 버리곤 했다. 동
경이 되는 곳에 자격지심까지 가지고 있었다. 그런 내가 서울로 가야
되는 확실한 이유가 생겼다. 그놈을 찾아야 했다.

*

겨울 방학이 시작되기 전에 나는 선생님의 도움으로 순설시를 떠나
김포의 베어링 공장으로 실습을 나가게 되었다. 작년에 취업을 나와
산업요원으로 먼저 일하는 선배의 도움을 받으며 어리숙한 사회생활
을 시작하게 되었다.

내가 집에서 나가기 전날까지도 아버지는 술이 거하게 취하시고 들
어오셨다. 아침 일찍 일을 하러 가시기 전에 그의 낡은 지갑에서 십만

원을 꺼내 주시며, 몸 건강히 지내라는 말 한마디로 십구 년간 지냈던 부모 자식 간의 헤어짐은 싱겁게 끝이 났다.

가방을 메고 버스에 오르는 나를 반겨 주던 두 동생에게 졸업식 때 내려오겠다는 말을 하자 혜영이의 눈에서 눈물이 맺힌 게 보였다. 군대를 가는 것도 아닌데 이렇게 떨어지는 경험은 처음이어서 그녀의 감정을 건드렸는지도 몰랐다. 그녀와 난 한마디씩 하려고 했지만 서로를 위해 입을 닫아 버렸다.

막내에게는 누나를 잘 살피라고 말했다. 녀석도 어느새 사춘기의 끝에서 커져 가는 체격이 누나를 챙길 수 있을 것만 같았다. 아버지의 아파트 일이 다 끝나서 집을 비우는 일이 더는 없었지만 나는 그녀가 걱정스러웠다. 그녀의 몸은 점점 더 말라 갔고, 일요일마다 피아노를 치러 갔던 교회도 더 이상 나가지 않았다. 마지막으로 갔던 병원에서도 우울증이 생긴 것 같다는 말을 했었다. 그렇다고 내가 집에 머물러 할 수 있는 게 없었다. 쇠약해진 그녀와의 대화도 전처럼 화기애애하거나 진심을 이야기하는 게 없어졌다. 단둘이 집에 있는 시간에는 작은방의 문을 닫아 버려 더 이상 지난날의 일로 그녀와 대화할 수 없었다.

*

집을 떠나 생활하는 건 금세 익숙해졌지만, 이 주마다 바뀌는 이 교대 근무 시간은 아직 적응이 되지 않아 야간 근무시간 졸음 때문에 사고가 날 뻔한 적도 있었다. 주간 근무 때면 기숙사에 같이 사는 나이가 많은 형들은 일을 끝내고 밤마다 술에 취해 들어와 시비를 걸었고, 나는 선생님과 약속을 지키느라 술주정뱅이를 뒤로하고 이불을 덮을 수밖에 없었다.

가족이 보고 싶었다. 그렇게 악몽 같았던 아버지의 술주정을 여기서도 하루가 빠짐없이 겪어야 했다. 내 몸에 손을 대지는 않았지만 일이 끝나면 술에 취해 하루를 마감하는 공장 사람들은 이 굴레를 벗어나지 못하고 쳇바퀴처럼 살고 있었다.

학교에 다닐 때 알지 못했던 같은 회사의 기계과 선배는 고등학교 때부터 사귀었던 동갑의 여자와 작은 월세 방을 얻어 살고 있었다. 한번 초대 받아 갔던 선배의 방은 신혼 방처럼 아기자기한 물품들로 가득했다. 내 손톱에 가득 끼인 기름때가 이 집과 어울리지 않아 그의 여자친구가 볼까 봐 주먹을 쥐고 있었었다.

고등학교를 졸업하면 무엇이든 될 것 같았던 생각은 취업 후 경험한 사회가 얼마나 거대한지, 학창시절의 주먹으로 으쓱대며 다녔던 것보다 더 대단했다는 걸 한 달의 공장생활로도 충분히 느꼈다. 그리고 내 체격보다 아마 반이라고 해도 믿을 만한 일 년 선배 앞에서 고개를 숙이며 도움을 받는 나는 점점 사회에서의 내 위치에 맞는 자리로 성격이 순식간에 바뀌고 있다는 걸 느꼈다.

첫 월급을 타고 야간근무가 시작하는 그 주의 월요일, 김포 시내에 나갔다. 오십만 원이 조금 넘는 돈이었지만, 내가 살면서 받았던 돈 중에 가장 많이 받은 노동의 대가였다. 한 달을 가득 채운 월급은 아니었지만, 집에 무언가를 보내기에게 충분한 돈이었다. 내가 살던 남쪽과는 다르게 김포는 눈이 자주 내렸다. 집에서 입었던 솜이 들어간 점퍼도 여기서는 내복까지 껴입어야 그나마 내가 살던 곳과 체감 온도가 비슷해졌다.

월요일이어서 그런지 별 볼일 없는 시내에 몇 사람들이 모여 미끄러지지 않게 총총걸음으로 바삐 움직이고 있었다. 나는 처음으로 외로움을 여기서 느꼈던 것 같았다. 군중 속에 외로움이라고 해야 되나 시골에서 사람이 없던 조용한 곳이 아니라, 주말을 이용해 구경 나간 서울에 수많은 사람들이 바삐 움직이고 있었지만 누구 하나 알지 못한다는 사실과 외톨이처럼 혼자 돌아다니다가 문득 큰 유리창으로 비치는 내 모습이 서글퍼 보였다.

어깨를 펴 추위도 외로움도 이겨 보려고 했다. 작은 상가들이 모여 있는 삼 층 건물로 들어서자 따뜻한 기운이 새어 나왔다. 여러 개의 휴대폰 매장들과 가전제품들이 전시되어 있었다. 나는 그런 큼지막한 가전제품 코너를 지나 여러 종류의 휴대용 카세트 플레이어가 진열된 곳에서 멈추었다. 동생이 가지고 다니기 편한 예쁜 걸로 구해 주고 싶었다.

색깔이 들어간 플레이어는 보이지 않았다. 손에 쥐고 다닐 수 있을 크기의 소니라고 써 있는 플레이어를 들었다. 작지만 라디오도 들을 수 있게 안테나도 달려 있었다. 나는 점원에게 부탁하여 아직 개봉하지 않는 박스를 건네받았다. 이것만 줄 수는 없었다. 별이 빛나는 밤이라는 라디오를 들으려 바짝 귀를 스피커에 대는 동생을 위해 헤드폰도 샀다. 그리 비싸고 좋은 것은 살 수 없었지만 소리를 줄이고 스피커에 귀를 대지는 않아도 돼 보였다. 계산을 하러 가는 중에 한쪽 벽을 가득 채운 카세트테이프가 보였다. 라디오에서 나오는 음악을 녹음해 듣던 혜영이는 늘어져 버린 테이프를 그녀의 재산처럼 아끼고 있었다.

나는 자음 순서대로 진열되어 있는 테이프를 손가락으로 쫓아가며 아래로 내려갔다. 토이가 보였다. 어떤 것을 살까 고민하다가 가장 최근에 나온 3집 gift를 샀다. 내 선물과 어울리게 앨범 제목도 선물이었다. 계산대로 가서 그리 싸지 않았던 혜영이의 선물 값을 지급할 때는 돈이 아깝다는 생각이 들지 않았다. 행복했다. 그녀가 이 선물을 가지고 기뻐할 생각에 벌써부터 내 입가에 웃음이 가득했다.

막내는 농구화를 사 줄 생각이었다. 한창 친구들하고 농구를 하면서 중학교를 보내고 있었다. 혜영이보다는 가격이 낮지만, 메이커 운동화를 사 줄 생각이었다. 늘 내가 입던 옷이나 속옷까지 물려 입었던 막내였다. 나는 한창 유행인 나이키 매장으로 들어갔다. 복숭아뼈를 가릴 만큼 올라온 농구화는 바람이 밑창으로 들어가 에어슈즈라는 이름으로 광고에 나온 신발이었다. 내가 굳이 설명을 덧붙이지 않아도 그의 또래에서는 금방 알 수 있는 신발이었다.

문제는 아버지 선물이었다. 나는 아버지가 술과 담배를 빼고는 무엇을 좋아하는지 몰랐다. 십구 년을 아버지와 같이 살았어도 그가 무엇을 좋아하고 무엇을 취미로 하는지 몰랐다. 내 눈에 비친 당신은 언제나 취해서 나를 몰아세우던 악마였을 뿐 그 악마가 무엇을 좋아하는지 알지 못했다. 그렇다고 첫 선물로 술이나 담배를 할 순 없었다. 큰 유리창 너머로 구두가 보였지만, 아버지가 구두를 신고 다니신 걸 본 적이 없었고, 문득 생각난 하나 때문에 나는 발걸음을 재촉했다.

늘 흙먼지 가득한 낡은 지갑에서 생활비를 주시던 게 생각이 났다. 나는 구둣방에 들어가 한쪽에 진열된 지갑들을 보았다. 허리띠며 각종 액세서리가 많았지만 아버지가 정장에 허리띠를 차거나 입으실 일은 절대 없을 거라 생각 하고 지갑을 고르는 데 집중했다. 여러 가지 지갑 중에 아버지가 공사판에서도 꺼내 써도 흠집도 흙먼지도 조금이나마 덜 묻는 것으로 고르려 했다. 검은 지갑 표면은 매끈했고, 불규칙하게 나있는 선이 멋있었다. 악어가죽이라는 주인의 말을 듣고 구매를 결정했다.

나는 머리가 살짝 벗겨진 아저씨께 포장을 부탁하고, 그가 포장을 다 끝내는 과정을 지켜보았다. 나를 위해 돈을 쓰는 것보다 남을 위해 돈을 쓴다는 게 이렇게 행복한지 몰랐었다. 그리 멀지 않는 우체국이었지만 겨울바람은 매서웠다. 하지만 이미 행복해져 따뜻해진 내 가슴에서 돌아다니는 피를 식히지는 못했다. 다음 주 월요일에 도착할 거라는 우체국 직원의 말을 듣고 영수증을 챙겨 밖으로 나왔다. 비록 내가 집에서 떨어져 있지만 가족의 일부분으로 무엇인가를 해냈다는 기쁨이 밀려 왔다.

집에는 전화를 하지 않았다. 방학인 두 동생이 갑자기 찾아온 우체국 소포에 놀라 열어 볼 거라는 생각에 어느새 겨울 추위는 잊어 버렸다.

*

　햇빛이 없는 공장 안이었지만, 내 피부는 공장의 먼지와 기름으로 검게 변해 가고 있었다. 육십 명도 되지 않는 직원들 중에는 중국과 몽골에서 온 불법 체류자들이 섞여 있었다. 출입국관리소에서 가끔씩 찾아오는 날에는 톰과 제리처럼 쫓고 쫓기면서 공장이 어떻게 돌아가든 신경 쓰지 않고 도망쳐 어두운 밤이 되어서야 기숙사로 돌아오곤 했다. 그런 날이면 제품 불량률은 높았고, 기계 대부분은 멈춰야 했었다. 남아 있는 사람들이 기계를 돌려야 했지만 추방을 피하려는 그들에게는 생존이었고, 임금을 싸게 주는 회사 입장에서도 감안해야 될 문제였다.

　나보다 열 살이나 많았던 조선족 형은 생활비를 제한 모든 돈을 중국으로 보낸다고 했다. 두 아이와 아내가 살고 있는 곳에 돈을 보내 지금은 한창 자신의 집을 짓고 있다고 했다. 오 년을 이곳에서 불법체류를 했다고 했었는데 월급은 실습 나온 나보다 조금 더 많았다. 그 돈으로 집을 지을 수 있다는 게 신기했지만 확인할 방법은 없었다.

　일요일이 지난 월요일 야간조로 넘어가는 날은 낮에 시간이 있었다. 같은 조에 근무하는 조선족 형이 며칠 전부터 은행에 송금을 부탁했었다. 늘 같이 가던 사람은 요 며칠 일이 생겨서 나에게 이번 한 번만 부탁을 한다고 했다.

　처음 왔을 때부터 도움을 받았던 터라 나는 선뜻 가기로 했다. 자기 이름으로 보내면 되었지만 불법체류 신분이 마음에 걸렸는지 늘 다른 사람 이름으로 돈을 보내고 있는 듯했다.

"경태. 고맙다. 형이 돈 보내고 맛있는 거 사 줄게."

지금은 적응이 되었지만, 내가 이곳에 오고 처음 들어보는 사투리로 나에게 말을 걸었던 게 생각났다. 형은 어디서 왔냐는 질문에 강원도 라고 말했다. 내가 사는 곳에서 끝과 끝이어서 강원도 사람을 접할 기회가 없어 눈치를 채지 못했다. 그러다가 출입국 관리소에서 사람들이 차에서 내리자 정문을 잠그고 뒷문으로 줄행랑치던 형의 뒷모습을 보면서 알게 되었다.

"형. 여기서 벌면 형 나라에서는 몇 배나 되는 거야?"

아직 서울도 정확히 모르는 내가 외국생활까지는 알 길이 없어 물어 보았다.

"이 공장이 돈을 적게 줘도 같은 일에 비해 중국보다 네다섯 배는 더 벌어."

"뭐! 형 나도 돈 벌어서 중국에 가서 살래. 몇 년 돈 벌면 집 한 채 살 수 있는 거네."

"그래. 넘어와라. 경태 얼굴도 잘생겨서 형이 좋은 여자 소개시켜 줄게."

나는 정말이냐고 물어 보았고, 그가 건넨 중국의 계좌로 모아 두었던 백만 원을 보냈다. 밖으로 나온 우리는 붉은색 간판에 한문으로 크게 써진 식당으로 갔다. 아마도 중국인이 운영하는 식당처럼 보였다. 주변에 수많은 공장에서 일하는 중국 노동자를 위한 곳 같았다. 점심시간에 도착한 만석인 식당은 밖에 놓인 의자에 잠시 앉아 기다려야 했다.

"경태. 아직 중국 음식 안 먹어 봤지?"

"형, 무시하는 거야? 나도 중국집에서 많이 먹어 봤지."

형은 웃으면서 말했다.

"형이 진짜 중국 음식 사 줄 테니깐 먹어 봐."

나는 면소재지에서 먹었던 중화 요리 집과 이곳이 다른 중국집이라는 걸 알지 못했다.

도롯가 옆에 있는 식당은 우리 말고도 기다리는 사람이 있었다. 서로서로 중국말로 대화를 하는 걸 보니 내가 중국에 와 있는 것 같았다. 형은 아는 사람들과 담배를 피우며 중국말로 서로의 안부를 물어보았고, 뻘쭘한 나는 의자에 앉아 지나가는 차만 바라보았다. 나도 빨리 돈을 벌어 작은 차라도 하나 사서 이곳저곳 돌아다니며 넓은 세상을 보고 싶었다.

그때 안에서 들어오라고 나를 향해 손짓을 했다. 고개를 돌려 형을 부르려고 할 때 낯익은 얼굴이 도롯가 반대편에 걸어오고 있었다. 그를 알아차리는 데 많은 시간이 필요하지 않았다. 작은 키에 이마부터 벗겨진 머리, 두꺼비처럼 튀어나온 배 때문에 뒤뚱거리며 걷는 모습 그놈이었다.

강원도나 서울로 간다는 그의 말은 거짓말이었다. 나는 벌떡 일어나 주위를 둘러 봤다. 공장이 많은 주변 탓에 물품들을 간혹 밖에 쌓아 두곤 했다. 식당 위쪽에 가구공장에서 나온 식탁이 보였다. 나는 얼른 달려가 식탁을 뒤집어 다리 하나를 꺾어 부러트렸다. 야구 방망이 크기의 나무를 들고 시야에게 그놈이 사라지지 않게 바라보며 그에게 달려갔다.

형은 나를 불렀지만 나는 대꾸하지 않고 파란불로 바뀐 신호등을 천천히 건너오는 그 자식과 속도를 맞추어 걸었다. 횡단보도를 다 건너자 신호등은 다시 붉은색으로 바뀌었다. 2차선 도로는 기다렸다는 듯 공장에서 나온 물건을 실은 화물차들이 빠른 속도로 지나가고 있었다.

그의 앞에 우뚝 서 있는 나를 본 그가 커져 버린 눈과 벌린 입을 다물지 못한 채 놀란 표정을 지었다.

"우리 동생한테 무슨 짓을 했어. 우리 동생한테 무슨 짓을 했냐고. 이 개자식아!"

시끄러운 도로였지만 분노가 올라와 소리치는 목소리에 식당 앞에서 기다리던 사람들이 쳐다보았다.

그는 놀란 모습으로 뒷걸음치기 시작했다. 차들이 오고 가는 횡단보도로 건널 수 있는지 옆 눈으로 힐끔 쳐다보이는 게 보였다. 나는 그에게 사과할 기회를 다 줬다는 마음으로 야구방망이처럼 생긴 탁자의 다리를 그의 머리를 향해 내리 찍었다. 그보다 더 커져 버린 지금의 체격에 그는 머리를 감싸 않고 내가 초등학교 때 아버지에게 맞고 움츠렸던 쥐며느리 자세로 바닥을 기었다.

"이 개자식. 내가 너를 잡으려고 백방을 알아 봤다. 그 가여운 애를 피투성이로 만들어 놔. 이 개자식아!"

나는 다시 한 번 방망이를 움츠리고 있던 그의 몸에 내리쳤다. 울며 소리치고 있는 나를 본 형과 그의 지인들은 내 쪽으로 달려왔다. 나는 두 손으로 방망이를 들어 머리 뒤쪽으로 넘겨 다시 한번 그의 몸 어딘 가를 향해 내리 찍었다. 머리를 감싸고 있는 그의 옆구리가 맞았다. 달려온 형은 방망이를 뺏었고, 누워 있는 그 놈을 발로 걷어차고 있는 나를 형과 이야기를 했던 일행이 말렸다.

하필 이때 지나가던 경찰차가 쓰러진 그놈을 발견하고 이쪽으로 방향을 돌리자, 나를 잡고 있던 형과 지인들은 점점 뒷걸음으로 이곳에서 벗어나고 있었다. 경찰은 차에서 내려 도망가는 불법 노동자를 잡지 않았고, 이쪽을 향해 뛰어왔다. 나를 잡고 있던 형들에게서 벗어나자 주먹으로 그의 몸과 가리고 있는 얼굴을 때리기 시작했다.

경찰은 형과 그 지인들이 했던 방식으로 나를 말리며 경찰차의 뒷좌석에 나를 태웠다. 나는 문을 열려고 몇 번 시도하였지만 문은 열리지 않았고, 구급차가 그를 싣고 가는 걸 확인하고서야 차는 파출소로 향했다. 파출소로 끌려간 나는 그를 기다렸지만 병원으로 갔다는 말에 분노가 치밀어 올랐다. 혼자 아파하며 수치심을 참았던 동생은 그 무서운 고통을 홀로 보냈었다. 그녀를 그렇게 만든 그놈은 방망이로 몇 대 맞은 걸 치료를 받아야 하듯 병원에 갔다는 말에 억장이 무너지는 듯했다. 파출소에서 나의 간단한 신상정보를 적었다. 한두 번 와 본 곳이라 서툴지는 않았다. 나는 파출소의 제복을 입고 있는 경찰의 조서대로 말했다.

"그놈이 우리 동생을 성폭행했어요. 어떻게든 잡으려고 백방을 알아봤는데 이제 잡았다고요."

소리치는 나를 보고 경찰은 조금 놀라는 듯했고, 어디론가 연락을 취했다. 나는 다시 경찰차에 태워져 경찰서로 갔다.

어디든 똑같은 경찰서 철창문을 열고 들어가자 미리 연락을 받은 형사가 나를 데리고 책상 앞에 앉게 하였다.

"경태 너 고등학생이네. 그것도 여기서 먼 곳인데, 어떻게 여기까지 왔어?"

파출소에서 적은 신상정보를 읽어보던 젊어 보이는 형사가 나에게 말했다.

"학교 실습 나왔습니다."

"네가 한 말. 그 말이 사실이야? 여기 적혀진 대로 동생이 성폭행을 당해서 그 사람을 때렸다는 게 사실이냐고."

그는 진지하게 나의 눈을 바라보고 물었다.

"그럼 그걸 증명할 수 있는 건 있어? 성폭행 당한 동생은 지금 어디 있는 거야?"

그는 의자를 잡아 당겨 내 이야기가 잘 들을 수 있게 앉았다. 수갑을 차지 않은 나는 왜 그가 범인인지 동생이 쓰러지고 그녀가 보였던 행동과 피 묻은 동생의 속옷 그리고 줄행랑치듯 이사를 해 버린 상황을 시간 순서대로 이야기를 했다.

"경태야. 벌써 두 달 가까이 지났는데 왜 신고를 하지 않았지?"

경찰은 처음보다 더 부드러운 소리로 나에게 물었다.

"처음에는 동생이 기억을 하지 못했어요. 병원 의사도 연탄가스 중독으로 잠깐 건망증이 생길 수 있다고 했고요. 그때는 정말 동생이 죽다가 살아난 상태였거든요. 그래서 다른 걸 생각할 수도 없었어요. 이런 일은 제가 살아온 조용한 시골에서 상상도 할 수 없는 일이예요. 내가 속옷을 발견하기 전부터 동생이 기억이 났던 것 같아요. 단지 쓰러지고 한번 눈을 뜬 상태에서 그 자식이 자기에게 무슨 짓을 하는지 충분히 알아차렸지만, 동생은 다시 기억을 잃어버렸다고 했어요. 무서움에 벌벌 떨어서 아무것도 기억나지 않는다고 말했지만, 동생의 기억과 그 자식의 집 서랍장에서 나온 동생의 피 묻은 속옷이 말을 안 해도 충분히 설명이 되었어요."

"알았다. 그럼 그 속옷과 이사한 집은 아직도 있는 거지?"

"피 묻은 속옷은 모르겠어요. 그 자식의 집은 이사를 하고, 지금은 새로 이사를 온 사람들이 살고 있어요."

"그럼 증거라고 할 수 있는 건 동생의 증언밖에 없게 되구나! 여기에 부모님 전화번호를 적어 줘라. 내가 직접 통화를 해 보마."

그는 메모장과 볼펜 한 자루를 내 앞으로 내밀었다.

나는 아버지의 전화번호를 적어 건네면서 말했다.

"이건 저와 동생만 아는 사실이예요. 아버지께는 말씀 안 드렸어요."

"그래 알았다. 경태 너, 저기 보이는 의자로 가서 내가 부르기 전까지 앉아 있어라."

문 앞에 보이는 긴 의자를 가리키며 말했다.

불안했다. 아버지가 나처럼 혜영이를 몰아붙여서는 안 되었다. 나와 같은 실수를 그녀에게 하지 말아야 했지만, 이제 내가 할 수 있는 일은 없었다. 의자 옆에 있는 라디에이터에서 온기가 뿜어져 나왔다.

불안했지만 문제를 풀 수 있는 길을 열었다는 생각에 어느새 긴장했던 몸이 나른해졌다.

지금은 경찰을 믿을 수밖에 없었다. 공원에 묻었던 훔친 지갑을 초등학생이 발견하고 신고를 하는 바람에 작은 단서가 모여 나를 구치소까지 집어넣었으니, 이런 확실한 사건에 증거는 부족했지만 경찰들이 사건을 해결해 주길 바랐다.

조선족 형에게 다시 한번 중국 음식을 사달라고 말해야 했다. 나를 내팽개치고 간 형과 점심을 함께하지 못했다. 하지만 그 형은 아마 회사 기숙사에 들어가 나를 혼자 놔두고 도망친 자신을 책망할 것이었다. 나는 그 형의 행동을 이해했지만, 그 형도 나의 행동을 이해할지는 두고 봐야 했다.

오늘 낮에 받았을 내 소포를 뜯어보는 두 동생의 얼굴이 보였다. 막내는 그 운동화를 신고 다음날 학교에서 농구를 하자고 먼저 친구들에게 말할 것이었다. 아무도 모르게 운동화 안쪽에 만 원짜리 지폐 두 장을 껴 넣어 놨다. 그것도 깜짝 선물로 만들어 놨었다. 내가 선물한 카세트테이프를 헤드폰에 끼고 있는 혜영이의 모습이 보였다. 그녀가 지금껏 겪었던 모든 아픔을 선물한 헤드폰으로 귀를 닫았으면 했다.

작은 네모난 상자에서 처음으로 선물한 아버지의 지갑을 혜영이가 맨 정신인 아버지께 드렸으면 하는 바람도 있었다. 술이 만취가 된 상태라면 돈이 썩어난다는 등 온갖 욕설을 해댈 게 뻔하기 때문이었다.

"경태. 경태야."

눈을 떠 보니 조서를 꾸미던 담당 형사가 나를 흔들어서 깨웠다.

"아버지하고 통화를 했다. 아버지도 많이 놀라신 것 같더라. 동생이 놀라지 않게 너희 집에서 가까운 경찰서에 연락을 해 둔 사람을 만나러 동생을 태우고 가고 있을게다. 너는 조금 더 기다려야 될 것 같다. 아직 점심 안 먹었으면 점심 먹고 와라. 멀리 가지 말고 점심 먹고 바로 와야 된다. 그리고 저 입구에서 문 열어 달라고 할 때 이거 보여 주고, 알았지?"

아버지에게 전화를 해 보고 싶었지만, 형사는 그쪽 경찰서에서 어떻게 이야기가 나올지 기다려 보자고 했다. 놀랐을 아버지와 불안한 동생에게 내 전화로 더 혼란을 주고 싶지 않았다.

형사는 전화번호와 이름이 적혀진 자신의 명함을 나에게 건넸다. 한 시간 뒤에 돌아오겠다는 말을 남기고 형사의 눈짓으로 마주치던 경찰이 입구의 버튼을 눌러 창살이 있는 문을 열어 주었다.

따뜻했던 라디에이터가 멀어져서인지 추위는 금세 내 외투를 비집고 들어오려고 했다. 턱 바로 아래까지 지퍼를 올리고 점퍼 양쪽에 손을 집어넣었다. 어디든 빨리 들어가지 않으면, 온몸이 얼어 버릴 것만 같았다. 어릴 때 처마 밑에 매달려진 고드름을 떨어뜨리면 산산 조각이 났듯이 지나가는 사람이 내 귀를 건드리는 순간 산산 조각나듯 깨져 버릴 것만 같았다.

점심때가 지난 시간이어서인지 식당마다 한산해 보였다. 나는 분식점에 들어가 김밥과 떡볶이를 시켜 놓았다. 오늘은 야간 근무를 하는 날이기에 아직까지는 시간이 있었다. 조금 더 늦어지면 경찰서에서 전화를 걸어 상황을 설명할 생각이었다.

김밥과 같이 나온 오뎅 국물은 허기지고 얼어져 가는 내 몸을 단숨에 녹여 주었다. 멍하니 아무 생각도 없이 떡볶이와 김밥을 입에 집어넣었다. 생각해 보니 그 자식을 그렇게 보내는 게 아니었다. 어디 한 군데라도 불구를 만들어 놨어야 했다. 비록 내가 감방에 가는 한이 있더라도 그렇게 해야 했었다. 남겨진 마지막 김밥 하나를 입에 집어넣고 창밖을 바라보았다. 방학인데도 교복을 입은 학생들이 삼삼오오 모여 어디론가 가고 있었다. 그들이 내 시야에서 벗어나자 나는 일어나 계산대로 갔다. 돈을 건넨 내 손톱 사이는 기름때로 지저분해져 있었다.

어느새 약속한 한 시간을 채우고 들어갈 때 나에게 건넨 명함을 보여 주고서야 다시 안으로 들어갈 수 있었다. 손짓으로 나를 부르는 담당 형사의 건너편 의자에 앉았다.

"밥은 잘 먹었어? 원래 나가면 안 되는데, 네가 적은 공장 주소도 어딘지 알고 해서 보내 준 거야. 그런데 경태야. 병원에 가 있는 동료에게서 연락이 왔는데 피해자가 너를 고소하지는 않겠다고 하더라. 이것저것 사진 촬영을 하는데 전치 삼 주가 넘게 나올 게 뻔한데도 말이지. 너를 어릴 때부터 봐 왔고 부모님과 아는 사이라서 고소는 못하겠다고 하더라."

"아니에요. 거짓말이에요. 제가 왜 아무 잘못도 없는 사람에게 그랬겠어요. 그렇게 어릴 때부터 봐 왔던 사람인데요. 아버지께 연락 안 왔어요? 아까 동생 증언을 들어야 된다고 가까운 경찰서에 가고 있다고 했잖아요."

경찰은 등받이에 모든 등이 닿을 수 있게 뒤로 밀어 팔짱을 끼고 나에게 말했다.

"경태야. 경찰서를 간 네 동생이 그런 적 없다고 진술을 했어. 우리가 아무리 수사를 해도 당사자가 증언을 하지 못하면 우리로서는 어떻게 할 방법이 없단다. 설사 네 동생이 성폭행을 당했다고 증언을 해도 시간이 지났고 증거도 구하기 힘든 상태인데, 피해자 스스로 부정을 하면 우리가 도와줄 수 있는 건 아무것 없어. 다행인 건 상대방이 너를 고소하지 않겠다고 했으니깐 오늘 있었던 일은 그냥 없던 일로 처리될 거야."

내 멍한 눈과 살짝 벌어진 입 사이로 분노가 새어 나오고 있었다. 믿을 수 없었다. 내가 직접 봐왔던 걸 말을 해도, 바로 앞에 범인이 있어도 못 잡는다는 사실에 가슴이 조금씩 두근거리는 걸 느꼈다.

"제가 설명 드렸잖아요. 그놈이 확실하다고. 동생은 무서워서 그러는 거예요. 동생이 얼마나 슬퍼했는데요. 제 앞에서 울기까지 했는데 이렇게 제 동생이 증인인데 어떻게 못 잡을 수가 있어요. 형사잖아요. 그런 놈 잡으라고 형사가 된 게 아니에요?"

침까지 튀겨 가며 큰소리로 말한 탓에 경찰서 안의 사람들은 어느새 다들 나를 바라보고 있었다.

"경태야. 아무리 경찰이라고 해도 증거 없이 사람을 잡을 수는 없단다. 난 네가 거짓말을 하고 있다고 생각하지 않는다. 그러니 한번 동생을 설득해 보거라. 만약 동생이 생각을 바꾼다면 내가 너에게 약속을 하마. 어떻게든 그놈에게서 자백을 받아 내도록 할게."

내 눈동자에 머물고 있는 눈물을 형사가 보았을까? 그가 거짓말을 하고 있다고 생각하지 않았다. 나는 동생을 설득해야 했다. 그 놈이 꼭 처벌을 받게 만들어야 했다.

"전화 좀 써도 될까요? 아버지께."

벌떡 서 있는 내가 경찰에게 부탁했다.

앞에 앉은 형사는 전화기를 내 쪽으로 내밀며 자리를 피해 주었다. 옆자리의 동료 자리로 가서 입에 담배를 물고, 질문해 대는 동료에게 소곤대며 내 사건에 대해 이야기하는 것 같았다.

나는 아버지께 전화를 드렸다. 이 상황을 설명 드려야만 했다. 몇 번의 통화음이 들리고 아버지가 전화를 받으셨다. 그는 아직 악마의 선까지 만취가 되지 않았다. 이야기를 해 볼 순 있었다.

그는 나에게 그게 확실하냐며 물으셨고, 왜 자기에게 말하지 않았냐며 화를 내기 시작했다. 나는 그와 과거의 일로 싸우며 지금의 시간을 소비하고 싶지 않았다. 동생을 바꿔달라고 했지만 잠가 버린 작은방에서 대답도 하지 않는다는 것이었다. 빨리 이 문제를 해결해야 했다. 그놈을 잡았는데 이대로 보내 줄 수는 없었다.

아버지는 아무런 잘못도 없는 혜영이를 왜 그런 식으로 몰아 가냐며 나에게 소리를 쳤다. 나는 아버지께 지금 시골에 내려가서 설명하겠다고 했고, 그녀에게 내가 도착하기 전까지 꼭 생각 좀 해 보고 있으라는 말을 전해 달라고 했다.

그는 마음대로 하라며 전화를 끊었지만, 이제 더 이상 나를 제지할 수는 없었다. 같은 하늘 아래 그 자식과 숨을 쉬는 것조차 동생에게는 고통일 게 뻔했다. 나는 형사가 건네준 명함을 안쪽주머니에 넣고, 약속을 꼭 지키라는 말과 함께 묵묵히 경찰서를 빠져 나갔다.

나는 곧장 회사로 갔다. 늦은 시간이지만 서두른다면 밤늦게 순설시에 도착할 수 있었다. 가능한 빨리 시골에 내려가 동생을 설득해야 했다. 전화를 받지 않는 동생은 나를 더욱 부추기게 만들었다.

회사에 들어가 월차를 쓰겠다고 말하고 종이 한 장에 사유를 썼다. 동생이 아파서 시골에 빨리 가 봐야 한다고 말했지만 하루 이틀 사이에 올라올 수는 없는 노릇이었다. 이야기가 길어지면 그때 다시 전화를 할 심산이었다. 조선족 형은 아직 보이지 않았다. 그에게 괜찮다고 말해 주고 떠나고 싶었다. 기숙사 입구에서 첫 번째 방에 살고 있는 그의 방문에 간단한 메모지를 붙여 놓았다.

'형. 낮에 그 사람은 우리 집에 아주 나쁜 짓을 한 사람이었어. 형이 나를 남겨 두고 가 버린 건 어쩔 수 없다는 걸 알아. 다시 올라오면 맛있는 거 사 줘야 돼. 나도 형 따라서 중국에 가고 싶어. 며칠 있다가 올라올게. 회사에는 하루 쉰다고 했으니깐 낮에 있었던 일은 비밀로 해 줘. 부탁해.'

손톱에 낀 기름때를 벗기지도 못한 채 옷을 갈아입고 서울로 가는 버스에 올라탔다. 송정역에 도착한 버스에서 내려 강남 버스터미널이 있는 곳까지 지하철을 타고 갔다. 창구에서 순설시까지 가는 버스표를 알아보았다. 다행이 평일 월요일이어서 자리는 있었다.

내 인생을 통틀어 집에서 가장 먼 곳까지 와서 다시 돌아가는 길이었다. 밤늦게 달리는 버스 창밖으로 보이는 검은 풍경에 노란 가로등

색만 도로를 비추고 있었다.

나는 동생에게 부탁해야 했다. 너는 이런 걸 당하면 안 된다고, 네 잘못이 아니라고, 내가 꼭 그 자식을 감방에 넣어 버리겠다고 날 믿어 달라고 말해 주고 싶었다. 다시는 너에게 소리치지 않겠다고 정말 마지막으로 약속하고 싶었다. 두 번 다시 그녀를 몰아세우지 않겠다고 다짐했다.

자정이 넘어서 도착한 순설시의 날씨는 김포와 많은 차이가 났다. 전혀 다른 체감온도가 한 달 만에 다시 찾은 온 나를 따뜻하게 맞아 주는 것 같았다.

집으로 가는 버스는 끊겨졌다. 아침 첫차를 타기 위해 나는 네다섯 시간을 때울 피시방으로 들어갔다. 따뜻한 그곳은 컴퓨터에서 내뿜는 열기와 방학이어서 꽉 채워진 학생들의 체온으로 두터운 점퍼를 벗게 만들었다. 친구들에게 전화를 걸어보려다가 자정이 넘는 시간을 보고는 연락하지 않았다.

내가 가진 분노는 몇 시간을 달려온 버스 안에서도 식지 않았다. 빨리 시간이 갔으면 했다. 컴퓨터에 저장돼 있는 음악을 틀어 헤드폰을 끼고 잠이 들었다. 불편한 자세로 서너 번 자세를 옮겨 자고를 반복했다.

새벽 여섯 시가 조금 넘은 시간에 새우잠을 잔 굳은 몸을 이끌고 버스터미널로 향했다. 문을 열고 기다리고 있는 첫차에 올라탔다. 매번 탔던 버스가 다른 날과는 다른 느낌이었다. 아직 컴컴한 새벽을 달리는 버스는 환하게 일출이 뜨고서야 내가 사는 면소재지에 멈췄다. 찬호 집은 아직 닫혀 있었다. 한 달 동안 있었던 일들을 이야기하고 싶었지만 시간이 없었다. 나는 집으로 향하는 발걸음을 재촉했다.

한여름 이 시간에 돌아다니는 사람들은 많았지만, 추위로 꽁꽁 언 겨울 아침에 굳이 움직여 해야 될 일도 없어 동네는 조용했다. 담장 너머 그 자식이 살았던 집은 노부부가 앞마당에 작은 텃밭을 만들어 놓은 모양이었다. 아직 뭔가 자라는 게 보이지 않았지만, 봄을 위해 미리 준비해 만들어 놓은 듯했다.

저 멀리 반가운 우리 집이 보였다. 고향이란 단어를 처음으로 느껴 보는 순간이었다. 기름보일러의 연통에서 하얀 연기가 추위 때문에 더욱더 하얗게 올라오고 있었다. 텅 빈 논두렁에서 겨울바람이 불어 왔다. 아침 추위는 김포와 별반 다르지 않게 매서웠다. 고개를 푹 숙이고 최대한 겨울바람이 내 몸에 부딪치지 않고 지나칠 수 있게 집으로 걸어갔다.

대문을 열자 녹슨 경첩 소리가 들려왔다. 처음으로 이렇게 오래 떠난 집에서 나오는 대문 소리마저 반가웠다. 겨울에 일이 없으신 아버지의 작은 차가 마당 한가운데 주차되어 있었다. 아직 잠에서 깨어나지 않는 것 같았다. 마당에 서서 얼어 버린 것 같은 동네를 내려다보고 방으로 가려고 고개를 돌렸다.

그 순간 내 몸은 처마 밑의 고드름처럼 얼어 버렸다. 크게 뜬 두 눈과 벌어진 입을 다물지 못한 채 살얼음 위를 걷듯이 천천히 걸음을 옮겼다. 수돗가 옆을 지나 겨울의 추위로 엉성한 가지만 남기고 잎이 다 떨어져 버린 감나무를 향해 덜덜 떨리는 다리를 간신히 움직여 걸어

갔다. 어느새 내 눈물은 내 뺨을 타고 흘러내리고 있었다. 슬픔에 얼어 버린 내 목소리는 간신히 혜영이의 이름을 부르고 있었다.

동생을 힘껏 불러도 목소리가 밖으로 나오지 않았다. 아무리 불러도 내 목소리는 다시 내 안으로 들어가 버렸다. 그녀의 두 종아리를 들고 끌어안았다. 내가 사준 카세트 플레이어를 손목에 감고, 선을 따라 귀를 덮어 버린 헤드폰으로 음악이 흘러나오고 있었다. 플레이어의 버튼이 툭 튀어나오면서 노래는 멈추었다. 나는 그녀를 올려다보았다. 눈을 감고 시퍼렇게 변해 버린 얼굴과 살짝 벌려진 입에서 흘러나온 침이 얼어 버린 것 같이 멈춰진 상태로 나를 내려다보고 있었다.

그녀는 아침에 내가 오기를 감나무에 목을 매단 채 기다리고 있었다.

4장

성인

"아빠!"

유치원과 어린이집에 가는 두 아이가 아침밥을 먹다가 야간조를 끝내고 집에 돌아온 나에게로 달려들었다. 작업복 기름때가 묻어 있는 옷에 아이들이 안기자 애 엄마가 그들을 붙잡고 다시 밥상에 앉혔다.

"빨리 씻고 밥 먹어요."

밥상에 앉은 막내 혜영이의 입에 수저에 담긴 밥을 집어넣으며 아내가 말했다. 아직 다섯 살인 혜영이 때문에 온통 뽀로로 그림으로 된 포크와 밥그릇을 써야 했다. 막내와 다르게 조용한 큰애는 사교성이 걱정될 정도로 동생의 장난에도 신경 쓰지 않고 밥을 먹었다.

애들 엄마는 같은 공장에서 경리로 일하던 이십대 중반 동갑인 나와 회식 때 옆자리에 앉게 되면서 호감을 갖게 되었다. 완성차 3차 하청 공장이었지만, 직원 규모는 이백 명이 넘는 중견 회사였다. 좀처럼 공장에서 일하는 사람과 사무직이 만날 일이 많지 않았지만, 회사 창립 기념일에 자리가 섞여 앉게 되고 인연이 이어져 지금의 애들 엄마가 되었다.

적당한 키에 조금 말라 보였던 몸, 가슴을 살짝 덮을 정도로 긴 머리카락 그리고 검고 칙칙한 내 피부와 반대로 하얀 볼 살과 살짝 비친 새하얀 다리는 처음에 나와 전혀 다른 곳에 사는 사람 같았다. 윤활제 냄새에 익숙한 내가 은은하게 올라오는 그녀의 향수 냄새를 맡느라 먹던 된장찌개의 맛도 잊어버릴 정도였다.

사무실에서도 인기가 있는지 회식 중간 중간 사람들은 한마디씩 그녀에게 말을 걸곤 하였다. 평범한 외모에 어딘가 특별해 보였던 그녀는 웃음을 지을 때 나의 시선을 고정시키게 만들었다. 하얀 이를 드러내며 살짝 벌어진 입과 가늘게 뜬 그녀의 눈웃음에 눈을 뗄 수 없었다. 그녀의 웃는 눈과 멍하니 그녀를 바라보던 내 눈이 서로 마주치던 순간 얼어 버린 나는 로맨스 영화의 주인공이 되어 버린 것 같았다.

연애를 끝내고 결혼한 우리는 반지하 전세방에서 시작해 아이들이 클 때까지 이사를 하지 못하고 한곳에서만 살게 되었다. 돈을 벌어 더 넓은 곳으로 가려고 했지만 큰애를 임신하고부터 얼마 되지 않는 공장의 월급으로는 어림도 없이 나가는 게 너무 많았다.

연년생으로 막내가 태어났다. 그동안 모아 두었던 큰애의 옷은 딸을 낳고 나서 대부분을 버리고 새로 사야 했다. 애 엄마는 큰애를 어린이집에 보낼 때가 되면 간단한 일이라도 하려고 했지만 막내가 태어나면서 모든 게 없던 일이 되어 버렸다. 나는 주말도 반납하고 일을 해야 했고, 이 교대로 근무하는 공장 일 때문에 피곤함은 늘 밀려왔다. 가끔씩 쉬는 날에도 부족했던 잠을 자느라 아이들과 보내는 시간은 줄어들었다.

"금요일 오후에 갈 수 있는 거지?"

씻고 밥상에 앉은 나에게 그녀가 말했다.

"금요일, 왜? 어디를 간다는 거야?"

살짝 일그러진 그녀의 표정에서 내가 뭔가 실수했다는 걸 알았다.

"내가 저번 주부터 몇 번 말했잖아. 민한이 올해 유치원 졸업하니깐 부모님 초대해서 공연하는 거라고."

"아빠. 꼭 와야 돼!"

수저를 들어 입으로 가져가려던 걸 멈추고 나를 올려다보며 큰애가 말을 했다.

"그럼 가야지. 아들 유치원 마지막인데. 민한이랑 혜영이 좋아하는 걸로 공연 끝나고 먹자."

혜영이는 수저를 놓고 벌떡 일어나 뛸 듯이 기뻐하며 나의 목을 꼭 껴안았다.

야간조여서 낮에는 시간이 될 것 같아 저번 주부터 알려 준 아내에게 말한 걸 잠시 잊고 있었다. 빨리 아침 식사를 끝낸 내가 가방을 메고 있는 두 아이의 손을 잡고 어린이집과 유치원으로 바래다주고 집으로 돌아왔다.

아이들에게 많은 걸 해 줄 수 없는 형편 때문에 아내의 예뻤던 미소도 조금씩 사라져 가는 듯 했다. 첫째가 태어났을 땐 모든 걸 새것으로 좋은 것만 해 주었다. 돈이 부족했지만 문제가 되지 않았다. 두 아이가 커 가면서 주변 학부모들과 어울려야 되는 경우가 많았다. 그런 모임을 끝내고 집으로 돌아올 때면 아내의 얼굴에는 그림자가 드리웠다. 같은 또래의 학부모들이었지만 경제적인 차이가 그녀들의 대화 속에서 묻어나고 있었다.

학부모 모임에서 그들이 가지고 있는 명품 백이나 구두를 보면 아내는 어느새 위축되어 진다고 했다.

나는 아직 삼십대 중반의 나이지만, 다른 걸 하기에 가족들 때문에 꺼려지는 게 한두 번이 아니었다. 당장 일을 그만두고 다른 직장을 알아볼 수는 있었지만 하루도 빠짐없이 나가는 돈을 막을 방법이 없었다. 공장도 점점 자동화로 바뀌면서 전과 같이 많은 근로자가 필요하지 않았고, 정년이라는 단어는 지금 일하는 곳에서는 무의미한 말일 뿐이었다. 십 년 가까이 일한 직장이었다. 프레스에 금형을 갈아 끼우는 기술은 숙련도는 필요했으나 누구나 이런 공장에 박혀 일하면 할 수 있는 작업이었다.

몇 계단 밑에 있는 반지하방 문을 열고 들어가니 아내가 바닥을 쓸고 있었다. 열세 평도 채 되지 않는 곳에 욕조 없이 변기와 벽에 붙은 샤워호스가 전부였고, 안방과 그 안방의 반 정도 되는 작은방이 따로 있었다. 아내는 두 아이를 데리고 안방에서 자고, 밤낮이 바뀌는 2교대 근무 때문에 나는 작은방에 혼자 방해받지 않고 잠을 잤다.

아내가 펴 놓은 이부자리에 앉아 티브이를 틀었다. 멍하니 바라보는 화면 앞으로 집사람이 나갈 채비를 했다. 그녀는 막내를 어린이집에 보내고 나서 점심시간 식당에서 파트타임으로 아르바이트를 시작했다. 열 시부터 두 시까지만 하는 일이었지만, 나는 그녀가 처음 일을 한다고 했을 때 말리지 않았다. 아직 젊은 체력이었지만, 한 달에 하루 이틀만 쉴 수밖에 없는 내 형편이 그녀를 일터로 내보냈는지도 몰랐다.

시간이 날 때마다 아이들과 놀아 주려고 노력을 하였다. 하지만 육체적인 공장일은 익숙해졌음에도 일이 끝나면 피곤함이 몰려왔다. 내가 누워서 피로를 해소하는 시간이 길어질수록 아이들과 놀 수 있는 시간은 줄어들었다.

"일은 힘들지 않아?"

옷을 갈아입고 있는 아내에게 말했다.

"점심 바짝 일하는 거라서 쉽지 않네. 점심시간이 끝나도 두 시까지 일하는 내가 설거지까지 다 끝내야 되니깐 일 분도 쉬는 시간이 없이 돌아가."

"민한이 초등학교 들어가기 전에는 이사를 할 줄 알았는데."

무심코 말한 혼잣말에 아내가 하던 일을 멈추었다.

"이사는 둘째 치고 민한이 남들 다니는 학원도 못 보내는 게 너무 속상해. 조기교육이라고 해서 남들 다 하는 영어며, 산수, 태권도, 음악학원 그중에 하나도 못 보내잖아. 다들 유치원 끝나면 뭐라도 하나씩 배우는데 민한이만 공원에서 모르는 아이들하고 놀면서 시간 때우고 집에 오잖아. 민한이에게도 혜영이에게도 너무 미안해!"

아내는 나를 보지도 않고 열려진 장롱을 바라보며 퉁명스럽게 말했다.

"주말도 없이 나도 일하고 있잖아! 너만 힘든 게 아니라 나도 힘들다고. 나라고 애들 그런 곳 못 보내는 게 좋은 줄 아냐. 민한이 낳고 내가 공장 근처에 작은 전세방 들어가자고 했지. 그런데 네가 뭐라고 했어? 공장 근처에서 애 못 키우겠다고, 안 가겠다고 해서 지금 이곳에서 벗어나지도 못하고 있잖아. 이제 우리가 가진 돈으로 공장 근처 전세방을 찾으려고 해도 없어."

자격지심이었다. 그녀가 대화를 걸어오면 차단하는 법을 몰라 내가 먼저 화부터 내 버렸다. 아버지가 늘 고함치던 방식으로 남의 입을 닫게 했던 걸 내가 그대로 따라하고 있었다.

내 목소리는 어느새 커져 버렸다. 아내는 내 목소리가 반지하의 창문을 통해 나갈까 봐 얼른 창문을 닫아 버렸다. 내가 어릴 땐 가난이라는 단어가 익숙하지 않았다. 단지 사 먹고 싶은 과자를 자주 못 사 먹는다는 것과 기어 달린 자전거를 타고 다니는 친구들이 부러웠지만, 엿장수 자전거가 그것을 대신해 주었고, 생일파티를 하는 친구 집에서 먹었던 케이크는 맛있었지만, 그 또한 빼깽이가 그 자리를 대신하고 있었다.

지금은 직장도 있고 내가 사랑했던 그녀와 함께 낳은 두 아이도 내 옆에 있다. 가장 행복해야 될 이 시간이 가난이라는 단어와 어울리지 않았지만, 어린 시절 읽었던 제제의 가정을 보는 것 같았다.

"이제 민한이 초등학교 들어가는 거야! 두 애들이 중학교, 고등학교, 대학교 갈 때까지 우리 이대로라면 아무것도 해 줄 수가 없어. 적금은커녕 학원조차 보내 줄 수 없다고. 너 고생하는 거 나도 아는데 공장에서 네가 언제까지 일할 수 있을 것 같아? 나도 다녔던 회사야. 점점 사람들은 줄여 나가잖아. 너 더 나이 먹고 공장에서 나가라고 하면 어디서 일을 구해. 그러니깐 피곤해도 낮에 시간 좀 내서 다른 일 좀 알아봐."

동갑내기인 우리 둘은 아이들이 없을 때 서로 말을 놓곤 했고, 아내는 이전부터 가지고 있었던 생각을 나에게 말하는 것처럼 보였다.

아내 말이 맞았다. 공장에 중학교에 다니는 딸이 있는 형님이 계셨다. 자녀에게 들어가는 돈이 이것저것이 모여 형님이 한 달 동안 쓰는 돈보다 곱절에 곱절이 더 들어간다고 했었다. 학원도 하나 가지고 불안해서 두 개를 보내는데 그것도 친구들에 비하면 적게 보낸다는 것이라고 했었다.

초등학교 때 진실이가 생각났다. 방학 때 읍내까지 다녔던 학원도 막상 시험을 치르면 성적이 나보다 좋지 못했다. 하지만 그런 학원을 꾸준히 대학 전까지 다녔던 덕에 사범대를 졸업하고, 중학교 선생님이 되었다. 지금은 치과 의사 남편을 만나 행복하게 사는 걸 보면 학교 성적을 유지하기 위해서라도 학원이 필요한 것처럼 보였다.

나는 멍하니 대답도 하지 않고 티브이 속의 웃는 사람들의 얼굴만 쳐다보았다.

"전문대학도 못 나온 내가 특별히 돈 버는 직업을 구하기 힘들다는 거 너도 알잖아! 막상 구한다고 해도 지금 공장에서 이 교대로 일하는 것보다 적게 벌 건데."

창문이 닫힌 걸 의식하며 그녀와 대화를 시도했다.

"알아. 힘들어도 이번이 아니면 다음에 더 나이 들어서 하고 싶어도 못하잖아. 지금보다 더 나빠질 수는 없다고. 지금 뭔가 하지 않으면 안 될 것 같아서 한 이야기야. 넌 학원 그런 거 없이도 잘 컸다고 매번 말하지만, 우리 애들은 남들이 해 보는 거 더 시켰으면 시켰지 못 시키지는 않을 거야."

아내는 늦었는지 쭉 뻗어 티브이를 보고 있는 내 다리를 건너 집을 나갔다.

반지하의 현관문이 닫히는 소리가 들렸다. 웃고 떠드는 티브이 안의 사람들과 나는 다른 세계에 사는 것 같았다.

여동생의 사건을 알게 된 담임 선생님의 도움으로 간신히 고등학교를 졸업하자마자 군대에 자원입대했다. 제대하고 바로 서울로 올라와 고시원에서 살며 이삿짐센터부터 대리운전까지 여러 가지 일을 했었다. 하지만 집이 없는 나에게 나가는 돈이 너무 많았다. 길가에 비치된 벼룩시장 구인란에 공장에서 기숙사와 식비를 제공한다는 광고를 보고 몇 년간만 돈을 모을 생각으로 지금 다니는 공장에 왔다. 입사 후 일 년 가까이 일한 공장생활이 적응이 되었을 때 아내를 만났고, 그녀가 나의 모든 것이 되고부터는 나는 안정을 택하여 공장에서 벗어날 수 없었다.

마른 몸의 그녀의 행동은 산적처럼 생긴 내 체격보다 더 당당한 모습을 보여 주었다. 머뭇거리는 결혼 이야기도 먼저 꺼냈고, 회사하고 한 시간이나 떨어진 서울 끝자락의 신혼집을 구할 때도 나는 그녀의 뒤만 쫓아다녔다. 나는 그녀를 사랑했고 보호해 주고 싶었던 동시에 의지했었다. 신혼 때는 아무것 없이도 행복했었다. 그녀와 같이 이불을 덮는 것만으로도 행복했었고, 아침에 내 품에서 깨어나는 그녀는 어느새 다른 무엇과 바꿀 수 없는 소중한 사람이 되어 있었다.

중고 냉장고를 새것으로 바꾸었을 때도 아내는 하나하나 장만하자며 이제 도착한 흠집 하나 없는 냉장고를 닦고 또 닦았다. 이런 행복을 내가 가져도 되는 건지 항상 의심하며 살았고, 불안했다. 내가 지금껏 경험해 보지 못했던 행복은 잠깐 스쳐가지 않을까 생각했었다.

나는 과거에서 벗어나야 했었다. 두려움에 떨던 어린 시절, 악몽은 늘 언제나 다시 돌아올 거라는 불안감, 스스로 마음을 닫아 버린 막내를 이끌지 못한 무능력, 떳떳하게 성공해서 보란 듯이 보여 주고 싶었던 아버지, 그리고 사랑하는 내 동생 혜영이까지. 점점 나는 자신감을 잃어버리고 있었다.

그녀를 잊기 싫어 딸에게 붙여 주었던 그 이름. 난 자존감이 결여된 덩치 큰 사회의 톱니바퀴가 되어 있었다. 혜영이라는 이름의 오빠였던 나는 그리고 또 다른 혜영이의 아빠인 나는 스스로 정해 놓은 울타리 안에서 벗어나지 못하고 있었다. 눈시울이 붉어졌다. 내가 죽음으로 몰고 간 동생의 삶까지 열심히 살아야 했지만, 어느덧 행복이라는 걸 느낄 때마다 밀려오는 죄책감은 나를 다시 울타리에 가두어 버리고 말았다. 반복적인 이런 삶 때문에 아내와 자주 다투게 되었고, 눈치 빠른 아이들은 조심히 나에게 다가왔다.

*

눈을 감고 베개에 얼굴을 묻은 채 팔을 휘저어 전화기를 찾았다. 한쪽 손에 잡힌 전화기를 아무 버튼이나 눌러 알람을 꺼버렸다. 두 번째 알람이 울릴 때까지 기다리고 있다가 나는 고개를 들어 아직 다 열리지 않는 눈을 살짝 뜨고 스마트폰의 시간을 봤다.

오늘 아들 민한이의 유치원 공연이 있는 날이었다. 회사에 조금 늦게 출근할 거라고 미리 말은 해 놓은 상태였다. 야간작업을 끝내고 집에 돌아와 눈을 부친 짧은 수면 때문에 정신은 몽롱했고, 몸은 다시 이불 안으로 들어가려고 했다. 정신을 차리려고 앉아 티브이를 틀었다. 문득 떠오르는 생각에 손톱을 봤다. 조금 남아 있는 손톱의 기름때를 제거하고 가야 할 것 같았다.

초등학교 한쪽 건물에 위치한 병설유치원에는 곧 시작하는 아이들의 공연으로 학부모들이 삼삼오오 모여 이야기를 하거나 자리에 앉아 있었다. 주위를 둘러보며 아내가 있는 곳을 찾으려고 했지만, 강당 뒤에서 보이는 사람들의 뒷모습만으로는 찾기가 쉽게 않았다. 휴대폰을 꺼내 전화를 하려는 순간 앞쪽에서 손을 흔드는 아내가 보였다. 혜영이도 어린이집을 끝내고 엄마 옆에 자리 잡고 있었다.

"늦은 건 아니지?"

내가 옆에 앉아 있는 딸아이와 손뼉을 부딪치며 아내에게 물었다.

"맞춰서 왔어. 괜찮아? 피곤하지."

혜영이를 가운데 두고 양옆으로 아내와 내가 앉았다. 사람들은 곧 시작한다는 안내방송에 따라 자리에 앉기 시작했다. 주위를 둘러보니 대부분 나와 같은 연배이거나 조금 나이가 들어 보이는 학부형들도 있었다.

커튼이 오르고 여러 가지 동물 복장을 한 민한이 친구들이 서로 손을 잡고 공연을 시작했다. 민한이는 펭귄으로 분장한 아이들 중 한 명이었다. 아내는 이 순간을 놓치기 싫어서인지 연신 카메라의 셔터를 눌러 대고 있었다. 살짝 뒤돌아보니 아내처럼 모든 사람들이 카메라를 켜고 사진을 찍고 있었다. 나도 주머니에 있는 스마트폰을 꺼내 민한이가 가장 돋보이는 순간의 사진 몇 장을 찍고 진동으로 해 놓은 휴대폰을 주머니에 넣었다. 카메라 화면에 비춰진 아들의 모습을 보고 싶지 않았다. 그가 무슨 표정을 짓는지 두 눈으로 보고 싶었다.

그가 무대 가운데에서 고개를 살짝 두리번거리며 우리를 찾는 모습과 박자를 놓쳐 조금 늦게 펭귄 무리에 들어가는 모습을 보며 손을 흔들어 보였지만, 그는 나를 보지 못했다.

아버지가 지금의 내 나이였고, 나도 아들의 나이 정도였을 때, 저 작은 아이를 아버지는 그 육중한 손과 발로 걷어차곤 했다. 작은 아이는 살려고 발버둥 치는 아버지에게 빌었고, 아버지는 그것도 못마땅하신지 부엌에 쌓아 놓은 가지들을 골라 온몸이 피가 터질 동안 때리셨다. 술 취한 아버지를 허리를 다치신 할머니가 말리지는 못하셨다. 엄마가 집을 나가 시골에 온 이유가 나 때문인 듯 죽지 않을 만큼 때리다 주무셨다. 내 몸은 항상 멍과 회초리 자국으로 가득했고, 할머니가 돌아가시고부터는 저수지 밑의 집에서 절규하듯 우는 아이의 울음소리를 아무도 듣지 못하였다.

공연은 1부와 2부로 나뉘어서 진행이 되었다. 2부에서는 노래와 합창을 하며 그간 유치원에서 배웠던 걸 모두 다 보여 주려는 듯 어른들의 공연 못지않게 준비를 많이 한 것 같았다. 모든 공연을 끝내고 달려오는 아들을 번쩍 들었다. 그의 웃음은 내가 어릴 때 지었던 슬픔과 달랐다. 한쪽 다리를 잡고 있는 혜영이도 다른 팔로 들어 올렸다. 아내는 곧 기억 상실에 걸릴 것처럼 사진을 찍어 남기고 싶어 했다. 같은 유치원 학부모에게 부탁해서 우리 네 명의 가족사진을 찍었다. 북

적대는 강당에서 서로의 카메라 소리가 규칙 없이 들려왔다. 모든 부모가 다 같은 마음으로 그들의 자녀들을 축하하고 있었다. 내 어린 시절의 아버지만 빼놓은 채.

시골집에는 가족사진이 단 한 장도 없었다. 서로 친구들과 어울렸던 각자의 사진만 있을 뿐 우리 삼남매가 찍었던 사진도 남들이 다 가지고 있는 단 한 장의 가족사진도 존재하지 않았다. 남들은 가족이라는 단어가 행복과 끈끈한 유대감일지 모르지만, 내 옆에 손을 잡고 있는 두 아이의 나이부터 끔찍하고 벗어나야 하는 지옥과 같았다. 내가 겪었던 지옥을 아이들에게 물려줄 수는 없다는 다짐을 다시 한번 하였다.

두 아이의 손을 잡고 식당들이 모여 있는 번화가로 발길을 돌렸다. 아이들은 오랜만에 나와 손을 잡고 걷는 이 순간에 들떠 있었다.

"아빠! 이렇게 다 같이 걸으니깐 너무 좋다."

내 손을 쥐고 걷는 혜영이가 아주 작은 붉은 입술을 움직이며 말했다.

나는 어린 딸의 걷는 모습을 보며 미안해졌다. 무엇을 사 달라고 무엇이 먹고 싶다고 하는 말이 아니었다. 단지 이렇게 걷는 것만으로도 그녀가 행복해 할 수 있다는 사실, 어린 시절부터 갈망하던 걸 잊고 살고 있었다.

딸의 말을 듣던 아내도 나를 바라보았다. 나는 어떤 변명도 할 수 없었고, 아내가 무언으로 아이들이 바라는 게 이거라는 눈빛을 보내는 것 같았다. 미안했다. 막내에게 아들에게 그리고 나대신 아이들에게 변명했을 아내에게 미안했다.

"아들! 뭐 먹고 싶어? 오늘은 아들이 골라. 먹고 싶은 거."

나는 잡고 있던 민한이의 손을 번쩍 들었다.

"피자! 햄버거! 치킨!"

혜영이가 오늘 자기가 공연의 주인공인 듯 미리 생각해 놓은 것처럼 소리치고 있었다.

"아빠. 피자 먹을래."

민한이는 혜영이의 얼굴을 한번 보고 다시 나를 올려다보며 말했다.

내 양쪽 손을 잡고 있는 아이들의 팔을 흔들며 우린 피자집으로 들어갔다.

어릴 때부터 먹어 보지 못한 피자나 파스타는 성인이 되어서도 입에 맞지 않았다. 결혼 전 아내와 데이트를 할 때도 그녀가 좋아해서 몇 번 간적은 있지만, 여전히 내 입맛에 맞지는 않았다.

의자에 앉은 아들에게 메뉴판을 주게 하고 고르게 했다. 찰싹 오빠 옆에 달라붙은 혜영이는 언제 저렇게 남매가 친했나 싶을 정도로 메뉴에 손가락을 대 보면서 오빠를 설득하는 것 같았다.

"몇 시까지 가야 돼?"

아내는 차고 있던 손목시계를 보며 말했다.

"조금 시간 있어. 저녁 먹고 잠깐 바람 쐴 정도?"

아쉬워하는 아내 표정이 보였다.

오늘 같은 날이면 아이들과 함께 잠들기 전까지 있어 주길 바라는 것 같았다. 이런 추억은 평생 간다는 걸 나도 알고 있었지만, 외국인 노동자가 절반을 차지하는 공장에서 십 년 넘게 일한 내가 야간조에서 빠지면 사무실에서 걱정을 많이 했다. 다른 사람도 있었지만 밉보이는 걸 하고 싶지 않는 내 성격도 문제가 있었다.

남매는 서로 합의점을 찾았는지 메뉴 사진이 벽에 걸려 있는 큼지막한 피자와 치킨을 골랐다. 음료수가 먼저 나오고 앞에 앉은 민한이와 혜영이가 빨대에 입을 대고 서로를 바라보며 웃었다. 맨날 집에서는 시끄럽게 싸우고 울곤 했던 아이들이 오늘 분위기를 깨지 말자고 약속한 것처럼 서로의 심기를 건드리지는 않고 있었다.

우리 삼남매도 우애는 좋았다. 초등학생이었던 혜영이는 나와 막내의 도시락을 싸 주었고, 경수는 밖에 있는 닭장 안 계란을 빼 오며 각자의 위치에서 서로에게 도움이 되려고 했었다. 자주 싸우는 우리 집 두 아이도 서로에게 그런 존재가 되기를 바랐다.

"네가 말한 거 나도 생각해 봤는데 다음 주 주간조 돌아오면 그나마 시간이 있으니깐 일 끝나고 저녁 시간에 이곳저곳 알아볼게. 네 말대로 그렇게 해야 될 것 같아. 만약에 힘들어지면 고개 숙이고 다시 공장에 들어가야지 뭐. 그래도 십 년이나 일했는데 매정하게 그만뒀다고 다시는 안 받고 그러지는 않겠지."

두 아이를 바라보는 아내의 손을 잡고 아이들이 신경 쓰이지 않게 낮은 목소리로 이야기 했다.

"나도 너 힘든데 그렇게 말해서 그날 하루 기분이 좋지 않았어. 그래도 우리 이렇게 살 순 없잖아! 너도 오늘 유치원 학부모들 봤지. 뭐 우리 같은 사람들도 있겠지. 하지만 애들은 우리가 해 줄 수 있는 데까지는 해 보자. 이왕 네가 마음먹은 거 나도 힘들어도 좀 참고 견뎌

볼게. 너무 급하게 하려고 하지 말고 천천히 알아봐."

그녀는 내 선택에 응원을 보내는 듯 잡고 있는 손에 힘을 주었다. 아무것도 없이 시작했었다. 하지만 지금은 두 아이가 내 앞에 있다. 저 아이들에게는 나와 다른 삶을 살게 해야 했다. 좋은 아들이 나는 되지 못하였지만, 좋은 아버지가 될 수 있도록 노력해야 했다.

한참을 아이들을 바라보며, 이제는 습관이 되어져 버린 상상을 잠시 하던 중에 그림과는 상당히 달라 보이는 피자가 테이블 중앙에 놓여졌다.

두 아이는 커진 눈동자를 서로 바라보며 각자의 접시에 피자가 놓이길 기다렸다.

"오늘은 민한이 공연한 날이니깐 아들부터."

나는 잘려진 피자 한 조각을 그의 접시에 올려놓았다.

"아빠. 나도."

"혜영이는 오늘 엄마 말 잘 들었어? 그래야 주지."

"아빠. 엄마 말 엄청 잘 들었어. 그렇지 엄마?"

엄마를 쳐다보며 혜영이는 제발 그렇다고 말해 달라는 표정이었다.

"그럼 우리 혜영이 엄마 말 잘 들었지."

아내가 앞에 앉은 혜영이의 머리를 쓰다듬자 막내의 접시에 잘려진 피자를 올려 주었다.

아내도 피자를 좋아했지만 가족 중에 입맛이 혼자 다른 나 때문에 아주 가끔씩만 피자를 시켜 먹곤 했었다.

때마침 나온 치킨에 아이들은 먹다 남은 피자를 접시에 내려놓고 치킨에 손을 뻗었다. 먹지 않아도 아이들이 먹는 모습만으로 어느새 배가 차오르는 것 같았다. 막상 아내에게 다른 일을 알아본다곤 했지만 이렇게 두 아이에게 들어가는 음식도 잘못되면 줄어들 수 있다는 생각에 불안해지기도 했다.

아내가 먹지 않고 아이들을 바라만 보는 나의 팔을 툭툭 쳤다. 손톱 사이의 기름때를 제거한 손으로 치킨을 들어 물었다. 한쪽 주머니에서 울리는 진동에 스마트폰을 꺼냈지만 조금 늦은 탓에 전화는 이내 꺼져 버렸다.

부재중 전화가 여섯 통이 와 있었다. 모두 회사 전화번호였다. 나는 다시 통화 버튼을 눌러 회사에 전화를 걸었다.

"경태 씨. 연락이 왜 이렇게 안 되나? 백 톤 프레스에 강 씨가 다쳐서 지금 병원에 가 있네. 백 톤 기계가 멈췄는데 경태 씨가 좀 빨리 와 줬으면 하는데. 내일 점심까지는 부품을 보내 주어야 해서 큰일일세."

프레스 담당 팀장이었다.

"같은 조에 송 씨도 있잖아요?"

"글쎄 월차를 내고 강원도에 갔다고 하더라고. 경태 씨 조금 늦는다는 거 나도 알고 있는데 일이 이렇게 된 이상 지금이라도 와 줄 수 없겠나? 밤새 찍어도 될까 말까인데 기계가 멈춰서 어떡해. 택시비는 회사에 청구하고 빨리 와 주게. 부탁하네."

옆자리의 아내가 전화기를 통해 오고가는 내용을 듣고 얼굴을 찌푸렸다.

앞에서 치킨과 피자를 먹는 두 아이에게 미안했다.

"나 가 봐야겠는데. 주간조에 강 형님이 프레스에 손이 찍혔나 봐. 납품이 내일까지라서 가봐야 될 것 같아."

굳이 자세한 설명을 해 주지 않아도 같은 회사에서 일했던 아내는 무슨 말인지 알 수 있었다.

"안 돼!"

두 아이는 일제히 먹던 걸 멈추고 나를 바라보며 소리쳤다.

아내는 먹던 피자를 내려놓고 나와 반대편인 창가를 아무 말 없이 바라보았다. 아내는 화가 난 것이었다. 나는 가지 말라는 두 아이의 볼에 입을 맞추고 가게 밖으로 나왔다. 창가를 지나치는 나에게 아이들은 손을 흔들었고, 아내는 고개를 돌려 나를 바라보지 않았다. 이제는 아내가 부추기지 않아도 내가 다른 곳을 알아봐야 했다.

*

열 곳이 넘는 곳에 이력서를 넣었지만 전화조차 오는 곳이 없었다. 시간이 흐를수록 초조함이 나의 무능력을 점점 상기시켜 주는 것 같았다. 아내 말대로 너무 늦게 알아보는 게 아닌가 싶을 정도로 내가 가진 이력으로는 부족하다고 생각을 하던 중에 면접을 한번 보자고 연락이 왔다.

비슷한 공장으로 이력서를 넣지 않는 이상 실업계 고졸에 공장에서만 줄곧 일했던 경력은 휴지 조각과 같았고, 다른 기술을 배워 놓지 못한 내가 한심해 보였다.

주류를 납품하는 회사는 집에서 지하철을 타고 삼사십 분 정도 가면 나오는 곳에 위치해 있었다. 식당이나 야간 업소에 양주나 맥주, 음료 등을 납품하는 회사였다. 일 톤 트럭에 전날 주문 들어온 물량을 차에 실고, 업장 영업에 방해되지 않는 시간대에 배달을 해 주면 되었다. 낮에는 일반음식점에 배달을 하였고, 맥주나 양주는 야간 업소가 문을 여는 시간에 맞추어 재빨리 배달을 해 주어야 했다. 일하는 시간은 꽤 길었지만, 정기적으로 공휴일로 표시된 요일은 다 쉴 수 있었다.

두 아이가 있는 나로서는 괜찮은 조건이었고 공장에서 말없이 기계만 만지다 퇴근하는 그런 일상보다 비록 정해진 구역이지만 차를 타고 다니면 세상 돌아가는 일에 동참하는 느낌이 들 것 같아 이 직장이 맘에 들었다. 일이 끝나고 난 후 학원이라도 다녀서 장기적으로 할 수 있는 일을 준비하기에도 좋았다.

처음 면접을 보기 위해 갔던 사무실에서 간부로 보이는 사람이 나의 체격을 보고 바로 채용을 결심하였다. 무거운 맥주 박스를 네다섯 짝씩 옮겨야 되니 많은 사람들이 몇 주, 길게는 육 개월을 버티지 못 하고 그만둔다는 것이었다. 공장에서 일한 주야간 근무에는 못 미치는 임금이지만 주간만 하는 일임에도 월급이 그리 낮지는 않았다. 아이들과 함께하는 시간과 앞으로 내가 다른 일을 알아볼 수 있었기에 나쁜 조건은 아니라 생각했다.

"그럼 언제부터 출근이 가능하겠습니까? 새 직장생활을 하시는 거니 밀렸던 일을 다 보시고, 다음 주 월요일부터 정식으로 출근하셔서 인수인계도 받고 하시죠. 괜찮겠습니까?"

면접은 간단히 끝났고, 벌써 정해 놓은 일정을 나에게 권유하듯이 물었다.

　"예. 알겠습니다. 전에 다녔던 회사도 이번 주에 마무리 짓고, 월요일부터 출근하도록 하겠습니다. 채용해 주서서 감사합니다."

　"아닙니다. 자주 직장을 옮기신 게 아니어서 신뢰도 가고요. 요령과 힘을 쓰는 일이다 보니깐 젊은 친구들이 패기로 덤볐다가 그만두는 경우가 많습니다. 앞으로 경태 씨가 그 구역을 맡아서 책임져 주시면 회사로서도 감사하구요. 시간이 되시면 영업도 같이하셔서 인센티브도 가능하나 그건 천천히 일 배우시면서 가르쳐 드리도록 하겠습니다."

　명함에 영업부장이라고 써져 있는 그는 시원한 말투 때문에 솔직해 보였다. 작업복을 입고 물건을 상하차하는 직원들이 창밖으로 보였고, 정장을 입은 부장은 그 일대를 주로 영업만 하는 사람처럼 보였다.

　차량은 열 대가 넘어 보였다. 송파와 강남으로 주로 배달하는 회사의 직원은 오십 명도 채 되지 않는다고 했다. 영업사원이 배달사원만큼 있었고, 그들이 사무직 업무와 동시에 영업을 하기도 한다고 했다. 대부분이 젊은 사람들로 보였다. 맥주박스 서너 개를 등에 짊어 메고 지하이거나 계단을 밟고 올라가야 하는 건물 야간업소는 체력이 약한 사람은 쉽게 지칠 수 있어 보였다.

　겨울이 다가오려는지 날씨는 쌀쌀했다. 다시 무언가를 시작한다는 자신감에 조금이나마 가슴이 뛰는 것 같았다. 하지만 일이 익숙해지면, 이 또한 벗어나려고 발버둥을 칠 것이었다. 나는 준비를 해야 했다. 무엇인가 배우지 못하면 육체노동으로 그리고 그 육체노동이 끝나는 시기에 아무도 나를 원하지 않는다는 걸 알고 있었다.

"여보세요. 나야. 통화 가능해?"

몇 개 넣은 회사 중에 단 한 곳에서만 면접 기회가 왔다. 아내는 겉으로 말하지 않았지만 아마도 기다리고 있을 거라는 생각에 미리 전화를 했다.

"말해. 지금 애들 씻기려고. 저녁 시간 맞춰서 들어올 수 있지?"

"지금 끝났어. 지금 가면 저녁 시간에 맞출 수 있을 거야. 그리고 여기 나 채용한대. 월급도 그리 나쁘지 않네. 지금 다니는 공장보다 못하지만 야간도 없고 저녁에 크게 문제없으면 아홉 시 전에는 정기적으로 끝나는 것 같아. 배달이 빨리 끝나면 여덟 시에도 갈 수 있다고 하는데 계절 따라 조금씩 차이가 있나 봐."

"그래. 잘됐네. 지금 애들 씻겨야 돼서 오면 길게 이야기하자. 너 올 때까지 기다릴 테니깐 애들 배고프지 않게 빨리 들어와!"

두 아이가 서로 으르렁거리는 소리가 전화기를 통해 들려왔고, 아내는 이내 전화를 끊었다.

면접을 보기 위해 썼던 월차가 마지막이 될지 몰랐다. 내일은 회사에 출근해서 퇴직계를 내야 했다. 10년을 다녔던 회사였지만, 미련은 없었다. 아쉬운 사람들과 저녁은 주말을 이용해서 먹을 생각이었다.

지하철역을 향해 걷는 발걸음이 가벼웠다. 비록 평일에 늦게 집에 들어오지만 주말과 공휴일에 아이들과 시간을 보낼 수 있었다. 휴일은 공장처럼 이십사 시간 돌아가지 않는 것만으로도 부담감이 없었다.

아이들과 그동안 못 갔던 공원이나 놀이동산에 갈 수 있었다. 벌써부터 두 아이가 웃는 얼굴이 떠올랐다. 아내와는 경제적으로 서로 다툼이 있겠지만, 이제 다시 시작하는 나에게 격려를 아끼지 않을 게 보였다.

이제는 습관이 돼 버린 상상하기를 하며 앞으로의 일을 생각했다. 혼자 상상하는 것, 이룰 수 없는 걸 상상하는 게 나를 어린 시절 지옥에서 잠시 탈출시키는 유일한 방법이었다. 하지만 지금은 곧 가족을 위해 시간을 낼 수 있다는 현실에 행복했다.

지하철을 타고 내려가려는데 주머니에서 휴대폰이 울리기 시작했다. 처음 보는 전화 번호였다.

"여보세요?"

지하철 승강장으로 가는 상가 통로는 사람들로 붐벼 상대방 목소리가 잘 들리지 않았다.

"여보세요? 말씀하세요."

주변이 시끄럽다고 내가 소리를 지르면 상대방의 귀는 전화기에서 멀어질 것이었다. 늘 공장에서 일이 생기면 시끄러운 기계 소리보다 더 큰 소리로 통화를 해야 했고 사람들은 그런 나에게 신경질적으로 일한다고 말했었다.

"형. 저예요. 경수."

묵직한 목소리가 익숙했다. 동생이었다.

나는 군대를 제대하고 바로 서울로 올라왔다. 그로부터 지금까지 동생을 십육 년 동안 몇 번 만나 보지 못했었다. 멀어져 버린 나와 그의 사이에 비워져 있는 여동생의 자리가 서로를 밀어내고 있는 듯했었다. 그의 조카인 우리 아이들도 말을 하기 시작하고부터는 만나 보지 못했었다. 그는 감방에서 삼 년을 살고 나와 전화를 거는 거였다.

"경수? 경수야! 어디야? 언제 나왔어."

나는 재빨리 밖으로 나가는 계단을 오르면서 이 시끄러운 곳에서 벗어나려 했다.

"지금 서울에 있어요. 누구 좀 만나려고요. 시골에 내려가기 전에 형 얼굴 한번 보려고 전화했어요. 본 지도 오래됐고 해서."

"너. 형 집이 서울에 있는데 어디에 있다는 거야. 며칠이라고 해도 형 집에 있어야지. 우리 애들 얼굴도 보고 형하고 술 한 잔도 하고 인마."

"이런 삼촌을 조카들이 봐서 좋지도 않을 것 같기도 해서요. 형수님도 얼굴 보기 민망하고."

"조카들이 어때서? 네가 어때서? 애들이 삼촌 한 번 보고 싶다고 하고 네 형수도 걱정을 얼마나 하는데. 형이 지금 이 번호로 주소 보내줄 테니깐 이리로 와라. 조카들도 보고. 그리고 형한테 연락 한번도 안 한 이놈아. 지금 올 거지. 응?"

눈에는 어느새 눈물이 고였다. 동생이 출소하는 날 가족의 품에서 밥 한 끼라도 따뜻하게 먹이고 싶었다.

바빠서 시간을 많이 낼 수 없어 동생에게 한두 번밖에 면회를 가지 못했다. 그가 무엇을 좋아하고 무엇을 싫어하는지도 모른 채 사 줄 수 있는 범위 내에서 사식도 넣었다. 그런 동생은 나를 완강히 거부했고, 면회도 오지 않기를 바랐다. 마지막 면회는 일 년 전에 찾아갔지만,

그는 나를 만나지 않았었다.

내가 어릴 때부터 갖고 있었던 고통은 오직 나만의 고통일 거라고 생각했었다. 여동생이 죽고 나서, 나는 집에서 벗어나려 학교를 졸업하자 군대에 가 버렸다. 제대를 하고 서울로 올라오면서 남겨진 막내가 받았을 충격을 알지 못했다. 막내의 고통을 보듬어야 될 내가 그곳을 혼자 뛰쳐나와 버렸다. 사춘기를 겪고 있었던 그는 혜영이의 죽음으로 그의 내면까지 철저히 닫아 버린 외로운 사람이 되어 버렸다.

우린 서로의 고통을 알아차리지 못한 채 멀어져 갔고, 수감되기 전에 만났던 동생은 내 체격과 비슷하게 커져 있었다. 운동을 하는 건지 몸은 다부지게 근육질이었고, 반팔 사이로 내려와 있는 문신은 얇은 셔츠에 비춰져 온몸을 뒤덮고 있는 듯 보였다. 동생은 그렇게 교도소에서 세 번째로 나오는 길이었다.

"그래요. 주소를 문자로 주세요. 제가 근처에 도착하면 전화 드릴게요."

무거운 목소리로 그는 무뚝뚝하게 전화를 끊었다. 동생이 전화를 끊자 아내에게 바로 전화를 했지만 받지 않았다. 아이들을 씻길 거라는 아내의 말이 떠올랐다. 동생에게 일단 문자로 주소를 보냈다. 저녁 시간에 늦지 않게 한 시간 내로 도착해 주면 좋겠다는 문자도 함께 보냈다.

아내에게도 문자를 남겼다. 동생이 저녁을 같이할 거라는 말과 함께 마트에서 필요한 걸 문자로 보내 주면 집에 가는 길에 내가 들러 사 가지고 갈 생각이었다. 아버지에게 전화를 하려고 했지만, 시간을 보니 벌써 저녁 여섯 시가 넘었다. 이 시간에 아버지와 통화가 불가능했다. 벌써 만취가 되어서 어디선가 누워 계실 게 뻔했다. 전화를 받으신다고 해도 잠꼬대 같은 말만 하실 게 보였다. 동생이 시골에 내려가기 전에 들리는 거라 했기에 굳이 전화를 드릴 필요가 없었다.

에스컬레이터는 흥분한 나를 빨리 지하철 승강장으로 데려가지 못했다. 비어 있는 한쪽 줄로 이제 막 지하철이 도착한 것처럼 뛰어 내려갔다. 지하철은 도착하지 않았다. 하지만 조금이나마 빨리 도착하게 발을 동동거리며 전역을 출발한 기차를 기다렸다.

집 근처 역에서 내려 핸드폰을 꺼내 문자를 확인했다. 동생에게 온 문자는 없었고, 아내는 밖에서 나가서 먹자는 문자가 왔다. 나는 집에서 집 밥을 해 주고 싶다는 문자를 다시 보냈고, 전화기를 주머니에 넣어 서둘러 역을 빠져 나왔다.

내가 사는 집도 보여 주고 싶었다. 첫째가 태어났을 때도, 연년생으로 딸이 태어났을 때도 그는 교도소에 수감 중이었었다. 내 아이들에게 동생을 보여 주고 싶었다. 동생에게도 형이 만든 가족을 보여 주고 싶었다. 두 아이가 걸어다니는 걸 마지막으로 보곤 그는 다시 교도소에 들어갔었다.

집에 가는 길에 있는 재래시장에서 1등급이라고 써져 있는 소고기를 샀다. 야채가게에 들러 고기를 싸 먹을 상추와 깻잎도 샀다. 동생이 삼십대 초반을 훌쩍 넘긴 시간 동안 그가 무엇을 좋아하는지도 몰랐다. 나는 이런 놈이었다. 아내가 무엇을 좋아하고 무엇을 싫어하는지, 두 아이가 무엇을 좋아하고 가장 친한 친구가 누구인지조차 알지 못했다. 난 주위를 둘러보지 못했다. 그걸 배우지도 그걸 본 적도 없이 자라 버린 것인지, 저수지 밑에서 고통 속에 매 맞는 아이를 아무도 신경 쓰지 않는 듯, 나또한 그들처럼 남들의 행동을 알려고 하지 않았다.

반지하의 대문을 열자 신발도 벗기 전에 두 아이들이 나에게 안겼다. 아내 말대로 나는 아이들이 이렇게 커 가는 걸 보지 못했다. 자식에게는 같이 있어 주는 것만으로도 가장 큰 행복이라는 말, 내 경험으로는 동의하지 못하지만 아내는 조금이나마 시간이 생기면 아이들과 같이 있어 달라는 말을 했었다.

평범한 가정을 겪어 보지 못한 내가 평범함을 알 수는 없었다.

"아빠. 이거 뭐야?"

혜영이가 들고 있는 봉투를 손가락으로 찌르면서 물었다.

"오늘 고기 먹으려고 아빠가 고기 사 왔지."

내가 봉투를 들고 흔들자 문 옆 주방에 서 있던 아내가 낚아챘다.

두 아이는 무슨 큰일이나 난 것처럼 몇 평 되지 않는 방을 이리 저리 뛰어다니며 좋아했다.

"몇 시에 온대?"

아내가 손에 있는 봉투를 싱크대 위로 올려놓았다.

"이제 곧 도착할 거야. 서울 어디라고 물어보진 않았는데 설마 끝에서 끝으로 오지는 않겠지. 국은 있어?"

"빨리 씻어. 내가 알아서 할게. 도련님도 본 지 꽤 오래되었네."

아내는 내심 걱정하는 눈빛이었다. 같이 산 지 십 년이 넘어 알 수

있었다. 동생이 몇 번에 걸쳐 들어가는 교도소가 아이들에게 나쁜 영
향을 끼치지 않을까 걱정하는 모습이었다.

그녀에게 미안했다. 이런 아버지, 이런 남편에 십 년 동안 한두 번
본 게 전부인 아이들의 삼촌까지.

"곧 오는데 내가 전화 받고 나가야지. 밥 먹고 씻지 뭐. 내가 상 차
리는 거 도와줄게."

작은방에 두툼한 외투를 벗어 옷걸이에 걸어 놓고 상을 폈다.

민한이와 혜영이가 달려와 서로 자기가 하겠다며 상다리를 접었다
폈다를 반복했다. 나는 방바닥에 앉아 두 아이들에게 말했다.

"조금 있다가 삼촌이 올 거야. 그럼 인사 잘하고 말썽 부리면 안 돼."

둘은 하던 일을 멈추고 서로를 바라보았다.

"삼촌이 누구야?"

민한이가 물었다. 막 걸음마를 떼었을 때 만났으니 기억할 수 없을
것이다.

"아빠 동생이야. 민한이 동생이 혜영이잖아. 아빠도 동생이 있어.
너희 둘은 아빠 동생을 삼촌이라고 불러야 돼. 알았지?"

"응!"

혜영이가 먼저 대답을 했다. 물론 그녀는 듣지도 않고 오빠보다 먼
저 대답만 한 거였지만.

"아빠. 방해되니깐 애들 방에 데리고 들어가."

아내가 말했다.

방에 티브이를 켜자 또봇이 티브이에서 나오고 떠들썩했던 아이들

은 나에게 조용히 하라며 입으로 그 작은 검지를 펴 갖다 대었다.

"고기를 방 안에서 구울까?"

거실 없이 두 방을 연결하는 통로만 있는 반 지하 방에서 고기는 문 앞에 있는 가스레인지에서 구우며 옮겨야 했다. 아내는 방에 기름 냄새며 고기 냄새가 나는 걸 싫어했다.

"내가 여기서 구울 테니깐 넌 도련님 오면 방에서 저녁 같이해. 반 지하방이라 연기가 밖으로 나가지도 않는 거 알잖아. 바닥에 기름 튀어서 안 돼. 옷이고 이불이고 고기 한번 먹자고 전부 빨 수는 없잖아!"

아내가 분주하게 저녁을 차리면서 말했다.

"그래도 다 같이 앉아서 먹어야지. 자주 먹는 것도 아니고."

"야!"

매서운 아내의 단 한마디와 나를 바라보는 짧은 눈빛으로 더 이상 아무 말도 할 수 없었다.

상 가득히 차려진 밑반찬을 들고 안방으로 들어갔다. 두 아이의 시선은 티브이에 고정되어 저녁은 안중에도 없어 보였다. 평소 때라면 아내는 정해진 시간에만 티브이를 보게 하였다. 나머지 시간에는 아내 나름대로 아이들에게 공부를 시켰지만, 지금 리모컨을 껐다가는 그 원망을 고스란히 내가 가져가야 했다. 동생이 오는데 굳이 아이들 교육이라며 훈육을 시키는 모습을 보이고 싶지 않았다.

상은 다 차려졌고 아내도 동생이 오면 고기를 구울 준비를 해 두었다. 때마침 전화벨이 울렸다. 저장해 두었던 동생의 전화번호였다.

"그래. 도착했어?"

문 앞이라는 동생의 말에 내가 일어섰다.

반지하의 대문을 열자 동생이 보였다. 삼 년 만에 만나는 동생이었다. 키는 비슷했지만, 체격이 나보다 더 커서 내가 더 작게 보이는 듯했다.

"어디 몸 아픈 데 없이 잘 지냈냐?"

"예. 뭐 잘 지냈죠."

퉁명스러운 묵직한 말투로 대답하던 동생의 두 손에는 무언가 들려 있었다.

못 본 사이 그의 문신은 손목을 타고 손등까지 뻗어 있었다. 아마 온몸을 덮어 버린 것 같았다.

동생이 반지하방 안으로 들어오자 두 아이가 인사를 했다. 경수가 팔을 벌려 그들을 안았지만, 기억나지 않는 동생을 두 아이는 마른 장작처럼 몸을 기댈 뿐 팔을 벌려 안지는 않았다.

"민한이, 혜영이. 이 사람이 삼촌이야. 삼촌, 아빠 동생이야, 삼촌 한번 해 봐!"

두 아이는 부동자세로 나와 동생을 번갈아 바라보았다.

"삼촌!"

두 아이가 기어가는 목소리로 대답했다.

"삼촌이 뭐 사 왔게?"

동생은 종이가방에서 큼지막한 로봇 하나를 민한이에게 키티 인형을 혜영이에게 전해 주었다.

두 아이는 어색했던 낯선 이를 받아들이는 듯 장남감과 인형을 받아

들었다.

"형수님 잘 계셨어요?"

아이들 뒤에 있는 아내에게 동생이 말했다.

"네. 도련님도 잘 계셨어요? 식사 준비해 놨으니깐 들어오세요."

우린 서로 그가 지냈던 곳은 기억에서 지워 버린 채 평범한 이야기를 했다.

아내가 두 아이를 데리고 안방으로 들어갔다. 좁은 반지하방은 육중한 동생의 덩치 때문인지 평상시보다 작게 느껴졌다.

"들어가자."

"예. 저 손만 씻고 들어갈게요."

그동안 어떻게 지냈느냐는 질문은 필요가 없었다. 그에게 하루가 똑같은 삼 년이었기에 나는 아버지 이야기를 했다.

"아버지께 전화 드렸냐? 내가 전화 드리려다가 조금 시간이 늦은 것 같아서 못했다."

아내는 국과 밥을 옮겨 담고 주방으로 가서 고기를 굽기 시작했다.

아이들은 낯선 이의 경계는 어느새 사라져 버렸는지 그가 준 선물을 꼼꼼히 확인하듯 만져 보고 있었다.

"아직요. 형도 집에 저 나왔다고 전화하지 마세요. 서울에서 볼일 좀 보다가 여유 있게 내려가려고요."

"그래. 급한 일을 먼저 보는 게 좋지. 집이야 그대로 있으니깐. 어서 먹자. 민한이 엄마가 요리를 잘한다."

혜영이가 그런 소리를 놓치지 않고 가지고 놀던 인형을 놓고 말했다.

"혜영이 엄마야! 혜영이!"

아내가 항상 아이들 앞에서 조심하라고 했는데 남매가 같이 있는 곳에 큰애 이름으로 엄마를 부르니 바로 혜영이가 울었다.

동생은 혜영이를 무릎에 앉혀 달래 보았지만 방에 들어오는 아내의 다리를 움켜쥐고는 울음을 멈추었다. 첫째는 그런 동생이 울어도 거들떠보지도 않고 삼촌이 사 가지고 온 로봇에만 신경을 몰두하고 있었다.

"삼촌 계시는데 울면 어떡해! 빨리 밥 먹어. 민한이도 로봇 뺏기 전에 밥 먹고 나서 가지고 놀아!"

아내의 말에 남매는 식탁에 앉아 수저를 들기 시작했다.

"도련님. 살이 많이 찌셨네요. 근데 누구 만나는 사람 있어요?"

서먹한 분위기를 깨려고 작은 상에 나보다 체격이 좋은 동생에 밀려 모서리에 앉은 아내가 말했다.

"아니요. 없어요."

동생은 무뚝뚝했다. 어릴 때 아버지를 웃게 만든 재롱은 그의 몫이었지만, 그의 누나가 죽고부터는 웃음도 장난기도 사라져 버렸다. 고등학교를 중퇴한 그는 그의 체격과 비슷한 친구들과 어울리기 시작했고 가지 말아야 될 곳을 가게 되었다. 그가 아는 사람들은 그의 이름보다 그의 전과에 더 관심을 갖기 시작했다. 이렇게 큰 덩치에 말도 없는 동생의 폭력 전과로 사람들은 그를 경계했고 그도 그들을 경계했다.

"이제 천천히 만나면 되지. 여기 고기도 좀 먹어라. 나는 애들 있는

데서 술을 안 마신다. 밥 먹고 형하고 나가서 마시자."

"밥 먹고 바로 가봐야 돼요. 조카들이 얼마나 컸는지 궁금해서 왔어요. 술은 다음에 마시죠."

"그래. 요즘은 바쁜 게 좋은 거라고 하더라. 이제 같이 자주 볼 건데 술이 문제겠냐."

나는 비좁은 상에 동생 앞에 자리를 만들어 아내가 구워 온 고기를 두었다. 동생은 작은 고기들을 그의 조카의 밥 위에 하나씩 놓았다.

"혜영이. 막내가 혜영이잖아요. 애가 피아노를 배우면 좋을 텐데."

그는 여동생의 얼굴을 조금 닮은 혜영이의 머리를 쓰다듬었다.

나는 들던 수저를 멈추고 그를 바라보았다. 그는 나를 바라보지 않고 다시 천천히 밥을 먹었다. 여동생이 죽고 나서 경수와 나는 혜영이에 대해서 서로 말을 하지 않았다. 서로를 배려하는 건지 아니면 찢어지게 그녀가 보고 싶어 울어 버릴 것 같았는지도 몰랐다.

그의 누나의 자살도 연탄가스가 원인인 우울증이라고 생각하는 아이였다. 그녀의 성폭행 사실을 알리려는 나 때문에 그녀가 자살하였다고 이야기하지 않았다. 아버지는 확실하지 않는 이야기를 그에게 말하지 않았고, 당시 우리 가족은 입과 귀를 닫고 한 집에서 서로를 보지도 듣지도 못한 채 살아가고 있었다. 며칠 동안 술만 드시는 아버지, 어렵게 부탁해서 들어갔던 공장 실습도 남아 있던 학교생활도 할수 없었던 나, 그리고 울고 있는 동생. 우린 서로를 다독거려 주지 못했었다.

"갑자기 피아노는 왜요. 학습지도 늦었는데 그거부터 해야죠."

아내는 알지 못했다. 여동생이 피아노를 좋아했었다는 걸. 그리고 그 여동생의 죽음이 자살이라는 것도 말하지 않았다. 나는 여동생을 기억하기 위해 딸에게 같은 이름을 지어 주었지만 이 사실을 알았다면 아내는 자살한 여동생의 이름을 우리가 낳은 딸에게 붙이지는 않았을 거였다.

단지 몸이 좋지 않아 어렸을 때 죽은 여동생이 있다는 말을 한 적이 있었다. 매일 불렀던 딸의 이름이었지만, 동생은 이름이 같은 누나를 불러 보는 것일 게다. 그는 엄마처럼 그녀를 따랐었다. 그녀의 죽음은 누군가의 딸이, 누군가의 여동생이, 누군가의 누나가 그리고 누군가의 엄마가 죽은 사건이었다.

"일을 서울에서 하려고?"

아내가 알까 봐 나는 빨리 화제를 바꾸었다. 언젠가 아내에게 말할 생각이었지만, 오랜만에 만난 동생 앞에서는 하지 않는 게 좋겠다고 생각했다.

"아직 모르겠어요. 이제 나와서 이리저리 알아봐야죠. 전부터 알던 사람이 일 좀 같이하자는데 어떻게 될지 모르겠어요."

불안했다. 누군가 동생에게 일을 같이하자는 말은 스스로 찾는 일보다 좋지 않다는 걸 알고 있었다.

"형은 하는 일 잘되고 있어요?"

"사실은 오늘 새로운 일자리 알아보고 왔다. 애들은 커 가고 계속 공장에서 있을 수 없어서 식당이나 업소에 납품하는 주류회사에 면접 보고 다음 주 월요일부터 출근하기로 했어. 공장에서 이 교대로 오래

일했더니 세상이 어떻게 돌아가는지 모르겠더라. 일 끝나고 학원도 다니면서 뭐라도 배울 수 있는 기회도 있고."

내가 학원 이야기를 하자 아내가 나를 바라보았다.

그녀가 아직 물어보진 않았지만 나는 그녀를 바라보며 대답을 했다.

"그것도 몸 상하면 못하는 일이라서 더 늦기 전에 짬짬이 시간 내서 배우려고. 그래도 손기술은 아버지한테 물려받아서인지 나쁘지 않으니깐 요리 아니면 미용을 생각하고 있어."

"아버지한테서 손기술을 물려받은 건 있죠. 그게 주먹을 쥐는 거든 공구를 드는 거든."

동생이 비꼬는 듯한 말을 했다.

이 또한 아내는 알지 못하겠지만, 그가 무슨 의도로 말하는지 나는 알고 있었다.

"이 덩치에 미용을 한다고? 사람들 다 도망가겠다."

아내가 정색을 하며 말하자 어색했던 저녁상에 웃음이 났다. 동생도 분위기를 이어 가려는지 맞장구를 쳤다.

"형이 하는 미용실에 난 절대로 안 가요."

"야. 남들 다 하는데 나라고 못 할 거 뭐 있냐? 당신 저 역 앞에 남자 미용사 알지. 그 사람 덩치도 나만해!"

내가 말했다.

"그 남자는 덩치만 크지 거의 여자 같잖아. 자긴 목소리도 걸걸한데 어서 오세요 한번 해 봐. 사람들 들어왔다가 무서워서 나가지."

우린 서로 웃었고 아이들도 덩달아 웃고 있었다. 미용은 그만두고 요리를 배우겠다고 마음을 잡았다.

　무뚝뚝한 동생은 식사를 마치고 조카들과 어울리려고 했다. 아내가 식사를 마치고 녹차와 과일 접시를 내왔다. 나는 동생에게 뽀로로 포크를 건네고 두 아이들에게도 같은 포크를 건네주었다.

　동생은 밥을 먹는 도중에나 과일을 먹는 동안에도 조카들 입에 고기와 과일을 넣어 주었다. 새침한 혜영이가 거부감 없이 동생이 건네주는 과일을 입을 벌려 먹는 걸 보면 가족끼리는 오랜 시절 보지 않아도 서로 연결된 끈이 있는 것처럼 보였다.

　"볼 일 없으면, 오늘은 집에서 자고 내일 가세요."

　아내가 동생에게 권유했지만 나는 그조차도 맘에 들지 않았다.

　"볼 일이 있든 볼 일이 없든 서울에 있으면 형 집에서 자고, 일이 있으면 갔다 오면 되지. 시골에 갈 때까지 여기 있다가 내려가라. 옆에 방 하나 남으니깐."

　방 하나가 부족하다면 모를까 남는다는 말은 내가 말하고도 어색했다.

　"아니요. 가 봐야 돼요. 일 이야기도 해야 되고, 그동안 만나 볼 사람들도 만나야 되고요. 시골은 다음 주나 시간 내서 내려갈게요. 서울에 저도 있을 것 같으니 시간 내서 한번씩 들르도록 할게요."

　동생은 일어서서 혜영이를 안고 거부하는 그녀의 볼에 뽀뽀를 했다. 민한이는 다음 차례가 자신임을 알고 반항하지 않았다.

　집 밖에 나가는 동생을 두 아이와 아내가 집안에서 두세 발자국밖에 되지 않는 안방에서 반지하 대문까지 마중을 나왔다. 나와 동생은 큰 길가로 걸었다.

"돈은 좀 있냐? 형이 사는 게 이래 가지고, 큰돈은 없어도 너 용돈은 줄 수 있어. 너 누구 만나면 돈 좀 필요하잖아."

"용돈은 무슨 이 나이에. 돈은 좀 가지고 있어요. 걱정 말아요. 그런데 아버지는 요즘 어떠세요?"

"뭐, 늘 똑같지. 연세가 드셨는데도 옛날하고 똑같다. 너희 형수가 내가 바쁠 때 애들 데리고 시골 가면, 술을 드시지 않는 날이 없어서 애들 데리고 오래는 못 있고 하루 이틀 머물다가 올라온다. 애들이 보는 건 둘째 치고 아버지가 아침부터 밤이 될 때까지 취해 계시니 집사람도 무섭다고 하더라. 그 소리 듣고 나도 술은 가능하면 안 마시려고 하는데 가끔 술이 취해 아침에 일어나면 아내가 아버지하고 비슷하다는 소릴 하더라. 일 년에 한두 번 큰일이나 있으면 술을 마신다. 나도 술을 마시면 집안 내력인지 몰라도 조절이 안 되더라. 괜히 자는 애들 깨워서 귀찮게 하고 너희 형수가 고생이지."

"아버지는 평생 그렇게 사신 분이라 고쳐지지 않을 것 같아요. 알코올 치료하는 전문 병원이 있다고 하던데 그런 곳도 나쁘지 않다고 하더라고요."

"그것도 술을 끊으려고 하는 의지가 있는 사람이어야 가능하지. 아버지는 안 돼. 나오면 다시 똑같아지실 게다. 아니 그 병원 입구까지 가지도 못 하실 거고."

내가 그런 생각을 해 보지 않는 건 아니었다. 그게 치료를 목적으로 하는 병원이라고 해도 어디까지나 나에겐 정신병원과 별반 다르지 않아 보였다. 내 손으로 아버지를 강제로 집어넣을 수는 없었다.

옛날 어린 시절이라면 정신병원은 아버지가 아니라 내가 들어가야 했었다. 그걸 견디는 놈이 정신이 이상할 정도였으니깐. 연세가 드신 아버지가 시골에서 혼자 적적함을 잊게 하는 건 오로지 술 하나였다. 어느새 늙어 버리고 힘없는 그에게 지난날의 복수로 그가 가장 좋아하는 술을 뺏고 싶지 않았다.

"저는 모르겠어요. 아버지 인생이시니 저러다 쓰러지셔도 누굴 탓하겠어요. 저 여기서 택시 타고 가 볼게요."

큰 도롯가로 나온 동생은 손을 들어 택시를 잡았다.

"경수야. 그동안 힘든 거 다 잊고, 다시 시작한다고 생각하며 살자. 형제라고는 너뿐인데 그것도 몇 년에 한 번씩 봐야겠냐. 자주 연락하고, 형 집도 이제 알았으니 자주 들러라."

나는 문을 닫으려는 걸 잡고 동생을 바라보며 이야기했다.

"감방에 들어가는 일들은 앞으로 안 해요. 걱정 말아요. 연락할게요."

택시를 타고 가는 동생의 뒷모습이 차 뒷 유리창으로 보였다. 그는 그의 방식으로 살아가려고 마음을 먹은 것 같았다.

경수는 초등학교 때부터 중학교까지 반에서 우등생이었다. 공부 잘하는 세 명이 막내와 함께 서로 번갈아 가면서 일이삼등을 했을 정도로 머리가 좋았다. 모르는 게 있으면 나와 혜영이는 막내를 위해 시간을 내어 가르쳐 주었다. 반항기 없이 자랐던 동생이 누나의 죽음으로 모든 걸 포기해 버렸다. 가장 좋은 성적으로 읍에서 가장 좋지 않은 학교에 일부러 들어갔었다. 그의 슬픔은 점점 비대해지는 몸을 이용해 타인에게 슬픔을 쏟아붓고 있었다. 그는 고등학교를 들어가고부터 경찰서에 드나들었다.

아버지는 가장 좋아하고 자랑했던 막내의 싸움으로 치러야 할 합의금을 대신 내주었다. 그리고 고등학교 이 학년이 되어서 아버지는 더 이상 합의금을 동생에게 맞은 학생의 부모에게 줄 필요가 없어졌다. 그가 제 발로 학교를 나와 집을 나가 버렸기 때문이었다.

*

일을 시작한 지 일주일이 지나 처음으로 혼자 배달을 나가는 날이 되었다. 옆에서 가르쳐 주던 사람이 없자 내심 긴장이 되었다. 특히 유턴을 할 때 높게 쌓인 맥주박스가 쏟아질 수 있으니 각별히 주의하라는 인수자의 말에 느린 속도로 유턴을 할 때마다 뒤에서 울려대는 클랙슨 소리가 흔들리는 맥주 박스보다 더 신경이 쓰였다.

배달은 빠르고 신속하게 해야 했다. 퇴근 시간에 겹쳐 이동을 하기 때문에 꽉 막힌 도로에서 거북이걸음 속도로 배달을 할 수는 없었다. 제시간에 배달하지 못해 술이 없어 못 파는 업소는 그날로 우리와의 계약도 사라지는 거였다. 영업부장도 그 점을 몇 번이고 강조하였다.

낮에 식당에 납품하는 맥주나 소주는 그리 어렵지 않았다. 대부분이 도롯가 옆 일 층에 위치해 있었고, 미리미리 술을 쌓아 두고 준비해 둔 식당이 많았다.

문제는 저녁부터 배달하는 야간업소였다. 낮에 배달을 빨리 끝낸다 해도 야간 업소는 대부분 다섯 시부터 문을 열기 때문에 그때까지 기다리는 수밖에 없었다. 삼 층에 있는 노래방이나 단란주점에 맥주가 스무 박스씩 이틀에 한 번 꼴로 들어갈 때면 시간은 그만큼 촉박해졌다.

강남의 대부분은 지하에 가라오케나 단란주점이 있어 짐을 등에 짊어지고 내려가기는 편했지만, 엘리베이터 없이 계단을 밟고 올라가야 하는 이 층이나 삼 층에 위치한 업소도 내 구역 삼분의 일은 되었다. 왜 젊은 사람들이 금방 일을 그만두는지 알 것 같았다. 체격도 체력도 좋은 나였지만 첫 주말은 움직이지도 못할 정도로 근육통이 몰려왔다. 적응하는 데 시간이 걸릴 것 같아 보였다. 강남은 대부분 고가의 양주들을 납품하였다. 맥주는 그리 많지 않았고 십칠 년산 양주부터 샴페인까지 그 동네의 색깔이 보이는 술을 유통하였다.

나는 수금을 하지는 않았고, 담당자의 서명을 받고 영수증을 내주기만 하면 되었다. 처음에는 그게 걱정이었지만, 어디서 살다 왔냐는 인수자의 말에 공장에서 일한 시간이 나에게 도움이 되지 않았다는 걸 알았다. 공장에 들어간 십 년 전과 하나도 변하지 않은 나는 세상이 바뀌고 있다는 걸 눈치 채지 못하고 살았었다.

야간업소 중간 지점 배달을 마칠 때 회사에서 전화가 왔다.

"경태 씨. 지금 배달하고 있죠. 강남 뱅뱅 사거리 모서리에 있는 돌고래주점에서 술이 없다고 빨리 갖다 달라고 하네. 순서대로 배달하고 있는 건 아는데 그 쪽부터 빨리 갖다 주고 합시다."

영업부장이었다. 전에 인수인계 받을 때 같이 일을 도와주던 두 살 어린 동료가 일러주었다. 이렇게 가끔씩 건너뛰어 배달하면 퇴근은 적게는 삼십 분부터 한 시간이 걸린다는 것이었다. 술을 배달 순서대로 실어 놓아서 멈췄던 곳에서 다시 돌아와야 한다고 했었지만, 다행이 여기서 다다음 순번이기에 그리 먼 거리는 아니었다.

"네. 알겠습니다. 지금 바로 가도록 하죠."

나는 전화를 끊고 중간에 들러야 되는 가게를 지나쳐 급하다는 가게에 도착했다.

"왜 이제 와요? 술 없이 장사를 어떻게 하라고."

마담으로 보이는 사람이 내가 들고 온 양주 중에 하나를 집더니 룸으로 들어갔다. 신경이 곤두서 있는 마담들을 조심하라는 영업부장의 말이 떠올랐다. 늘 접대로 술에 취해 사는 그녀들은 쉽게 주류회사를 바꿔 버린다고 했었다. 나는 서둘러 아래 세워 둔 트럭으로 가서 나머지 술을 나르기 시작했다.

"매번 빨리 오던 배달이 이렇게 늦으면 어떡해요. 장사를 못하면 손해가 얼만데요. 간신히 맞춰서 다행이지 다음부터는 어떻게 할 거예요?"

룸에서 나온 마담이 맥주를 창고에 집어넣고 있는 곳까지 따라와 따지고 있었다.

나는 부장에게 다시 전화로 따질까 봐 고개를 숙여 미안하다는 말을 했다. 이 업소는 거래량이 적은 가게로 파란색으로 인수인계 받은 수첩에 적혀 있었다. '썩는 것도 아닌데 여유롭게 주문할 것이지.'라고 말하고 싶은 게 목구멍에서 멈춰 서 있었다.

"제가 처음으로 이곳을 배달하게 되어서요. 강남이 이 시간대에 차가 많이 막히기도 하구요. 다음부터 주문하시면 더 빨리 오도록 하겠습니다."

나는 내가 아부라는 걸 할 수 있다는 걸 지금에서야 알았다. 어릴 때 아버지에게 아무 이유 없이 빌었던 건 아부가 아니라 습관이었다. 지금은 나보다 어려 보이는 얼굴에 붉은 입술과 높은 구두의 여자에게 연신 허리를 굽히고 있었다. 덩치가 산만 한 내가 굽힌 허리에 마담은 다음에 가게에서 술 좀 팔아 달라는 말로 위기를 모면했다.

퇴근시간대의 강남 일대는 교통 혼잡으로 차 한 대의 빈 공간도 없이 막혀 있었다. 클랙슨을 누르면 더 빨리나 갈 것처럼 사람들은 차들이 멈춰선 도로 위에서 자신의 차량에서 소리가 나는지 눌러 보고 있는 듯 했다. 그들의 행동에 동참하지 않고 라이디오를 틀었다. 아이돌 그룹의 노래가 나왔지만 알지 못했다.

어린 시절 시골에 박혀 살던 나는 세상과 단절되게 살았던 것 같았다. 성인이 되고부터는 바쁘게 살아 티브이를 켜 본 적이 몇 번 없었다. 군대를 막 제대하고 올라온 서울 생활은 만만치 않았다. 누가 뒤에서 쫓아오는 것처럼 쉬지 않고 앞만 바라보고 일했다. 그렇다고 많은 돈을 번 것도 아니었다.

고시원 생활은 그에 맞는 월급으로 나를 그곳에서 빠져 나가지 못하게 만들었다. 공장에 들어가고부터는 또 그곳의 생활에 맞춰 살았다. 공장 노동자처럼 일했고, 공장 노동자처럼 입고 다녔고, 공장 노동자처럼 손톱에 낀 기름때를 그리 신경 쓰지 않았다. 어느 순간 정신을 차린 내가 구석에서 올챙이처럼 꼬리치며 사회의 둘레 안으로 들어가려 안간힘을 쓰는 걸 느꼈다. 하지만 쉽지 않았고 난 쉽게 포기해 버리고 말았었다.

마지막 업소에 배달을 끝내자 아홉 시가 훌쩍 넘긴 시간이 되었다. 빨리 회사에 돌아간다고 해도 집에는 열한 시가 되어서 들어갈 것 같았다. 처음으로 혼자 배달하게 되는 날은 시간이 많이 걸릴 거라는 인수자의 말에도 그나마 처음치곤 사고 없이 끝냈다는 것에 만족하였다.

곧 추운 겨울이 다가온다. 땀에 흠뻑 젖은 내 상의 때문에 눈치채지 못했지만, 벌써 다가왔는지도 몰랐다. 강남 일대의 네온사인은 추위와 상관없이 환하게 켜져 있어 지나가는 사람들을 끌어당겼다. 크리스마스가 다가오고 있었다. 호텔 앞의 나무들은 어느새 꼬마전구로 가지마다 불이 켜져 있었다. 나무에게 좋지 않다는 소리를 들었지만, 낙엽이 다 떨어진 겨울나무가 따뜻해 보였다.

*

어느덧 삼 주 째가 되자 회사에 출근하면서 인사하는 사람들이 많아졌다. 하지만 아직 몸은 적응이 되지 않았는지 아침마다 뻐근했었다. 주말에 가족과 놀러간 올림픽공원에서 웃던 아이들을 보고 나니 마음은 한결 편안해졌고, 아내도 옮긴 직장에 만족하고 있었다.

내가 처음으로 참석하는 이 회사의 회식은 연말에 맞추어 회사가 쉬는 토요일 전날 금요일 저녁으로 잡았다. 미리 일주일 전부터 공지를 한 상태여서 각 업소마다 미리 주문을 받아 금요일 저녁은 몇 사람들을 제외하곤 회식에 참석하게 되었다. 물론 미리 주문한 물량을 털어내느라 이번 주 동안은 조금 늦게 퇴근했지만 일 년에 한두 번 정도 하는 회식에 그리 불만을 갖는 직원들은 없어 보였다.

미리 예약한 회사 근처의 고깃집에는 우리 회사 직원들로 가게 테이블을 반 이상 차지하고 있었다. 자주 이 식당에서 회식을 하는지 영업부장은 십이 년산 양주를 식당 주인의 눈치를 보지도 않고 각 테이블마다 한 병씩 놓았다. 후덕해 보이는 가게 주인은 대수롭지 않게 익숙한 듯 맥주와 소주를 진열된 냉장고에서 꺼내 테이블에 올려놓았다. 미리 준비를 해 둔 덕에 앉자마자 고기를 구웠다. 빈 잔에 술들이 채워지고 내 앞에 앉은 영업부장이 술을 권했다.

"전 술을 안 마십니다."

내가 손을 저어 거부를 했다.

"아니, 주류회사에서 술을 못 하면 어떻게 해!"

부장은 다른 사람들이 들리게 큰 소리로 말했다. 주변 사람들은 웃었고 기분 좋게 회식의 시작을 알리는 부장을 다들 좋아했다.

그는 사람들을 끄는 매력이 있어 보였다. 그의 성격 때문에 영업을 하는지, 영업 때문에 그의 성격이 바뀌었는지는 몰랐지만 그의 언변은 모난 데 없이 긍정적이었다.

"그래도 회식인데 한 잔은 마셔야지."

부장은 재차 양주병을 들고 기다렸다.

"그래요. 한 잔인데."

부장 옆에 있던 사무실 경리가 부추겼다.

나는 할 수 없이 소주잔을 들어 부장이 건네주는 양주를 받았다.

회사 사장과 임원들은 부장에게 삼십 명 가까이 되는 회식 인원을 맡기고는 어디론가 가 버렸다. 직원들은 자기네들끼리 좋은 데 간다고 말하였지만, 불편하게 윗사람이 있으면 회식을 망친다는 영업부장의 말에 홀려 앞에 놓인 음식을 먹기 시작했다.

"경태 씨. 일은 어때요. 이제 좀 적응이 되었어요?"

나와 잔을 부딪친 부장이 말했다.

오랜만에 마시는 술에 아직 공복인 내 식도를 타고 내려가는 게 느껴졌다. 몸에 들어온 술은 거부반응이 없었다. 나는 그 거부반응 없는 내가 무서워 술을 끊은 상태였다.

"예. 교통이 혼잡할 때 배달 시간이 조금 늦어지는 것 말고는 특별히 어려운 점은 현재까지 없습니다."

"경태 씨가 배달하는 지역이 특별히 더 심하죠."

실제로 그랬다. 내가 아무리 빨리 끝낸다 해도 마지막에 퇴근하는 사람은 나이거나 바로 옆 구역에 배달하는 형님 한 분이셨다.

"저도 맨 처음 그곳에서 배달 일을 시작했어요. 그러다가 가게 사장들이 한두 군데 가게를 더 내면서 제가 얼떨결에 영업까지 하게 되었죠. 얼굴을 익혀 두고 몇 년에 걸쳐 유통을 하니깐 신뢰가 쌓였더라구요. 가게마다 영업 사정을 납품하는 양을 보면 알 수 있어서 업소마다 물어보는 사장에게 다른 가게 이야기도 전해 주곤 했어요. 남의 영업 사정을 말하면 안 되는데 사람 봐 가면서 그렇게 한두 군데 뚫기 시작해서 지금 배달하는 곳은 제가 다 영업으로 뚫었다고 생각하시면 돼요. 이 바닥이 좁아서 저 보고 오라는 데도 몇 군데 있지만, 이 회사에 그리 나쁜 조건으로 있는 것도 아니고 해서. 경태 씨도 그곳이 조금 다른 지역보다 힘들어도 앞을 보면 기회가 있을 거예요. 아직 젊고 가정도 있으니 몇 달 하는 일이 적응되면 그리 나쁘지 않을 겁니다. 그래서 그쪽 지역 배달은 신뢰가 갈 정도의 나이대가 납품을 도맡아서 하는 겁니다. 경쟁은 하겠지만, 불황으로 일이 줄어드는 지역은 아니에요. 돈 많은 사람들은 강남에서 술을 먹지 다른 데 가지 않아요. 그렇다고 강남에 업소가 줄어든다? 전 절대로 그렇게 생각하지 않습니다. 늘어났으면 늘어났지. 안 그래, 김 대리?"

부장은 나에게 이야기를 하다 동의를 구하듯 옆자리의 경리에게 물었다. 그리고 그 경리가 대리라는 것도 지금에서야 알았다.

"그러게요. 돈 많은 사람들은 죽어라고 돈을 쓰는데, 우리는 죽어라고 일만 하고 로또나 맞았으면 좋겠네요."

나보다 어려 보이는 대리는 결혼한 부장의 손이 가끔씩 테이블 밑의 그녀의 허벅지를 스칠 때도 아무런 신경조차 쓰지 않았다.

"처음 듣는 이야기네요. 열심히 하겠습니다. 저도 부장님처럼 되면 좋겠네요."

나보다 서너 살 위로 보이는 부장에게 듣기 좋은 말을 했다. 내가 또 아부라는 걸 하다니 이러다가 내시가 될 것도 같았다.

내가 눈치채지 못하게 술잔을 채운 부장이 연신 건배를 외치는 바람에 나도 모르게 취기가 오를 정도로 마셨다.

사람들은 힘들게 일하면서 회식 자리에서도 경쟁하듯이 자기 구역이 힘들다고 열변을 토했다. 공장을 벗어나 다른 곳에서 일을 시작했지만, 사람들은 자기가 설정해 놓은 원 안에서 우물 안 개구리가 되었고 그 우물을 벗어나면 다시 다른 우물로 들어가 있었다.

회식이 끝난 식당 밖에서는 삼삼오오 모여 담배를 피우거나 이 차를 가려는 사람들이 서로 짝을 맞추고 있었다. 같이 노래방에 가자는 부장에게서 간신히 빠져나와 지하철역이 있는 곳으로 걸어갔다.

오랜만에 마신 술에 취기가 올라왔다. 서울 생활이 외로워 늘 일이 끝나면 습관적으로 술을 마셨다. 그러다 어느 날부터 술을 마시지 않고 자는 날이 허전할 정도가 되었다. 지금의 아내를 만나고 큰애가 태어나서도 술은 계속 마시게 되었다. 이제 막 걷기 시작한 큰애와 기어다니는 막내를 앞에 두고 술이 취한 나는 아내와 말다툼을 한 적이 있었다.

민한이가 울었다. 그가 할 수 있는 게 소리 내어 우는 것뿐이라는 듯 목 놓아 울었고, 순간 내가 기억하는 가장 어린 시절이 떠올랐다. 흔들리는 백열등 바닥에 뿌려진 엄마의 혈흔들. 그 기억이 나자 나는 반지하의 문을 열고 뛰쳐나갔다. 술에 취해 몽롱한 몸을 이끌고 목적지 없이 밤길을 걸었다. 나 자신이 싫어졌다. 눈물이 나오고 과거가 생각났다. 내가 그토록 벗어나려고 했던 지옥과 악마 같은 아버지를 나는 점점 닮아 가고 있었다. 내가 받았던 고통을 똑같이 아들과 아내에게 전해 주려 하고 있었다. 나는 주머니에 담배를 꺼내 입에 물었다. 라이터를 켰지만 불을 담배에 붙일 수 없었다. 입에 물고 있던 담배와 라이터 그리고 아직 반 정도 남은 담배를 힘껏 힘을 쥐어 찌그러트려 앞에 보이는 공용 쓰레기통에 집어넣어 버렸다.

나는 그 후로 지금까지 담배를 피우지 않았다. 술은 일 년에 한두 번 시골에 내려갈 때 제약회사에서 일하는 찬호를 만나 마시는 걸 제외하고는 금주와 다름없는 생활을 했었다. 나는 변화해야 했다. 가족을 위해서라도 그리고 나를 위해서.

집 근처에 내린 지하철역 앞에서 군고구마와 찰옥수수를 팔고 있었다. 어릴 때 늘 먹었던 겨울 간식이었지만, 이제는 추억이 되어 버린 음식이었다. 내일은 주말이어서 아마 아이들은 자고 있지는 않을 거였다. 나는 옛날 생각에 군고구마 두 개와 찰옥수수 두 개를 사서 집으로 향했다. 한 톨 한 톨 떼어 먹는 옥수수를 아이들과 공유해 경험시켜 주고 싶었다. 배가 불쑥 나온 혜영이는 아내가 언제부터인지 밤에 간식도 먹이지 않았다. 나는 아직 괜찮다고 해도 같은 여자로서 그녀들만의 룰이 있던 것 같았다.

집에 가는 길 맞은편에 젊은 남녀 열 명쯤 돼 보이는 사람들이 나를 지나치면서 들고 있던 봉투를 건드려 떨어뜨렸다. 묶어 놓지 않는 비닐 봉투에서 종이에 싸여진 고구마 하나가 데르르 굴러가자 그들이 웃었다. 취기에 비틀거리며 허리를 굽혀 고구마를 집어 봉투에 넣고 일어났다. 그들에게 사과를 받고 싶었지만 아무 말 없이 그 자리를 뜨려고 했다.

"아저씨. 사람을 부딪쳤으면 사과를 해야지. 사과를."

어린 사람들이 말을 짧게 했다. 그 무리들은 가는 길을 멈추고 나를 바라보았다. 그들에게 한마디 하고 싶었다. 아니 참고 살고 있는 나를 건들지 말라고 혼내고 싶었다. 지금은 혼자가 아니었다. 내 성격대로 살다가 언젠가 나는 가족에게서 버림받을 게 뻔했다. 내 어깨 정도밖에 크지 않은 저 젊은 사람들은 무섭지 않았다. 내가 본능적으로 행동하는 아버지를 닮아 가는 게 무서울 뿐이었다.

나는 그들에게 아무 말도 하지 않고 집으로 가던 길을 갔다.

"병신!"

그들 중 한 명이 뒤돌아 가는 내 등 뒤에서 말을 했고, 그들 무리들은 그와 함께 웃었다.

스스로 대견했다. 그들과 싸워서 내 자존심을 내세울 수는 없었다. 그 순간, 단 한 순간 화를 참으면 문제없이 넘어가 내 일상으로 돌아왔기 때문이었다. 고등학교 때 사고를 치고 다니면서 학교에서는 그리고 교복을 입은 학생들 중에는 내 체격에 눌려 시비를 거는 이가 없었지만, 사회에 나오면서 놀림 받던 중학교나 초등학교로 다시 돌아가고 있었다. 복종하고 무시당하며 나를 위해 그리고 가족을 위해 사회가 원하는 대로 깎여 다듬어지고 있었다. 그리고 학창 시절 괴롭혔던 친구들에게 미안해졌다. 그들은 내가 무서워서가 아니라 불공평한 체격으로 학교에서 우쭐대며 큰 소리치고 다니는 나를 단지 무시했던 것이었다.

집에 오자 두 아이들이 내 품에 안겼다. 나는 봉투에 담긴 고구마와 옥수수를 꺼내 아이들에게 주었다. 그들은 방금 찢겨져 버린 내 자존심을 다시 일으켜 세우려는 듯 환한 웃음을 지으며 옥수수를 입에 물었다.

아내는 내 외투를 받아 벽걸이에 걸었다. 술 냄새가 났을 테지만, 아내는 내 옆에 앉아 아이들이 옥수수를 먹는 모습을 바라보며 어깨에 손을 올리고 말했다.

"오늘 하루 고생했어."

그녀의 따뜻한 한 마디와 두 아이들의 미소가 힘들었던 오늘 하루를 잊게 하였다.

*

연말이라서 배달하는 술의 양이 평소의 두 배 가까이 된다는 동료의 말은 나에게는 위안이 되었다. 남들은 같은 월급에 일은 두 배로 한다고 불평불만이었지만, 이 시기가 지나면 일이 편해질 거란 생각에 힘든 연말이 그리고 다가올 연초가 빨리 지나갔으면 했다. 그래도 월급은 같았기에 때문에 문제는 없었다.

나는 강남대로 도산공원 근처에 술을 잔뜩 실은 트럭을 세워 두고 다섯 시 첫 집이 문을 여는 시간을 기다렸다. 나름 요령이 생겨서 첫 집이 문을 열자마자 배달을 하면 아무리 연말이 바쁘다고 해도 간신히 아홉 시 전에는 배달을 끝낼 수 있었다. 물론 회사에서 퇴근하는 건 마지막이거나 그 전이었지만 이렇게라도 하지 않으면 퇴근 시간보다도 배달 순서 마지막에 있는 몇 가게에서 오는 전화 때문에 불안했다.

그런 생각을 하자 바로 전화벨이 울렸다. 아버지였다. 이 시간에 만취가 되어 계실 시간인데 무슨 일인지 몰라 전화를 받았다.

"경태냐? 아버지다."

수십 년 동안 들었던 아버지의 술 취한 목소리가 술을 잔뜩 실은 트럭 안에 울려 퍼졌다.

"무슨 일이세요, 아버지."

"경수가 나올 때가 넘었는데 집에 오지를 않는다. 네가 한번 찾아가 봐라."

동생은 아직도 전화를 안 드렸었다. 그가 출소 소식을 아버지께 말하지 말아 달라고 했지만 걱정하는 아버지도 생각을 해야 했다.

"나오면 연락을 하겠죠. 걱정 마세요."

무심코 내뱉은 말에 그는 다시 성화를 내었다.

"뭐라고? 넌 하나밖에 없는 동생이 저러고 있는데 네가 챙겨야지. 도대체 뭐하는 놈이길래 동생이 언제 나오는지, 아니면 나왔는지도 몰라? 이 나쁜 놈!"

지금 하신 이야기를 장담하건대 다음날은 기억하지 못하신다. 술에 취해 가끔씩 화풀이를 하시는 아버지는 그가 젊었을 때 휘둘렀던 나에 대한 폭력이 아쉬워서인지 전화기에 대고 그때를 회상하듯 욕설을 내뱉고는 했다.

내일이면 기억나지 않을 아버지를 간신히 설득해 전화는 끊었지만 동생이 전화조차 하지 않았다는 게 마음에 걸렸다. 아직은 배달 시간이 조금 남아 동생에게 전화를 걸었다. 몇 번의 울림으로 전화를 받은 동생은 가끔씩 보내는 문자를 빼고는 통화하기가 어려웠다.

"경수야. 형이야. 아버지가 걱정이 많으신데 바빠서 못 내려가는 거면 전화라도 미리 드리지 그러냐?"

"아 예. 바빠서 깜빡했어요. 내일 새해 인사로 제가 아버지께 전화 드릴게요. 바빠서 시간 내기가 어렵네요."

동생은 무슨 일을 하는지 말하진 않았지만, 그가 세 번에 걸쳐 들어간 교도소는 폭력과 관계가 있다는 걸 알고 있었다. 그 말은 앞으로 또 폭력으로 들어 갈 수 있다는 말도 되었다.

"그래. 밥 잘 챙겨 먹고, 쉬는 날이면 집에 잠깐이라도 좋으니깐 들러라. 애들도 삼촌 보고 싶다고 그러니깐."

알았다는 동생의 말을 듣고 전화를 끊었다.

물건을 내리기 위해 정차하기도 힘든 강남은 조금이나마 신속하게 배달하는 게 퇴근을 일찍 하는 방법이기도 했다. 첫 집이 문이 열리고 배달 순서대로 쌓아 놓은 주류를 재빨리 안쪽으로 옮겼다. 겨울이었지만 땀은 비 오듯 쏟아졌다.

새해에는 회사가 문을 닫았지만, 공휴일 신정에 대부분의 업소는 문을 닫지 않고 영업을 하였기에 마지막 날까지 배달을 해야 했다. 올해는 가족들과 함께 보낸다는 생각에 등에 짊어진 맥주 짝이 무겁지 않았다. 공장에서도 신정은 쉬었지만, 주말도 없이 일하던 내게 새해라는 기분보다 푹 잠을 잘 수 있는 날일 뿐이었다.

서울은 밤이 없어 보였다. 해가 지면 어두워지는 내 어린 시절과는 다르게 눈을 감아야만 밤이 되었다. 밝게 빛난 거리와 상점들은 태양을 끌어안는 듯 더 밝게 불을 켜 놓았고, 창문 밖으로 들려오는 캐롤은 잊히지 않는 어린 시절, 막내와 내가 혜영이에 이끌려갔던 교회를 생각나게 했다.

아홉 시가 조금 넘는 시간에 회사를 나와 집으로 갈 수 있었다. 회사에서 제공된 식용유와 햄이 들어간 선물세트를 한 손에 들고 지하철역을 향해 걸어갔다. 사람들은 올해 마지막을 가장 소중한 사람들과 보낼 것이다.

나는 아무에게도 말하지 않은 내 어린 시절을 잊으려고 평범한 삶을 꿈꾸었었다. 그 어린 시절의 경험과 성격이 지금의 나를 만들어 버렸다는 생각을 지울 수 없었다. 무조건 복종했던 어린 시절, 반항하던 청소년 그리고 도태되어 버린 지금의 나를 이제는 벗어나야 했다. 두 아이를 위해서라도 나를 믿어 주는 아내를 위해서라도 바뀌어야 했다. 나이가 들어가는 아버지도 챙겨야 했다. 그리고 상처를 안고 자란 경수도 보살펴야 했다. 동생은 커진 덩치와 반대로 내면의 감정은 점점 그만의 방식으로 철저히 숨겨 버리고 있었다.

집에 도착하자 열 시가 조금 넘긴 시간이었다. 두 아이는 한결같이 문 앞에 서 있는 나를 반겨 주었고, 아내는 아이들의 옷을 준비해 입혀 주고 있었다.

"씻고 옷 갈아입어."

처음으로 아이들을 데리고 가는 보신각 제야의 종소리를 듣기 위해 아내는 일찍 저녁을 먹고 아이들을 재웠을 것이었다.

"우리 신혼 때 가고 애들 데리고는 처음 가는 거지?"

"맞아. 민한이 임신하고 가려고 했는데 네가 사람 많아서 위험하다고 못 가게 했잖아."

"벌써 그렇게 시간이 흘렀네. 애들 따뜻하게 입혀야 될 거야. 밖에 눈이 조금씩 내려서 더 춥더라구!"

"알았으니깐 빨리 씻어. 너무 늦으면 보신각 근처에도 못 간다는 거 알잖아!"

좁디좁은 화장실에 달린 샤워기를 틀자 따뜻한 온수가 얼었던 귀와 몸을 녹여 주었다. 아이들이 더 크기 전에 이사를 해야 했다. 큰애가 초등학교에 들어가기 전에 그의 방을 만들어 주고 싶었지만 그러지 못했다. 아내에게 가끔씩 내 어린 시절 생활에 대해 이야기를 해 주면 그녀는 믿어 주지 않았다. 푸세식 화장실은 여전히 있지만, 민한이 정도 되는 나이부터 산에서 나무를 가지고 와 겨울을 지냈다는 것, 아궁이에 불을 넣지 않으면 뜨거운 물을 쓸 수 없다는 것, 장마가 오는 날이면 부엌에 물이 가득해서 밖으로 퍼 나르던 것, 그리고 그 때가 내가 생각한 가장 행복한 순간이었다는 것조차 같은 나이의 아내는 반신반의했다. 그녀의 부모님 세대에서나 일어날 법한 이야기를 내가 하고 있으니 말이다. 샤워를 끝내고 손등을 봤다. 이제 더 이상 손톱 사이에 낀 기름때는 보이지 않았다.

완전무장을 하듯 옷을 입은 두 아이를 데리고 아내와 함께 어느새 굵게 떨어지는 눈을 맞으며 지하철역으로 향했다. 추위에 택시를 타고 싶었지만, 어쩌면 혼잡할지 모르는 도로 위 차 안에서 새해를 보낼 수 있다는 아내의 말에 발길을 돌려 지하철역으로 향했다. 가로등이 내리쬐는 빛 아래로 바람 없이 떨어지는 민들레 씨앗처럼 아이들은 손으로 내리는 눈을 잡으려 했다.

만석인 지하철 안은 아마도 우리와 같은 목적지로 가는 사람이 많을 것 같았다. 아이들은 붐빈 지하철 안에서도 새해가 무슨 의미인지 특별히 관심이 없었고 가족과 함께 어디를 간다는 자체를 좋아하는 것 같았다. 운이 좋게 남는 두 자리에 아이들을 앉혀 놓고 흔들리는 지하철에 균형을 잡으려는 듯 아내는 내 팔에 팔짱을 꼈다. 결혼하기 전에 했던 데이트처럼 아내가 꼭 감싸 안는 내 팔에 힘을 주었다. 두 아이와 사랑하는 아내는 내가 존재해야 되는 이유처럼 보였다.

역에서 내린 사람들은 자석에 끌리듯 같을 곳을 향해 걸어가고 있었다. 간신히 도착한 보신각에는 머리에 쌓인 눈의 높이만큼 먼저 온 사람들로 장사진을 이루었다. 각종 매스컴에서도 주변을 촬영하기 바빴다. 정말 운이 좋게 제때에 맞추어서 온 것 같았다. 더 가까이 가고 싶었지만, 먼 거리에서라도 볼 수 있는 것만으로도 만족해야 했다.

곧 시작하는 타종 소리에 맞추어 가까이 갈 수 없어 아들을 목말을 태워 그가 종을 볼 수 있게 했다. 내 머리를 굳게 잡은 그에게 손을 떼고 막내를 어깨에 올렸다.

큰 전광판으로 카운트다운이 시작 되었다. 아내는 내 어깨에 올린 딸을 한쪽 팔로 잡고 나를 안았다. 사람들은 일제히 전광판에서 변하는 숫자를 외치기 시작했다. 나와 아내 그리고 아이들도 큰소리로 그들과 동참하였다.

"9."

"8."

"7."

"6."

"5."

"4."

"3."

"2."

"1."

첫 종이 울리자 하늘에서 터지는 폭죽 소리와 함께 사람들은 함성을 질러댔다. 나는 조심히 내 몸을 흔들어 아이들과 아내에게 새해 인사를 했다. 아내의 이마에 가볍게 입을 맞추고 아이들과 아내에게 새해 복 많이 받으라는 말로 두 아이를 내려놓았다.

"아빠도 새해 복 많이 받으세요."

다리를 꽉 잡은 두 아이가 말했다.

올해를 시작으로 앞으로 좋은 일만 있어야 했다. 그러기 위해선 과거는 다 잊어야 했다. 나는 늦은 시간이란 걸 알았지만 아버지께 전화를 드렸다. 몇 번의 시도에도 아버지는 전화를 받지 않으셨다. 새해라고 멀쩡한 정신으로 계실 아버지가 아닌 걸 알면서도 나는 새해 인사를 아버지께 드리고 싶었다.

통화 목록에서 동생의 전화번호로 통화 버튼을 눌렀다. 동생도 마찬가지로 전화를 받지 않았다. 그도 어디선가 새해를 맞이할 것이었다. 단지 형이 너를 생각하고 있다는 걸 알리고 싶었다.

나는 아들을 안고 아내도 딸을 들어 안았다. 우린 서로를 껴안았고 행복은 그리 멀리 있지 않았다는 걸 내 품에 안긴 아이들과 아내에게서 느꼈다. 나는 혼자가 아니었다. 나를 사랑하고 내가 사랑하는 가족이 있었다.

*

미리 아내가 끊어놓은 KTX를 타기 위해 용산으로 가는 지하철을 탔다. 사람들은 고향을 찾아가려 금요일 밤처럼 분주하게 움직이고 있었다. 두 손 가득히 들린 내 가방에는 회사 직원 할인으로 구입한 양주 두 병과 아버지의 내복 그리고 아내가 준비한 재어 둔 고기와 반찬들이 들어 있었다. 아이들은 열차를 타고 가는 길이 신이 났는지 마구 뛰어다녔고, 나와 아내는 그런 아이들을 옆에 잡아 두려고 했다.

시간에 맞추어 탄 열차 안에서 사람들은 우리와 같이 양손에 가득한 선물들을 선반 위에 올려놓고 있었다. 일 년에 설날과 추석을 빼고는 공장일 때문에 시골에 내려 갈 수가 없었다. 곧 초등학교에 들어가는 큰애 때문에 앞으로 아내는 나를 대신해서 시골로 내려가는 게 힘들지 몰랐다. 이번에 옮긴 회사에서는 휴일이 보장되었기에 가능한 시간을 만들어 아버지를 자주 뵈어야겠다고 생각했었다.

그렇게 지옥 같았던 시골도 내가 점점 자라면서 고향이라는 그리운 단어로 자리 잡게 되었다. 황금 들판과 한 폭의 그림과도 같았던 산들이 덮고 있던 단풍잎들도 그리웠다. 어린 시절 이곳을 떠나는 게 나의 목표였지만 애들이 크면 다시 그곳으로 돌아가는 게 꿈이 되어 버렸다.

"아빠. 우리 할아버지 만나러 가는 거야?"

민한이가 물었다.

"응. 할아버지 보면 인사 잘하고 말썽 부리면 안 돼. 착하게 있어야 아빠가 집 뒤에 있는 저수지 보여 줄 거야!"

두 아이는 아직 그들의 아버지인 나에 대해 알지 못할 것이다. 나도 그들의 나이에 아버지를 알지 못 했었다.

동생은 명절이 될 때까지 시골에 내려가지 않았다. 나는 가족이 다 모이는 설날이나 추석은 아무리 바빠도 시간을 내보라는 말로 동생이 이번 설날에 오기를 바랐다. 그는 알았다고 대답을 했다.

열차가 출발을 하자 아내는 집에서 삶아 놓았던 계란과 음료수, 과자를 꺼냈다. 아이들은 소풍이나 온 것처럼 들떠 있었고, 빠르게 지나가는 바깥 풍경을 보았다. 계란 껍데기를 벗겨낸 아내는 아이들의 손에 하나씩 쥐여 주었다.

나는 늘 아내에게 고마웠다. 아무것도 없는 나에게 와서 그녀는 많은 것을 포기해야 했다. 그녀는 가끔씩 내려가는 시골집에도 한시도 쉬지 않고 청소나 반찬을 했다. 집안 구석구석 청소를 했고, 아버지 옷이며 이불이 그녀가 시골에 머물던 만큼 날마다 빨래 줄에 걸려 있었다.

요즘 세상에 아버지 세대에서나 할 법한 일들을 아내는 아무 소리 없이 묵묵히 해 주었다. 내가 그녀를 만난 게 행운이었다면 그녀는 나를 만나게 불행일지도 몰랐다. 아내는 나를 만나 이런 생활을 하듯이 다른 누군가를 만났다면 또 다른 삶을 살았을 것이었다.

이번에 내려가는 시골에서 시간을 내어 그녀에게 동생 혜영이 이야기를 해야겠다고 마음먹고 있었다. 내 어린 시절의 이야기를 조금이나마 그녀에게 해 주어야 했다. 그녀를 속이고 싶지는 않았다. 단지 그녀를 더 힘들게 하고 싶지 않아 알려 주지 않았을 뿐이라고 내 스스로 변명하고 있었다.

"아버님 설날은 술 안 드시고 애들하고 놀아 주시면 좋을 텐데."

아내는 늘 취해 계시는 아버지를 아이들이 피하는 걸 알고 있었다.

"너도 알잖아. 아무리 이야기해도 어쩔 수가 없다는걸. 그래서 애들 데리고 저수지 밑에 큰 웅덩이에서 낚시나 한번 해 보려고. 서울에서 낚시하기가 힘들잖아. 특히 애들 데리고는."

나는 아이들에게 좋은 경험이 될 것 같아 이야기했다. 아버지와 처음 갔던 낚시가 아직까지 좋은 기억으로 남겨져 있었기 때문이었다.

"이렇게 추운데 고기가 있어?"

"있어. 집에 아직 그물망이 있으면 그걸로 피라미 잡아서 매운탕도 해 먹을 수도 있어."

내가 말했지만 아내는 시큰둥한 반응으로 귤을 까고 있었다.

"내가 꼭 잡아서 매운탕 끓여 줄게."

"그래. 네가 잡은 고기로 매운탕 좀 먹어 보자."

아내는 처녀 때부터 가지고 있던 웃음을 지어 보였다.

빠르게 지나가는 바깥 풍경보다 매운탕 재료가 무엇이 들어가는지만 생각했다.

순설역에 도착해서 바깥으로 나왔다. 많이 변해 버린 순설시였지만, 내가 방황하며 보냈던 학창 시절의 추억은 변하지 않고 그대로 있는 것 같았다. 친구들도 나와 같은 생각을 할지는 알지 못했다.

아침 일찍 출발한 덕에 해는 아직 중천에 떠 있었다. 식사를 하고 가려다가 기다리는 아버지가 생각나 역전 시골로 가는 버스에 올라탔다. 앞으로 한 시간 넘게 가야 되는 버스지만 다행히 좌석이 비어 있었다.

짐을 한 구석에 몰아두고 민한이와 혜영이를 옆에 앉게 했다. 아내는 어젯밤부터 준비했던 음식과 짐들 때문에 조금 피곤해 했다.

"괜찮아?"

내 질문에 아내는 듣지 못했는지 창가에 머리를 기대고 있었다.

북적한 서울을 벗어나 시골길을 달리는 버스는 젊은 사람들을 도시로 옮겨 태웠던 과거에서 그들을 다시 데리고 시골로 가고 있었다. 작은 자동차라도 사야 했지만 주차도 하기 힘든 서울 반지하 단칸방 살이가 막고 있었다. 덕분에 옛 추억을 떠오르게 하는 버스에 가족을 태웠다.

찬호 어머니는 연세가 드시면서 관절염이 심해져 면소재지에 있는 정류장 슈퍼를 파시고 집에서 요양 중이셨다. 비록 전문대학을 나왔지만 이름만 대면 아는 굵직한 제약회사에 들어간 찬호는 나처럼 같은 회사 동료와 결혼을 하여 아들 하나를 키우고 있었다. 그는 그의 어머니의 자랑이자 전부였다.

정류장에서 내려 택시를 잡아타고 가려 했지만, 가는 날이 장날이라고 북적이는 시골 오일장이 열려져 작은 개인 택시 사무실 앞은 기다리는 사람들로 가득했다. 우리는 하는 수 없이 천천히 집으로 걸어가기로 했다.

추운 겨울이었지만, 낯익은 고향의 풍경이 따뜻하게 나를 끌어안는 것 같았다. 시골길 어디든 아스팔트로 포장되어 깔끔하게 길이 나 있었다. 자세히 보면 조금씩 바뀌었지만 크게 보면 전혀 변하지 않는 고향이었다.

그토록 벗어나려 했던 곳이 이렇게 포근했던 곳이었다는 게 새로웠다.

"아빠. 추워!"

막내는 자기 의사를 전할 때 매번 소리를 쳤다.

아내는 그녀의 목에 감싸고 있던 목도리를 풀어 막내의 귀와 머리를 감쌌다. 조금 기다려 시골 개인택시를 탈 수도 있었다. 미안했지만 혹시나 아이들이 기억하는 가장 오래된 기억이 되지 않을까 하며 걷고 싶은 마음도 있었다.

저 멀리 집이 보였다. 그리고 걷고 있는 길 왼쪽에 그 나쁜 놈의 집이 보였다. 혜영이가 죽고 나서 나는 미친놈처럼 그 지역을 샅샅이 뒤졌다. 명함을 건넨 형사에게도 찾아가 그놈이 입원한 병원부터 주소를 알려 달라고 무릎 끓어 사정까지 했었다. 나의 분노는 군대를 가기 전까지 늘 폭발하기 직전이었다. 나는 나의 무능력이 괴로웠다. 아버지는 내가 가만히 있었다면 혜영이는 그 지경까지 가지 않았을 거라

했다. 경수는 그가 자라 온 환경을 증오했다.

군대를 제대하고 지나쳤던 이 집은 더 이상 나를 분노로 휩싸이게 하지는 못했다. 세월이 분노와 함께 동생의 기억을 조금씩 가져가 버린 듯했다. 그렇게 우리 가족은 서로의 삶에서 각자의 존재로만 남게 되었다. 같은 곳, 같은 시간에 살았지만, 각자의 기억을 각자의 방식으로 지우고 있었다.

어린 시절부터 변하지 않고 서있는 녹슨 대문을 열고 들어가자 아들과 딸이 소리쳤다.

"할아버지!"

창호를 샷시로 바꾼 안방에서 아버지가 문을 열고 나오셨다. 지금쯤이면 술에 취하실 시간이었지만 그는 손주들에게 좋은 첫 인상을 남기려고 참고 계신 모양이었다.

아버지는 두 아이를 끌어안고 추운 마루에 앉았다.

"어이구! 내 새끼들."

"아버님 잘 계셨어요?"

"그래. 잘 있었다. 추운데 오느라 고생했다. 얼른 들어와라."

그는 수척해진 몰골이었다. 가족 없는 독거노인처럼 식사를 제대로 챙겨 드실 리 만무했다. 술이 밥이고 술이 안주였던 사람이었다. 평생 막노동으로 일한 탓에 나이 들어 각종 관절염이 서서히 드러나기 시작했다. 몇십 년을 피운 담배 때문에 기침을 하는 그의 건강은 좋아질 기미가 보이지 않았다.

"아버지 절 받으세요."

아들과 딸 그리고 아내와 함께 아버지께 절을 드렸다.

연세에 비해 유난히 흰머리가 가득해진 아버지는 우리가 온다는 사실에 아침부터 단장한 모습이 보였다. 가마 쪽부터 빗겨진 빗질과 시골에서 자주 입기 힘든 밝은 옷을 입고 그의 며느리와 손주들을 반겨 주고 있었다.

"별일 없으시죠?"

내가 말했다.

"시골에 무슨 별일이 있겠냐. 경수는 내려온다고 하더냐? 밥이나 잘 먹고 다니는 게 제일 걱정이다."

아버지는 늘 막내 걱정이었다.

그의 안위에는 여전히 내가 들어갈 리 만무했다. 아이들은 어느새 집안의 물건들을 파악하기 시작했다. 이것저것을 만져 보고 아버지께 가져가 물어보기도 했다.

"아버님. 아직 점심 식사 전이시죠? 저희도 집에 와서 먹으려고 안 먹었거든요."

"그래. 애들 배고프겠다. 얼른 밥 차리자."

아버지는 어느새 몸에 베인 습관처럼 부엌으로 가 밥을 차리려고 했다.

"아버님 앉아 계세요. 제가 차릴게요."

아내는 아버지의 양 어깨를 살며시 잡으면서 살짝 나에게 웃음을 보여 주었다.

"아버지 앉아 계세요. 애들 엄마가 하게요. 그리고 이번에 제가 옮긴 직장에서 설날이라고 직원들에게 양주를 나누어 주더라고요."

나는 직원 할인으로 샀다는 말은 하지 않았다.

"그래. 무슨 일을 하든지 간에 몸 건강히 해라."

아버지는 앉아 있는 내 무릎에 손을 대며 말씀하셨다.

"술은 식사하실 때 제가 따라 드릴게요."

나는 서울에서 사 온 아버지 내복부터 속옷 그리고 전에 일했던 곳에서 겨울에 입는 새 외투를 회사 로고를 떼어 아버지께 드렸다. 비록 공장용이지만 한 번도 입지 않는 새 옷이었고 시골에서 입기에 알맞은 것이기도 했다.

오랜만에 집에서 나는 시끌벅적한 소리에 아버지의 얼굴이 환하게 밝아진 것 같았다. 한편으로는 동생의 소식을 기다리는 걱정이 보였다. 나는 밖으로 나가 동생에게 전화를 걸었다. 몇 번의 통화음이 가고 동생이 전화를 받았다.

"형 시골에 내려왔는데 아버지랑 통화는 해 봤냐?"

방에서 아버지가 들리지 않게 나는 대문 쪽으로 걸어가며 전화기에 대고 말했다.

"지금 내려가고 있어요. 일이 있었는데 설날은 쉬자고 해서 순설시에 사는 동생 차 타고 가고 있어요. 지금이 순설시 거의 다 왔으니깐 아마 한 시간 안에는 도착할 거예요."

"그래? 잘됐다. 명절 때 이렇게 다 같이 모인 적이 없었지. 지금 형수가 밥 차리고 있으니깐 같이 먹게 집으로 바로 와라."

나는 조금 빠르고 흥분한 목소리로 그에게 말하고 있다는 걸 알았다.

정말 우리 가족이 다 같이 모인적은 단 한 번도 없었다. 서로 각자의 만남만 있었을 뿐이었다. 아버지가 좋아하실 게 보였다. 동생은 밖으로 나온 지 석 달 동안 아버지를 만나러 오지 않았다. 그가 왜 아버지를 만나러 시골에 내려오지 않았는지는 알 수 없었다.

내가 악마라고 생각했던 아버지를 걱정한 건 혜영이가 태어나고부터였다. 술 담배를 끊고 아이들을 위해 난 일만 했었다. 그러다 정신을 차려 보니 몇 년이 지나 있었고 내 가정을 다시 돌아보게 되었다. 아내는 내 과거를 알지는 못하였지만, 아버지가 대단한 분이라고 하셨다. 집을 나간 엄마를 대신해 젊은 나이에 가장이 되어 세 아이와 어머니를 모셨다. 그는 재혼도 하지 않았고, 혈기 왕성한 젊음을 가족과 맞바꾸었을 것이라고 했다.

그의 어둡고 암울했던 시기에 술이 슬금슬금 그 자리를 대신한 것뿐이라고 말했다. 나는 다 핑계이고 거짓이라고 생각했다. 시간이 지나 천천히 내 습관인 상상하기를 하며, 아내가 한 말을 곱씹었다. 나라면, 정말 나라면 어떻게 했을까? 그의 폭력은 그의 술 때문이었고, 그의 술은 그의 환경 때문이었을 것이었다. 그는 세상에서 사랑하는 사람들에게 버림받아 외톨이가 된 것뿐이라고 그를 용서해 보려 했었다.

초등학교도 나오지 않은 그는 대도시에서 발버둥 치며 살았을 것이다. 행복한 가정이 술 때문에 한순간에 무너졌지만, 그는 다시 용서를 구할 수도 없이 나락으로 떨어졌을 것이다. 젊은 그는 다시 시작하기 위해 노력했겠지만, 집에 있는 세 아이를 내팽개칠 수 없어 그의 어머니가 계신 시골로 내려왔다. 땅이라고는 마당 구석에 있는 텃밭이 전부인 시골에서 그는 몸으로 할 수 있는 막노동을 하며 생계를 유지했었다. 그가 처한 환경을 원망했을 것이고, 그의 인생은 우리의 인생을 위해 희생하였었다. 그가 갖고 살았을 분노와 억울함을 해소하기 위해 잘못된 방향이었지만, 단지 내가 선택되었다고 생각 했다.

그는 늙어 가고 있었다. 더 이상 그를 미워하며 그의 삶을 증오할 수 없었다. 그가 나에게 했던 모든 것은 단지 술을 마셨을 때뿐이었다. 한 가정의 가장이 되어 있는 나를 그는 알고 있었다. 단지 동생을 보살피지 못한 형의 무심함을 꾸짖는 그는 술을 마시거나 마시지 않아도 한결같았다.

내가 그를 용서한다면 우린 과거를 잊어버릴 수 있을까? 다 같이 가 보았던 저수지 웅덩이에서 느꼈던 행복을 다시 느낄 수 있을까 의심스러웠다. 내가 자주 하던 상상이 점점 무의식적으로 현실이 되고 있었다. 길 가다 부딪쳐 등 뒤에서 욕하던 젊은 사람들을 대했듯 내가 지금 이 순간을 참고 넘어간다면 그렇게 된다면, 이라고.

"아버지. 경수가 지금 내려오고 있다네요."

"경수가 내려온다고? 그래 언제 도착한다고 그래?"

아버지는 놀란 기색이 역력한 표정이었다.

"도련님 언제 오신대요?"

부엌에 있던 아내가 요리를 하다 말고 안방으로 연결된 문으로 고개를 내밀며 말했다.

"한 시간 안으로 도착한다고 했으니깐. 식사를 그때 맞춰서 같이 먹자."

동생이 온다는 소식 때문인지 아버지의 환한 미소가 보였다.

"슈퍼에 가서 야채 좀 사다 주면 안 돼? 부엌에 아무 것도 없어서 장을 좀 봐야겠는데."

뭐가 있는 게 신기할 정도였다. 마을 주민들이 가끔씩 보내 준 김치 말고, 생선은 썩은 채로 냉장고에 있었고 먼지가 가득한 부엌에 라면 봉지 한두 개만 보였다.

"같이 가자. 가서 반찬거리도 사고. 네가 보고 사는 게 낫지 않을까? 아직 동생 오려면 시간도 남았고."

나는 아이들과 아버지께 장을 보겠다고 하며 아버지의 작은 용달차를 타고 아내와 면소재지에 있는 농협으로 갔다.

시골길을 달리는 차 안에서 나는 아내의 손을 잡았다. 그녀에게 고마웠다. 지금 내가 그녀에게 표현할 수 있는 방법은 이것뿐이었다.

"사고 난다. 앞에 봐!"

그녀는 특유의 당당함으로 나의 손을 다시 핸들에 올려놓았다.

아주 어릴 땐 없었던 농협 농수산물 판매장에는 겨울이지만 싱싱한 야채와 고기를 팔고 있었다. 여기서도 고기를 샀어도 되었지만, 그녀는 서울에 잘 아는 정육점에서 사 놓은 갈비를 재어 밀봉해서 시골로 가지고 내려왔다.

아내가 장을 보는 동안 시골에 내려오는 자녀들을 해 먹이려고 허리가 굽은 어르신들로 작은 농협이 붐볐다.

"경태야! 너 경태 아니야?"

시골에서 보기 힘든 세련된 내 또래의 여자가 나를 불렀다.

아내 대신 장바구니를 들고 있던 나는 그녀를 알아차리는 데 조금 시간을 소비했다. 진실이었다.

"뭐야! 너 어쩐 일이야. 시댁 쪽으로 설날에 가야 되는 거 아니야?"

"시부모님 설날에 해외여행 가셨어. 같이 가려다가 이번엔 집으로 오게 됐어. 잘 지내지. 어떻게 지내?"

"잘 있지. 여기 우리 와이프."

나는 아내를 소개시켰고, 아내는 처음 보는 진실이에게 고개를 살짝 숙였다.

"결혼식 때 가지 못해서 미안했어요. 그때 제가 해외 연수중이어서요. 경태는 제 결혼식에 와 줬는데. 그때 결혼식 끝나고 바빠서 고맙다는 말도 못해서 미안했는데 이렇게 만나서 너무 반갑다."

그녀의 끝말은 나를 향했다.

"남편은 어디 갔어?"

"병원 일이 어제 늦게 끝나서 나하고 애들 먼저 내려오고 남편은 조금 이따가 도착할 거야!"

아들 두 명을 감당해야 하는 그녀는 어느새 굳세 보이는 세련된 엄마가 되어 있었다.

지방 대도시에 살고 있는 그녀를 결혼식 때 보고 더 이상 보지는 못했다. 그가 남자였다면 종종 연락이 닿았겠지만 가정이 있는 유부녀에게 전화를 할 수는 없었다. 우린 아쉬워하며 동창회 때 꼭 나오라는 그녀의 말과 함께 헤어졌다. 가끔 만나는 찬호를 제외하고 동창들과 연락을 자주하지 않는 나로서는 그녀와의 만남이 반가웠다. 친구가 그렇듯 그녀와 있었던 실수는 세월이 흘러 추억이 되었다.

바구니 한가득 반찬거리와 생필품을 차에 실고 집으로 올라갔다. 점심을 훌쩍 넘긴 시간이었지만 동생을 기다려야 되는 걸 알기에 재촉하지 않았다. 요리 솜씨가 좋은 아내는 식당일을 하면서부터 더 좋아지는 듯했다. 그녀는 분주하게 부엌에서 요리를 하였고, 나는 보일러로 따뜻해져 있는 방 한가운데 언제 사다 놓았는지 모를 큰 상을 폈다.

고기 굽는 냄새가 방으로 연결된 문틈 사이로 들어왔다. 나는 야채를 씻어 상 위에 올려놓고, 다 된 밥솥을 방 안으로 옮겨 놓았다. 아내가 만들거나 사 가지고 온 반찬들을 상 위에 하나씩 올려다 놓았다.

밖에서 삼십 년이 넘게 서 있는 녹슨 대문에서 익숙한 시끄러운 소리와 함께 문이 열리는 게 들렸다. 동생이 분명했다. 내가 밖으로 나가자 동생을 태우고 온 차는 마을 쪽으로 내려가고 있었다. 말끔한 정장을 입은 동생의 팔에는 설날 선물로 보이는 큼지막한 종이가방이 들려져 있었다.

"잘 왔다. 아버지 방에 계시니깐 들어가자."

나는 그의 어깨를 어깨동무하듯 잡고 집으로 향했다.

동생이 출소하고 처음 찾아온 집이었다. 우리 가족이 다 같이 모인 건 아마도 내가 집을 나온 후 처음이었다. 아이들은 삼촌을 부르며 마루에서 뛰었고, 아내도 부엌에서 밖으로 나와 동생을 맞이했다.

아버지는 마루에 종이가방을 놓은 동생을 안았다. 동생도 아버지를 안았다. 두 명의 눈에 머문 눈물이 내 눈에 머문 눈물 때문에 보이지 않았다. 나는 동생과 아버지를 안았다. 우리는 소리 내어 울지는 않았지만, 서로가 흐느끼고 있다는 걸 알 수 있었다. 부엌에서 나온 아내와 마루에 서 있는 두 아이가 말없이 우리를 쳐다보았다.

방으로 들라는 아버지의 말이 끝나자 동생은 잠시 생각을 하더니 나의 팔을 잡았다.

"형. 저 감나무 베어 버리면 안 돼요?"

무뚝뚝한 동생의 눈은 어느새 붉게 변해 있었다.

나는 아무 말도 하지 않고 동생을 바라보았다.

그는 그가 가지고 있었던 기억을 지워 버리고 싶었던 것 같았다. 감나무를 베어 버리면 혜영이의 기억도 사라져 버릴 것 같아 아버지조차 감나무를 베어 버리지 못하고 있었다. 추억을 그리고 동생을 지우는 게 아니었다. 나는 슬픔을 베어 버려야 했다.

창고에서 조금 큼지막한 톱을 꺼내 감나무로 걸어가는 나를 모두가 쳐다보았다. 나는 이파리가 다 떨어져 버린 감나무의 밑동을 자르기 시작했다. 톱날이 점점 깊숙이 들어가면서 내 눈물이 아래로 떨어졌다. 눈물을 감추듯 더 빨리 팔을 움직였고, 톱밥이 눈물이 흘러내리는 얼굴에 튀었다. 마당 한구석에 자랐던 베어진 감나무는 언덕 위에 자리 잡은 집 앞마당 밭으로 기울어 쓰러졌다.

"미안해!"

나는 아무도 들리지 않게 마당 앞으로 쓰러진 감나무를 향해 말했다.

내가 기억할 수 있는 가장 어린 시절은 지옥이었고, 지금은 그 지옥의 가장이 되어 있었다. 내가 지옥을 만들 수도 그토록 원하던 지옥을 벗어나게 할 수도 있었기에 저 쓰러진 밍기뉴 감나무처럼 나는 과거를 잊기로 했다.

눈물이 고여 희미하게 보이는 수돗가에선 지금껏 본 적 없는 세상에서 가장 밝은 웃음을 짓고 있는 한 아이가 보였다. 신발도 신지 않은 채 웃고 있는 그는 어린 시절 내 모습을 하고 있었다. 긴팔 소매로 눈물을 닦아 내자 그는 더 이상 보이지 않았다.

아버지는 방문을 잡고 나에게 들어오라 손짓을 했다. 부엌에서 나온 아내는 벌어진 입을 손으로 가렸고, 쓰러진 나무를 본 두 아이는 뛰면서 기뻐했다. 동생은 저 큰 체격에서 나오는 눈물을 손등으로 훔치고 있었다.

나는 그들의 품으로 걸어갔다.